民國文化與文學 研究文叢

十 五 編

李 怡 主編

第 5 冊

浙東現代作家的原鄉民間文化書寫(下)

陳 莉 萍 著

國家圖書館出版品預行編目資料

浙東現代作家的原鄉民間文化書寫（下）／陳莉萍 著 -- 初
版 -- 新北市：花木蘭文化事業有限公司，2022〔民 111〕
目 4+184 面；19×26 公分
（民國文化與文學研究文叢 十五編；第 5 冊）
ISBN 978-986-518-963-1（精裝）
1.CST：中國文學 2.CST：現代文學 3.CST：鄉土文化
4.CST：文學評論
820.9   111009881

特邀編委（以姓氏筆畫為序）：

丁　帆	王德威	宋如珊
岩佐昌暲	奚　密	張中良
張堂錡	張福貴	須文蔚
馮　鐵	劉秀美	

民國文化與文學研究文叢
十五編　第 五 冊　　　　　ISBN：978-986-518-963-1

浙東現代作家的原鄉民間文化書寫（下）

作　　者　陳莉萍
主　　編　李　怡
企　　劃　四川大學中國詩歌研究院
總 編 輯　杜潔祥
副總編輯　楊嘉樂
編輯主任　許郁翎
編　　輯　張雅淋、潘玟靜、劉子瑄　美術編輯　陳逸婷
出　　版　花木蘭文化事業有限公司
發 行 人　高小娟
聯絡地址　235 新北市中和區中安街七二號十三樓
　　　　　電話：02-2923-1455 ／傳真：02-2923-1452
網　　址　http://www.huamulan.tw 信箱 service@huamulans.com
印　　刷　普羅文化出版廣告事業
初　　版　2022 年 9 月
定　　價　十五編 21 冊（精裝）新台幣 55,000 元　　版權所有·請勿翻印

浙東現代作家的原鄉民間文化書寫(下)

陳莉萍 著

態，置身於一定社會關係中的作家，其生活、觀念、習性等處處顯示出民俗的影響和制約。這種影響直接反映在作家創作對民俗事象的選擇和運用上，而作家在作品中如何處理其所濡化理解的民俗，與其文學技巧直接有關，也取決於其民俗觀。

1. 啟蒙主義的民俗觀

魯迅對於民俗的關注是從其對國民性關注切入的，他不斷地尋找改革精神改造國民性。所以棄醫從文立志要「改變他們的精神」，[註5] 他對於泰戈爾（Rabindranath Tagore, 1861～1941）和羅素（Bertrand Russell, 1872～1970）對東方文化讚揚的不以為然，[註6] 對於美國傳教士明恩溥（Arthur H Smith, 1845～1932）所撰的《中國人氣質》（Chinese Characteristics）推介，[註7] 都是出於國民性問題的思考。魯迅的民俗觀是在修正中的。在〈破惡聲論〉〈文化偏至論〉等文章中，他對於當時對反宗教觀念、對禁廟會行為及嘲笑神話觀念的批判是明確的。他認為宗教是先民不安於當時生活的形上需求，是合理的，其宗教觀念雖有迷信成分，但確是「向上之民，欲離是有限相對之現世，以趣無限絕對之至上者也」，也可以產生「不輕故鄉，不生階級」的功效，因此不應對此簡單否定，更不應厚此薄彼。同樣，民間廟會可以愉悅生民的精神與體質，應該予以認可，對於其中種種面向，他提出「迷信可存，偽士當去」的合理意見。[註8]〈破惡聲論〉奠定了中國神話學理論的基礎，他受西方人文科學及其思想的影響，將研究神話作為瞭解「民性」的絕好材料和重要途徑。[註9] 這些早期文章反映出魯迅對宗教、民俗的起源及侷限等已有了深刻的思考。在民俗習性的討論中，魯迅的啟蒙思想及其路徑得以顯現，其包涵有「一是尋找『古人之記錄』，即向本民族文化源頭追攝民族魂魄；二是尋找『氣秉未失之農』人，即對農民及其他群體啟蒙可能

〔註5〕魯迅：〈《吶喊》自序〉，《魯迅全集》，卷1，頁417。

〔註6〕魯迅：〈罵殺與捧殺〉，《魯迅全集》，卷5，頁585；1925年7月15日，魯迅致許廣平信化提及，《致許廣平》，《魯迅全集》，卷11，頁447；在《燈下漫筆》中也提及，《魯迅全集》，卷1，頁216。

〔註7〕魯迅在1926年〈馬上支日記〉中提及該書，1936年去世前兩周還希望有人能將其譯出來，以〈立此存照〉作為最後的心願，都反映出改造國民性是魯迅畢生思考的議題。〈馬上支日記〉，《魯迅全集》卷3，頁326；〈立此存照（三）〉《魯迅全集》卷6，頁626。

〔註8〕魯迅：〈破惡聲論〉，《魯迅全集》，卷8，頁28。

〔註9〕劉錫誠：《二十世紀中國民間文學學術史》，頁40a 41。

性的現實拷問。」〔註10〕對於民俗中的積極性，魯迅秉持認可的態度。他的〈門外雜談〉是系統闡述傳統民俗與中國文藝之關係的綱要之文，在文中他高度評價了民間文學，提出是民俗中的民間文藝孕育了中國文藝。這一觀點也貫穿於其《中國小說史略》一書中。他自己的創作中就大量汲取民俗素材，《故事新編》最為集中，雜文、小說中都可看到他擷取民俗事象為己所用。魯迅在這些文章中，從理論上探討神話的基本問題，他提出如神話是初民現實生活的反映，神話神思的特點，神話為文藝之萌芽及小說之開端，詩人為神話之仇敵等歷史主義的見解，是早期神話研究中的獨到之見。〔註11〕

　　魯迅注重個體的精神自由，因此更關注國民性中的欠缺。由神話認識「民性」，進而改造國民性，一直貫穿在他以後的小說中。〔註12〕在對中國民間的長期深入觀察後，他深知民俗既具有與官方文化抗衡的獨立性，也有受後者影響的另一面，並對其改造之艱巨有深切的體察。這種以觀念、精神形態深入到社會的角角落落，成為人皆遵守並信奉的道理，其社會基礎極其穩固，容易禁錮「體制和精神」，是改革最大的阻力，在老年人身上尤甚。〔註13〕在中國的老者長者本位社會中，舊習慣舊見解成為民間自覺傳承的體系，具有強大的裹挾力量，「實在無理可講，能用歷史和數目的力量，擠死不合意的人。這一類無主名無意識的殺人團裏，古來不曉得死了多少人物」。〔註14〕魯迅認識到這種模模糊糊古人傳下來的東西的力量，才告誡真正的革命者要深入民間大眾，瞭解、解剖其風俗習慣，選擇廢立標準，深重施行的方法，革命包括「風俗和習慣」的文化，否則所有的改革「都將為習慣的岩石所壓碎，或者只是在表面上浮游一些時」。〔註15〕正是意識到民俗的兩面性，魯迅在其創作中所描繪的浙東風俗與底層人物，更偏重於暴露影響人性人生的陋俗，以實現暴露病根，「催人留心，設法加以療治」〔註16〕目的，是意圖實現其國民改造的思想的。其創作中從生活形態的物質到深入意識、心理的精神層面的陋俗，對於浙東乃至中國社會所造成的禁錮之深，也正是「展示了啟蒙理想難

〔註10〕馬新亞：〈辨乎內外真偽的啟蒙觀——重讀魯迅的〈破惡聲論〉〉，《名作欣賞》
　　　　2017年第22期，頁54～59。
〔註11〕劉錫誠：《二十世紀中國民間文學學術史》，頁40～57。
〔註12〕劉錫誠：《二十世紀中國民間文學學術史》，頁41。
〔註13〕魯迅：〈我們怎樣做父親〉，《魯迅全集》，卷1，頁130。
〔註14〕魯迅：〈我之節烈觀〉，《魯迅全集》，卷1，頁124。
〔註15〕魯迅：〈習慣與改革〉，《魯迅全集》，卷4，頁224。
〔註16〕魯迅：〈南腔北調集《自選集》自序〉，《魯迅全集》，卷4，頁435。

以實現的時代困境」。〔註17〕

在魯迅的民俗觀念影響下，許多年輕作家紛紛關注鄉土民間，在寫作中思考民間改造的可能性途徑，在他們對於民間社會的寫作中民俗展現出其積極向上的可能，但更多暴露其消極甚至荼毒人的一面，作家寓於其中的批判色彩是強烈的。他們創作所暴露的惡俗以體現野蠻原始性的宗法家庭制活動如械鬥、水葬、占卜等，在五四時代科學、理性主張下的各類俗信活動，以及與平等思想相悖的如壓迫女性的典妻等等最為突出。革命文學繼續了這一啟蒙的觀念，文學的大眾化討論，其實也賦予文學需要將其從舊習慣、舊觀念、舊認知中解放出來的任務，左翼作家筆下的勞工無產階級所置身的民俗環境多被視為封建的、迷信的、落後的，而加以討論批判。

王任叔的〈王四嫂〉選材看似沒有特別之處，這個短篇是要畫出這類內外不一的人的嘴臉。他對於這類「只曉得做人應該這樣的做法，他也毫不覺出倒是拂心」〔註18〕的人的描述，只是通過她在堂叔生前死後的對照，來揭穿其「拂心」的嘴臉。王四嫂生前處處埋怨堂叔，堂叔死後還與人嘻嘻哈哈，可一進孝堂馬上就切換成了痛哭。作家試圖塑造一個虛偽的女性形象時，也將批判的矛頭指向了這類矯飾的習俗，哭喪習俗使人表現出的是一種完全背離真實的樣貌。拋開王四嫂人物不談，如果只是從喪俗來看，哭喪是為表現生者對逝者的悲哀之情，祝願逝者早日安息。這也是喪俗為了民間意欲實現生死兩相安的目的，而訴諸於種種繁複形式的應有之義。僅就王四嫂的哭喪行為看，是符合習俗的，本無可厚非。但民間社會在喪俗中逐步形成的繁瑣儀節程序，為此耗費不菲，給許多家庭帶來了沉重的壓力，而類似王四嫂般為了哭喪而哭喪，沒有情感的哭喪行為本就背離了哭喪的民俗意義，斥其偽善也不為過。左翼作家經過巧妙剪裁，將其前後矛盾的兩套言行表現並置安排，就凸顯出其口是心非的偽飾面，也令人反思哭喪等習俗的合理性和必要性。

一個關於民俗的普通題材能產生這樣的感染力，表現械鬥、迷信、歧視等陋習的作品就更有強烈的批判性。許傑的〈慘霧〉是聚族而居的村落間，為了爭奪沙灘地而械鬥導致小家庭家破人亡的慘劇；王魯彥的〈岔路〉文中涉及浙東的俗信，結局以各種糾紛甚至聚眾械鬥告終，〈菊英的出嫁〉〈河邊〉

〔註17〕張春茂：〈魯迅民俗觀論析〉，《民俗研究》2017年第6期，頁95〜101。
〔註18〕王任叔：〈王四嫂〉，《小說月報》1923年第1號第14卷，頁2。

等作品中寧求菩薩不求醫而耽誤了醫治的，這些作品中的俗信是作為與現代
科學醫學的對立面出現，因其導致的死亡悲劇，自然構成了對俗信的控訴。
這兩位都沒有正式加入「左聯」，但他們的創作活動或受魯迅的影響或以「左
聯」的活動為創作指導。婦女解放是現代文學中的重要議題，在「五四」時被
作為社會改造的一個方面提出來後，文學作品中表現壓迫女性的種種習俗、
觀念自然就成為被抨擊的對象。〈賭徒吉順〉〈為奴隸的母親〉都將矛頭指向
了將婦女當做商品的「典妻」行為，〈祝福〉中則是在熱鬧喜慶的年俗中凸顯
祥林嫂的悲慘，民俗是導致其悲劇的元兇。作家們在反映女性的悲劇命運時，
對造成其悲劇的陋習做了強烈的批判。

2. 學術研究的民俗觀

　　不同於魯迅關注民俗的落後殘缺面以利改造國民性，周作人的國民性思
考多了人性的理想化色彩，對於民俗的記載與討論更具有學術氣。自幼受到
民間文化影響，加上其個性，紹興的民俗成為其一生的「偏好」，對各種神異
故事的原始要求長在其血脈中，使其能愉快地從事民間文化的收集研究工作。
〔註 19〕周作人的民俗觀先是受到安德魯・朗（Andrew Lang）等西方民俗學和
人類學的影響，後深入研讀日本民俗學運動領軍人物柳田國男所著《遠野物
語》及其雜誌《鄉土研究》，這些民俗學和文化人類學理論為周作人觀照中國
風俗和道德觀念提供了科學的方法，使其改變了西方早期將民俗為「歷史遺
留物」的觀念，逐步重視其「傳承」的一面，立足於當下，從事民間文化的收
集研究。這一轉變的思想理路他交代得很清楚：

> 《鄉土研究》刊行的初期，如南方熊楠那些論文，古今內外的引
> 證，本是舊民俗學的一路，柳田國男氏的主張逐漸確立，成為國民
> 生活之史的研究，名稱亦歸結於民間傳承。我們對於日本感覺興
> 味，想要瞭解他的事情，在文學藝術方面摸索很久之後，覺得事倍
> 功半，必須著手於國民感情生活，才有入處，我以為宗教最是重
> 要，急切不能直入，則先注意於其上下四旁，民間傳承正是絕好的
> 一條路徑。〔註 20〕

重視當下傳承的民俗觀貫徹於其行動中。他於 1911 年秋歸國後，就進行了民
俗的調查研究，在《紹興縣教育會月刊》《紹興教育雜誌》《笑報》等刊物上，

〔註 19〕劉錫誠：《二十世紀中國民間文學學術史》，頁 58～61。
〔註 20〕周作人：〈我的雜學・八〉，《古今》半月刊，1944 年第 50 期，頁 4。

收集當地民歌，翻譯了希臘、日本的民間文學作品，計約 80 篇左右。其內容包涵廣泛，其中涉及民間文學、風俗調查如〈古蹟調查〉〈風俗調查二〉〈論保存古蹟〉˙等尤為詳盡。他還從范寅《越諺》中轉抄 55 首；別人記錄、自己聽到的 85 首；親自徵集到的 73 首，共 213 首，編成《紹興兒歌集》。他搜集和編訂的《童謠研究》，直到 2000 年才發表於《魯迅研究月刊》，其中有 100 則不同來源的童謠，保存了百年前紹興社會的流行兒歌，該資料於社會發展還是民間文藝研究，都彌足珍貴。〔註21〕

　　「民俗學」概念是周作人在寫於 1913 年的《童話略論》中首次提出的，指出「童話研究當以民俗學為據，探討其本原，更益以兒童學，以定其應用之範圍，乃為得之。」〔註22〕當其 1917 年進京後被邀請參與歌謠徵集活動，歌謠活動也被其納入民俗學的研究範圍之中。周作人認為這樣的工作要區分於史地研究，可以吸引更多的人，進到民俗研究方面去。他在《歌謠》週刊的「發刊詞」中說：

> 本會搜集歌謠的目的共有兩種，一是學術的，一是文藝的。我們相信民俗學的研究，在現今的中國確是很重要的一件事業，雖然還沒有學者注意及此，只靠幾個有志未逮的人是做不出什麼來的，但是也不能不各盡一分力，至少去供給多少材料或引起一點興味。歌謠是民俗學上的一種重要的數據，我們把他輯錄起來，以備專門的研究：這是第一個目的。……從這學術的數據之中，再由文藝批評的眼光加以選擇，編成一部國民心聲的選集。……彙編與選錄即是這兩方面的預定的結果的名目。〔註23〕

明確民俗的重要性，從學術的、文藝的目的對此加以加以說明，並結合西方和日本的民俗學理論來闡述期刊建設的學科意義，顯示出周作人民俗認知的自覺。1924 年 1 月 30 日在歌謠研究會常會上，他提出擴大歌謠研究、搜集的範圍，且改名為「民俗學會」，儘管改名未成，但研究會逐漸將方言和其他民俗納入了收集和研究範疇。從周作人的收集、研究工作分析，其所講的民俗

〔註21〕劉錫誠：《二十世紀中國民間文學學術史》，頁 73。

〔註22〕周作人：〈童話略論〉，《周作人民俗學論集》（上海：上海文藝出版社，1999年），頁 39。

〔註23〕周作人：〈《歌謠週刊》發刊詞〉，《歌謠》週刊第 1 號，1922 年 12 月 17 日，苑利主編：《二十世紀中國民俗學經典》（北京：社會科學文獻出版社，2002年），頁 273。

範圍廣泛，包括日常生活事象、民間信仰、民間文學、俗語方言、歲時節日等
內容。

圖 5-1　柳田國男之河童〔註24〕

　　周作人的民俗觀反映在其運用類型理論和比較方法研究本土故事，對於
中國古籍中固有成分之童話的型式分析，如「蛇郎」「老虎外婆」〈吳洞〉〈旁
㐌〉〈女雀〉等童話、民間故事的研究，創造了人類學派神話學觀點對民間故
事理論研究的先例；他抨擊占驗舊說，闡發兒歌新見，是啟蒙時期對民俗思
考的結果。〔註25〕他對於民俗的調查、收集、整理，以備研究的說法，貫穿
始終，在 1930 年代主持《駱駝草》做的調查，以及 1950 年代整理其文章材
料時都一再被提及。周作人在〈水裏的東西〉中說紹興一帶叫 ghosychiu 的奇
怪的東西，寫為「河水鬼」，這是種「討替代」，類似於卋死鬼。但是作者說水
鄉的人對於河水鬼不覺得可怕，反倒是有親近之感；另外據說河水鬼不同於
其他的，樣子有點「愛嬌」，他用小孩子玩耍被驚動如青蛙般掉下水裏形容。
日本有「河童」，柳田國男曾對此加以研究，作者希望河水鬼之類的也有人加
以調查。〔註26〕如其所言，他對於人類學的興趣，不在於學，而在於為人。
周作人的民俗調查研究多此類，文藝氣息濃鬱，筆調從容餘裕，希望能吸引
更多的人加入其中。

　　實際上，從人類學、文藝的眼光去看待民俗，視其為資料的收集、研究
的對象的，周作人以外，胡適、顧頡剛、鍾敬文、鄭振鐸、楊蔭深、趙景深、

〔註24〕〔日〕柳田國男著，印祖玲譯：《日本怪談錄》，第 2 版，重慶：重慶大學出
　　　　版社，2013 年，頁 21。
〔註25〕劉錫誠：《二十世紀中國民間文學學術史》，頁 64～71。
〔註26〕周作人：〈水裏的東西〉，《周作人自編集·看雲集》，頁 37～41。

婁匡之等都是這方面的先行者。胡適在《歌謠》徵集活動中的發聲代表五四先驅對於民俗與文藝關係的思考的；顧頡剛的《吳歌甲集》收集編制，「孟姜女研究」都開啟了民俗研究的新領域；鍾敬文 1927 年自廣州到杭州後的近七年時間裏，他所主持的中國民俗學會的研究工作使得杭州成為又一個民俗學的活動中心。其他的都是浙東作家，他們分別在不同的領域內從事民俗的資料收集、調查研究工作。在他們眼裏，民俗是研究對象，是職業活動的內容，他們看待這些民俗事象有一種相對超然的態度。

二、浙東現代文學中民俗的類型

民俗的獨特性在於它有著文化意識和社會生活的雙重特徵。它來自於生活，又反作用於生活成為某一樣式，更多的是以程式化的「生活相」呈現在人類社會中的。民俗是「以風習性文化意識，程式化生活相外殼表現出來的特殊的生活形態」，〔註27〕其在現實中總是以特定的生活形態出現，陳勤建以此將民俗分為有形物質民俗、無形心意民俗和行為的生活民俗三類。以生活形態出現的民俗事像是文學作品的重要素材來源，浙東現代作家通過對其藝術的加工，在生活的原生態事象中寄託、表達了豐富的意涵，成為作品中的民俗意象，這些民俗意象內容廣泛，涉及到各個領域，它不等於生活相的民俗，但與民俗的生活相有著必然的聯繫。

1. 有形物質民俗

人們在長期的生產生活中，利用物質的習慣性的方式或要求，是日常生活或生產中的物化存在形式，各種傳統的生產器物用具、生活中的衣食住行都有可能因其特殊的程式化用途而成為民俗事象，而非僅僅只是工具。這類物化的有形物質民俗生活相按其用途又可分生產、交易、衣食住行三大類。〔註28〕在現實中有形物質生活相存在於各個領域，進入到生活的各個角落，其具有的民俗意味和習俗程序是明顯的可被識別的標誌。浙東現代作家的創作中，這些有形物質生活相的組合，可以真實地再現浙東地方特色的環境。

習俗中的風土人情，其首在風物。作品中出現的風物意象，其所附著的長期生活生產中形成並沿襲的技藝、觀念、審美心理等的歷史積澱，可以賦予人物活動和個性以特定的象徵性內涵。文學作品中的風物充實著人物，其

〔註27〕陳勤建：《文藝民俗學》，頁 226。
〔註28〕陳勤建：《文藝民俗學》，頁 254。

生活環境中有關穿著打扮、肖像外貌、從事的職業活動等等都是交代人物必需的內容，這些在長期的生活生產中沿襲下來的物象中有著豐富的民俗意味。有的作品中不一定有確指的現實地點，但其環境中的自然、人文景觀，與現實生活中的相應，會呈現明顯的某地特色。浙東現代作家的作品中多出現小橋流水航船，是典型的江南風景，「藍色炊煙按時在密密屋頂上吹著。河流帶子似的圍繞在周圍，田園中四季都鋪著翠色的稻麥菜蔬，河中終年不缺魚蝦水族」，〔註29〕是融柯靈思鄉之情的實寫；而「矮矮的兩扇烏搖門裏，短短的明廊前面，一個狹長的小天井」，〔註30〕是水鄉小戶人家的住屋。當他們端出飯籃、烏乾菜、茶泡飯時，寧紹地區的人物便該出場了。王任叔〈族長〉中族長下田地穿的短布衫不能見客，須得換拜祖廟時穿的老藍布長衫，黑粗布背心，草鞋要換成「紀老」的「雙根梁」；魯迅〈祝福〉中祥林嫂出場前兩次都著重寫其頭上戴的白頭繩；孔乙己是界於鎮中穿長衫階層和下層穿短衫之間的；閏土戴的銀項圈、魯迅兒時戴的銀篩等都是浙東典型的風物。魯迅小說中勞苦的農民都提到了氈帽這一民俗意象，阿Q戴氈帽，沒有錢時只能拿氈帽做抵押；閏土也戴小氈帽。王任叔的〈鄉間的來客〉中為出嫁的掛著銀項圈的大姑娘；柯靈〈雲〉中穿著長衫馬褂穿得「官官得周」〔註31〕似的少年阿泉套著銀項圈；許欽文〈步上老〉中佃戶長生兒子阿發戴著烏氈帽；潘訓小說〈鄉心〉中小木匠阿貴也戴著黃卵金鑲邊的氈帽，這是有著一定審美水平的小木匠，在杭州時其職業穿著特徵比較明顯，腰裏圍一塊邊緣破掉的布裙，手裏拿竹刀；又有墨斗、曲尺、作刀、作籃，一幅舊式木匠的家當。

　　穿著以外，浙東現代作家都關注到了晚清以來民俗中的剪辮子現象。辮子是魯迅小說〈風波〉的主線，〈阿Q正傳〉和王任叔〈牛市〉等作品中都提到這一情節。辮子原是蠻夷滿人的習俗，清兵入關後，統治者頒布剃頭留辮子政策以此為漢人是否順民的標誌。但這與儒家認為身體髮膚為父母所賜，應予以愛惜的「孝道」觀念是相悖的，清初的「留頭不留髮，留髮不留頭」曾激起了民間強烈的抗爭，但在強權高壓政策下，終於清代臣民都成了「辮子族」。到了晚清，剪辮子又成為革命的行動，阿Q從盤辮開始表明革命，七斤、福如兄弟等都在城裏被革命黨人出其不意剪了辮子而惴惴不安，到後來

〔註29〕柯靈：〈我的鄉愁〉，《望春草》，頁83。
〔註30〕許欽文：〈瘋婦〉，《許欽文小說集》，頁52。
〔註31〕紹興對有錢人家孩子周歲時穿得全新十分講究的稱法。

自行剪髮。不僅男性,女性的剪髮同樣被視為新式女性行為。辮子是長期儒家倫理規範下人的價值觀念和慣習思維的外現,剪辮子這一行為因此被賦予了革命的象徵意義,圍繞剪辮子的種種心理、行為折射出辛亥革命前後社會各階層的反應,其中不乏投機者,但更多的是社會底層的心態,辮子是小說家藉以反映、思考社會變動的一個重要意象。

日常生活中的飲食、建築、起居器皿等,都是人物活動具體環境的構成要件。浙東現代作家的作品對風物景觀的關注是普遍的,飲食起居中經常出現如山貨魚鹽、黴臭食品等,是浙東特色的風味。飲食習俗是一地特定氣候、地理環境及觀念共同作用下形成的共同傾向、講究,也有共同的社會心理驅使。浙東人吃食中的黴臭食,其他地方的人覺得臭不可聞,可是寧紹地區百姓卻甘之若飴。魯彥〈食味雜記〉從寧波人做醃菜與湖南的不同說起,寫到醃菜腐爛發臭,甚至於長蟲子,可是寧波人卻更喜歡,且越臭越好吃,臭的最地道的是臭莧菜股,作家講寧波人對臭的喜愛與神往,「若是在誰家討得了一碗,便千謝萬謝,如得到了寶貝一般。」紹興人對臭莧菜股的鍾情不亞於寧波,周作人在〈臭豆腐〉和〈吃菜根〉等文章中寫到過臭食的做法和吃法。這讓其他地方的人掩鼻而走的臭味,只有浙東人能體味其中之味。

日常生活化的飲食在特定場合下會被民俗化,特定場合的宴飲既是凝聚群體的方式,也有特定的功用,如祭祀、尊重、講和之意等。魯彥〈許是不至於罷〉娶兒媳婦的財主辦酒席,吉期頭一天的「殺豬飯」本來只是限於族內最親的人,結果遠近的都來了,因為飯菜好,備桌多;許欽文〈難兄難弟〉中三鮮扣肉辦酒席;魯彥的〈最後的勝利〉中駝背偷米被抓貴生老闆講和的條件就是辦十幾桌酒席。有的酒席飲食文化衍生出更具體的規範,在孫席珍的〈阿娥〉中有場特殊的酒席。阿娥因為失貞被抓,其父母向全村辦的請罪講和的酒席,桌上的菜烤肉是不能空盤的,飲食民俗兼具整合、團聚社會群體和識別特殊的群體的功能在這一形式中被傳遞出來。〔註 32〕生活拮据的阿娥父母,因女兒被人發現與人私會而使全村人蒙羞,只能徵得村裏頭面人物的同意,盡全力置辦酒席,這桌分性別、全村都參與的酒席便是賠罪、和解的邀約,只有當全村的男女開始吃喝且吃飽喝足,才意味著村裏對阿娥家的重新接納。實際上,浙東山村這一具有宗法特色的禳解方式,在其他地區也有類似的如喝茶等,老舍的〈茶館〉、沙汀(1904~1992)的〈在其香居茶館中〉

〔註 32〕陳勤建:《文藝民俗學》,頁 242。

都對這一類似功能做了描述。

　　有形物質民俗生活相廣泛分布於生活中，日常生活娛樂的街道、戲臺及臺上的戲班，祭祖時的祭品、祭器等等。交通往來的特色工俱如出行的各種航船，下鄉勘災的知事、王委員坐的呢子轎子等等。在日常生活中，航船不僅是水鄉的交通工具，作為公共空間還是重要的交流平臺，其承載的民俗內涵，可以從不同行業不同時段的航船看，周作人對航船的介紹最為詳細，但航船無疑是每個離鄉的水鄉人都熟習的，錢一鳴記載初次坐航船時的恐懼漸被美景所吸引的經歷，應是共通的體驗，〔註33〕這也是作者在記越中風土時首先被介紹的事象。

　　物質民俗還包括行規行話等。浙東是商品經濟較早發展的地區，傳統經濟交往的行業制度以及經濟形態轉變過程中逐步形成的規範程序，也是有地方特色的有型物質形態生活相類型。魯迅的〈祝福〉中紹興城鎮中居民雇傭需要保人、薦頭的做法；魯彥〈中人〉中房屋買賣需要中人介紹，〈李媽〉中傭人需要中介是經濟活動中信用的擔保。魯迅〈孔乙己〉咸亨酒店中的曲尺形大櫃檯，其目的既隔離了內外，也方便夥計趁其不備摻水；顧客若有賒欠，夥計將賒帳寫在店堂的粉板上公告；王任叔〈鄉間的來客〉中市集上店家記酒賬「老狗──老酒一手」、「小貓尖頭──燒酒一提」；阿魁在紹清油廠裏做工所得要被欠其他地方的債抵扣；《莽秀才造反記》中寧波城裏商行與漁民簽契約，需要漁民以漁獲提前做擔保；樓適夷〈鹽場〉中到鎮上喝酒有的賒帳等等，都是經濟交往中長期積澱下來的。

　　有形物質民俗生活相內容多來自生活生產，並非生活生產對象都有民俗意味。麻繩穿上錢只是方便使用的功能，但置於特定程序下就可能轉化為民俗事象，在闊人的喪事儀式如「解結」中這類的麻繩或白頭繩便是意味著生前的各種冤、仇結，通過整套的儀式來試圖解散而教死者能順利進入往生世界。

2. 無形心意民俗

　　主要指精神生活中的民俗形態，主要表現在巫術、信仰、宗教等形態中，「是某一類人群獨特的心態思考和參與生活的場景，一種怪謔、魔幻的生活思索」。〔註34〕無形心意民俗中最早形成的是與初民的生存需求相關的，包括

〔註33〕錢一鳴：〈夜航船──越中風物瑣記之一〉，《天地間》1941 年第 8、9 期合刊，頁 26、27。

〔註34〕陳勤建：《文藝民俗學》，頁 254。

與飲食、繁衍相關的各種禁忌、崇拜、信仰。馬林諾夫斯基調查認為「食物是初民與大自然之間根本的繫結。因為需要食物，因為希求食物底豐富，所以才進行經濟的活動，才採集，才漁獵，而且才使這等活動充滿了各種情感，各種緊張的情感……都集中了一種具有社會性質的情操，而且這種情操也就自然而然地表現在民俗信仰與儀式上面。」〔註35〕初民對與生存有關的動植物的虔敬、崇拜、佔有等的情感，透過模擬、想像、再現的方式，在巫術、圖騰、禁忌中展示出來。浙東從南至北大抵「俗佞神尚巫。病者不問醫藥，專事禳祈，擊鼓鳴金，喧鬧晝夜。婦女信嗜尤篤」，〔註36〕此種社會習俗在文學作品中得到了反映。

　　浙東地區的無形心意民俗有許多傳自古越初民，如各類古籍上都有相應的記載鳥圖騰，龍、蛇、蛙、犬崇拜等。《山海經・大荒南經》有「羽人」的說法。〔註37〕《尚書・禹貢》「鳥夷卉服」，提到了越裳獻白雉的事蹟；《越絕書》中「鳥田」神話；〔註38〕《搜神記》、張華的《博物志》均載「冶鳥」。〔註39〕大多數崇拜與浙東沿海地區的生活環境有關。浙東漁民在海上捕魚時，面臨風浪的諸多危險，為了能求生存也為得到更多的收穫，漁民們在身上文上龍、蛇的形象，認為能震懾各種危險，庇護自己，即「常在水中故斷其髮文其身以像竜子故不見傷」，〔註40〕避蛟龍之害。《說苑》中載「（越人）剪髮文身，燦然成章，以像龍子者，將避水神也。」〔註41〕龍在民間被認為是掌管雨水的，因此各地求雨時都是以龍崇拜為核心的活動，但實際上，龍這一被想像出來的圖騰，在現實中往往以其他生物替代。浙東鄉間久

〔註35〕〔英〕馬林諾夫斯基：《巫術科學宗教與神話》（北京：中國民間文藝出版社，1986年），頁27。

〔註36〕丁世良、趙放主編：《中國地方志民俗資料彙編》（北京：書目文獻出版社，1995年），華東卷，頁917。

〔註37〕《山海經・大荒南經》記載：「有羽民之國。其民皆生毛羽」。〔晉〕郭璞（276～324）傳：《山海經》（據江安傅氏雙鑒樓藏明成化庚寅刊本影印），頁131。

〔註38〕〔東漢〕袁康撰：〈越絕外傳記地傳〉，《越絕書》，卷8，頁39。

〔註39〕〔晉〕干寶（？～351）：《搜神記》（鄭州：中州古籍出版社，2010年），卷12，頁225。〔晉〕張華（232～300）撰，〔宋〕周日用注：《博物志》（士禮居本），卷9，頁39。

〔註40〕〔唐〕孔穎達（574～648）等撰：《春秋正義》（海鹽張氏涉園藏日本覆印景鈔正宗寺本），卷35，頁790。

〔註41〕〔漢〕劉向（前77～前6）撰，向宗魯校正：《說苑校正》（北京：中華書局，1987年），卷12，頁302～303。

旱請龍祈雨時，「縛草為龍，舁至龍潭側。龍潭各處多有之，實為不竭之源
泉。禱告焚燒，見水中有蛇蛙或小蟲浮出，曰請得矣。舁而歸，要求邑之長
官跪拜之，供奉如神，候雨下乃送回」。〔註 42〕蛙崇拜還與其生產方式、生
活環境有關，河姆渡遺址的稻穀發現證實古越人早就掌握了水稻種植技術，
《國語・越語下》中說范蠡稱越人「濱於東海之陂，黿鼉魚鱉之與處，而鼋
鼉之與同陼。」〔註 43〕蛙的生長環境總在稻田河邊，又與作物產量有關，
蛙的某些特異功能就容易被初民神化。龍圖騰在其他地區都比較普遍，蛇
崇拜在古越民族比較突出，蛇圖騰的遺風舊俗沿襲至今。如浙東農村觀念，
家蛇是守護神，不能隨便打死，寧波春節舞小龍求吉祥習俗的龍，是以大蛇
為藍本的。由蛇圖騰又產生了蛇崇拜，衍生出以理想化的白蛇為核心的「白
蛇傳」的各種傳說。

這類對自然的敬畏產生的圖騰、崇拜很多，在萬物有靈的觀念下，民間
有各類生靈崇拜日月崇拜、花崇拜等的習俗活動，各種事物有其神靈，且越
是偏遠地帶越興盛。如地處偏遠海島的舟山歲終時，定海農家歲終時在田畔
祭祀田公，稱「叩頭伴」；在豬圈祭祀豬欄神；在牛牢祭祀黃老相公，以祝稼
穡之豐登、牲畜之肥腯。商家祀財神，工廠各有所祭：酒坊奉杜康，染坊奉葛
洪，冶坊奉尉遲恭，木作奉魯班等等。甚至鼠蛇亦有祭祀，「五千年來拜物教
之遺風猶未泯滅」。〔註 44〕浙東婦女最信奉床公床婆。即使蘇青已經遷居上海，
當孩子生病晚上睡不好時，還要先請床婆安床。《結婚十年》中菱菱發燒時，
崇賢的第一反應是想到兆頭的不吉利，一定要為她買經鎮壓，晚上又把掃帚
倒豎立在床邊插上三炷香，祈禱床公床婆叫回菱菱的小魂靈。床公床婆這一
類屬於鬼神信仰普遍存在於普通市民之中，即使是受過現代化教育的知識分
子也不例外，這就是習俗的法約性力量。

許多信仰、崇拜與人物活動有關。漢人最普遍的祖先崇拜，古越國深為
所信，《吳越春秋・句踐陰謀外傳》中載文種進獻「九術」，其第一術就為「尊
天事鬼以求其福」。〔註 45〕越人侵伐敵國，必先毀其社稷祭祀，以達其褫奪祖
宗庇佑目的。《說苑・尊賢篇》「越人不毀舊冢，而吳人服；以其所為之順於民

〔註 42〕丁世良、趙放主編：《中國地方志民俗資料彙編》，頁 817。

〔註 43〕〔三國吳〕韋昭（204～273）解：《國語》（上海：商務印書館，1937 年），卷
　　　　21，頁 302。

〔註 44〕丁世良、趙放主編：《中國地方志民俗資料彙編》，頁 811。

〔註 45〕〔東漢〕趙曄撰：《吳越春秋》，卷 5，頁 181。

心也」，〔註46〕說明祖先崇拜在吳越地區的盛行。基督教文化由沿海地區傳入之時，其遇到的最難解決問題即是祖先崇拜，由此產生的爭議，到康熙時的禮義之爭而告一段落。19世紀中葉西方傳教士再次攜船堅炮利從沿海的舟山、寧波登陸後，其傳教權在戰後的條約中得到了官方的保障。在以寧波、上海為中心的傳教過程中，基督教對於祖先崇拜這類偶像崇拜所持的反對態度，在一定程度上對後者產生衝擊作用，然據浙東現代作家的作品，民間祖宗崇拜依舊普遍存在。祖先崇拜有各種形式，在無形心意民俗中主要為各種祖先祭祀活動，浙東大族的祭祀又分家祭、墓祭、族祭。周氏兄弟專文討論過祖先崇拜的問題，在其作品中經常祭祖先場景。周作人不僅調查各種信仰習俗，研究各種祭祀的起源意義等，還在其美文中大量穿插祭祀祖先細節，〈故鄉的野菜〉中回憶清明上墳合族墓祭的盛大情形，坐船返回時看戲看姣姣的愉悅心情，情景自然融為一體。魯彥〈清明〉也是回憶上嘉溪山祖墳的美文。魯迅小說也有許多類似細節，〈故鄉〉中閏土是為族祭時需要有人看管值錢的祭器而來的；〈孤獨者〉中魏連殳祖母歿後的活動；〈祝福〉中祭祀的情節有幾處提及，筆墨最多的是在祥林嫂捐了門坎後，去碰祭器祭品被拒的情節。小說中對於祝福時人人忙碌的場景敘述比較仔細，一般該場景被認為是過年的習俗，但周作人考察越地的年終請福神獻福禮的祝福習俗後，認為這並非普通意義的過年：其主要程序中的核心是為「祭祖神」，是以紹興為中心的古越所特有的習俗。「因為這『祝福』二字乃是方言，與普通國語裏所用的意思迥不相同，這可能在隔省的江蘇就不通行的」。〔註47〕清范寅《越諺》卷「風俗」項下云：「作福，歲暮謝年，祭神祖，名此。開春致祭，曰『作春福』」。〔註48〕顧祿《清嘉錄》中載過年：擇日懸神軸，供佛馬，具牲醴糕果之屬，以祭百神。吳地的過年與越地的祝福可能都為臘的遺風，但越地所供奉的為神祖，與吳地顯然不同。祝福的儀式過程周作人在其〈祝福的儀式〉一文中有詳實的介紹。〔註49〕鄭振鐸在〈三年〉〈五叔〉中都提到在家中置有祖先的神廚，節日時或生忌、死忌都要在神廚前置桌子祭奠。此外，大禹、防風氏、胡則、黃大仙、梁山伯等都是浙東典型的人物崇拜。

〔註46〕〔漢〕劉向撰，向宗魯校正：《說苑校正》，卷8，頁180。
〔註47〕見周遐壽：《魯迅的故事》（北京：人民文學出版社，1981年），頁115。
〔註48〕見周遐壽：《魯迅的故事》，頁115。
〔註49〕周作人：《周作人自編集‧魯迅小說裏的人物》，頁195～197。

這些信仰中有的是受佛道教影響，如觀音、玉皇大帝等在佛道教中有神格的信仰，有的是從外來傳入的如媽祖、平水大帝等。浙東工商經濟較為發達，相關的信仰如財神信仰比較多，比較地方性的五通神，一般認為是從浙西傳播而來。另外值得一提的是寧波的梁山伯廟。梁祝故事散見於各類地方志、史書中，各類文學作品也數量眾多，楊蔭深的《一陣狂風》就是以梁祝故事為核心的現代劇作。梁祝故事在傳播過程中各地衍生出許多相關的習俗活動。寧波作為梁祝故事的起源地說之一，產生了與故事相關的一些習俗，梁祝崇拜是其中重要的內容。宋代李茂誠〈義忠王廟記〉記錄了其神化過程，記梁山伯求聘不得時喟然道「生當封侯，死當廟食，區區何足論也」；祝英臺在墓前哭訴地裂埋璧後，馬家要開棺，有巨蛇護冢不果。後謝安奏請「義婦冢」；孫恩造反時神助太尉劉裕討伐，遂被褒封「義忠神聖王」。「民間凡旱澇疫病，商旅不測，禱之則應。」〔註50〕錢南揚於1925年秋天參觀梁祝廟對該崇拜有詳細報導。梁山伯廟主祀梁山伯，配祀有「敕賜雲霄檢察護國佑民沙老元帥」，有戲臺；後殿供梁祝木像及「送子殿」，廟西邊有梁祝墓。他的調查顯示梁祝已被充分神性化和神道化：梁山伯廟頌《雨水經》祈雨，由來已久；送子殿有信眾向祝英臺祈求人丁興旺、子孫繁盛。〔註51〕梁山伯廟香火至今都很旺，民間認為農曆三月初一（梁山伯生日）和八月十六壽終，祝英臺要回娘家祝家渡，從八月初到八月半，前來進香、燒香的婦女很多。她們還常以新繡弓鞋供英臺。婦女們手摸神足，據說可以治足痛病，這當是纏足時代的習俗。當地還有在祭拜梁祝墓後，特意取回墓地泥土的做法，說是放在灶頭能防治蟑螂螞蟻等小蟲，因此，春秋兩季廟會後，廟墓前會出現大泥坑，稱之為「廟池」，這與〈梁山伯託夢治蟲〉傳說有關。〔註52〕神道化了的梁祝崇拜也是與其他區域梁祝傳說的主要差異所在。

浙東現代作家的作品中有各類信仰、禁忌習俗記錄，有的以民俗活動為主要情節。孫席珍〈銀姑日記〉以一個女青年的視角記載了七月的主要民間

〔註50〕〔清〕聞性道撰：《鄞縣志》（清康熙二十五年刻本），卷9，頁449～450。

〔註51〕劉錫誠：〈梁祝的嬗變與文化的傳播〉，錢南揚：〈祝英臺故事敘論〉，《民俗》1930年2月12日。今天梁山伯廟依舊在，為梁祝公園的主要部分。錢南揚等著《名家談梁山伯與祝英臺》（北京：文化藝術出版社，2006年），頁45～47。

〔註52〕白岩：〈梁山伯廟墓與風俗調查〉（節選），見陳勤建主編：《東方的羅密歐與朱麗葉：梁祝口頭遺產文化空間》（哈爾濱：黑龍江人民出版社，2005年），頁127。

活動，從七夕乞巧開始，女性聽牛郎織女的故事（與星星有關）；七月十三是野鬼放生，婦女們不宜出門；七月十五祭祖；七月三十地藏王生日，晚上插地香。周氏兄弟對於浙東巫術、宗教的興趣極大，周作人的《立春之前》集中極大部分是關於這類題材，魯迅〈社戲〉〈祝福〉等作品以這些信俗為重要素材，〈五猖會〉〈無常〉〈女弔〉等文章以鬼怪神仙的故事、傳說、習俗為標題；有的文章不以為主要題材，但也在寫人記事中不斷涉及到，寫長媽媽、和尚師傅等；有的意在諷喻，但以民俗事象為切入的，〈我的種痘〉中有關於各類種痘活動的儀式。即使在晚年，魯迅還在〈女弔〉中詳細敘述請神、請鬼的儀式。《故事新編》中的女媧、嫦娥、大禹等都是在寧紹地區非常普遍的信仰。

　　無形心意民俗是民間心理的內在面，以對行為的規範或引導顯示出來，總是與有形物質民俗交織在一起，組成複合的民俗生活相。前述提到闊人的喪事儀式中的「解結」，只有在這類具體儀式成規中才傳達明確的解開生前結的意義，在拜完經懺的傍晚，靈前列幾盤食物和花，其中有打成節穿上錢的麻繩或白頭繩，和尚們環坐桌旁，且唱且解。〔註53〕這一程序中，麻繩或白繩是喪俗中使用的，有哀悼的寄託，而在唱詞中一層一層被引導進入一種特殊狀態，闊人家才有可能穿上銅錢捎給鬼神，讓其能完全解開生前的各種關結，順利進入身後世界。還有浙東盛行祀神祈福的宣卷活動，或在廟宇為祝神靈誕辰舉辦的；或私人為慶壽、賀遷、祭奠活動而主請宣卷班子的。其設置有「祭桌」、祭器、祭品，其後是圍有「佛光普照」桌圍的方桌，宣卷演唱藝人三面圍坐，分角色演唱。宣卷過去只在晚上進行，現在則大多從上午開始。〔註54〕此類民間信仰、崇拜往往有一一整套程序活動，佐以祭品、供品、祭桌、祭臺、帳縵等的空間布置，共同達到對信仰的闡釋，是常見的複合性的民俗生活相。

3. 行為的社會民俗

　　行為的社會民俗是習俗特徵最顯著、散射面最廣的社會習慣生活形態。一般都伴有固定的儀式、動作、程序組成的生活場景。包括歲時節令、人情禮俗、娛樂生活等。血緣的親族、家族及職業的社團、幫會中流行的群體習俗生活，以及民間各類文藝表演、藝術作品的欣賞習性、情趣等等都屬此。〔註55〕

〔註53〕魯迅：〈我的第一個師傅〉，《魯迅全集》，卷6，頁580。
〔註54〕王彪：《紹興宣卷》（杭州：浙江攝影出版社，2012年），頁22。
〔註55〕陳勤建：《文藝民俗學》，頁256。

行為社會民俗往往最富文化的涵義，在文學作品中多綜合的展現。歲時節令是中國傳統的節俗，其來由與天時季候等自然時間有關，又附會上人類生命的時間過渡。〔註56〕歲時節令習俗在以農耕為主的社會歷史發展中，往往與農業生產有必然的關聯，氣候達到一定條件才能生產活動，春季播種祈神多產，秋季收穫酬神，冬季農閒才能放鬆。季節交替，在特定的時間裏分別以特定的形式寄託各自寓意。傳統的節俗幾乎不間斷，內容各異。據統計，僅是從農曆十二月到次年正月，《清嘉錄》中記吳中的節俗到除夕夜有：跳灶王、跳鍾馗、臘八粥等 46 項；從正月初一起至正月十五，有行春、打春、拜春、拜牌、歲朝等 41 項，合計這一個半月的時間裏，有 87 項節俗，平均每天 2 項。以此再看整個年度，生活在民俗圈內的人們，每年要過的節俗，平均一天半就有群體性的節俗儀式。〔註57〕節日可以宣洩情感，整合群體，娛樂生活往往與歲時節令結合於一體，民間春節炮仗比煙火，元宵燈節猜謎競燈彩，端午龍舟競渡，寧波中秋也比龍舟競渡，且不同於端午。而在生產、娛樂活動中，人的交流交往是相伴相生的，依人的生命各個階段有生死婚喪等人情禮俗，也有日常交往習俗等。

　　浙東年俗除了各地都相似的放鞭炮、守歲、拜年、穿新衣等內容外，還有地方講究。該地新年在祝福中開始，過年的鞭炮從除夕的壓歲炮到「開門炮」，以示辭舊迎新。王任叔〈族長〉正月初二族長率領全族的會拜，祠堂裏鳴放歡迎炮，後面跟著一列房長秀才、監生、武秀才之類。寧紹地區的春節遊藝活動中，舞小龍、大頭和尚、跑馬燈都是地方性的活動。魯彥〈阿長賊骨頭〉寫「正月看馬燈，」〔註58〕易家村正月十二來了跑馬燈的情景。寧波的跑馬燈有專門的隊伍，間雜耍雜記，跑馬燈為了娛樂吸引人，不僅燈要漂亮有特色，還編舞編耍，因廣受民間歡迎，逐漸產生了結合寧波地方民間音樂、舞蹈的馬燈調和馬燈舞。盛景一直要持續到元宵，龍燈、跑馬燈、大頭和尚外，浙東地區民間還有抬閣、賞燈等，有的地方張燈結綵，熱鬧時間可以達五至八天。跑馬燈是由鄉間團體在各地流轉雜耍的，晚的要到十九夜，意味著年的終結。寧波及下屬各邑都載元宵自十三夜起，「各設竹棚、彩障，

〔註56〕蔡師振念（1957～）：〈七夕民俗與唐詩〉，《民俗與文學學術研討會論文集》（高雄：覆文圖書出版社，1998 年），頁 328。
〔註57〕陳勤建：《中國民俗學》（上海：上海人民出版社，2017 年），頁 159、160。
〔註58〕魯彥：〈阿長賊骨頭〉，《新生命》第 1 卷第 4 號（1928 年 4 月），頁 13。

懸燈其上，或以火藥為錦樹之戲，」「各祠廟設祭張燈，遊觀達曙，至十八日乃止。」〔註59〕還伴有賽神問福、驅逐蛇蟲。〔註60〕王任叔〈牛市〉寫元宵從十三夜開鑼做戲，賞燈，有「紹興大班」、「京班」等，到十九收燈，年節就在熱熱鬧鬧的燈節後落下帷幕的。寧波還有比較特殊的邊唱吉語邊「佯掃地」，元宵夜有少女相約迎祭紫姑的。〔註61〕《紹興府志》載越中「每至正月十三夜，民則比戶接竹棚懸燈……極盛者在十五六夜，七則稍稀，八、九更益冷落，燈多懸而不燭。二十日猶有置酒者，謂之殘燈。」〔註62〕這是各地元宵燈節綿延時間最久的說法。明遺民張岱年輕時曾一度迷戀絲竹燈，專門請杭州師傅做燈收藏，他的〈紹興燈景〉對紹興盛極一時的燈景做過解釋，市井燈盛，賞燈也極其熱鬧。〔註63〕又憶及父叔輩於龍山放燈盛事，此後又朱相國家放燈塔山，再次放燈戢山，每況愈下，極盛轉衰的傷感已在字裏行間。

　　清明節是傳統大節日，習俗活動的內容主要是祭祀。時值春氣上升，萬物復蘇。江南陽春三月，氣溫適宜，百花爭豔，清明節也是踏青的好時候，逐漸將花朝和寒食的活動內容包含了，導致後兩者消失。浙東人清明的族祭形式、隆重程度視各族境況而異。周作人從張岱的清明上墳的記載說起，寫到自己幼時族祭要幾條船出行，孩子們看上墳船的姣姣，返回時可以順道看戲，吃黃花麥果糕唱兒歌，〔註64〕都是有趣味的。此時也是薺菜上市的時節，周作人說關於薺菜有許多風雅的說法，如《西湖遊覽志》載三月三男女都戴薺菜花，有「三春戴薺花，桃李羞繁華」之諺，《清嘉錄》載薺菜花為驅蟻或明目之用。而浙東人基本不予理會，只是作為食用之野菜。〔註65〕這也可算浙東重實用的民風顯現。

　　中秋節全國各地習俗相近，大多在八月十五，闔家賞月吃月餅。周作人說京師的諺語及講究由來，還提及月亮圓缺變異，潮汐與此有關，自古以來

〔註59〕丁世良、趙放主編：《中國地方志民俗資料彙編》，頁 763、764、770、773、777。

〔註60〕丁世良、趙放主編：《中國地方志民俗資料彙編》，頁 774。

〔註61〕丁世良、趙放主編：《中國地方志民俗資料彙編》，頁 774。

〔註62〕丁世良、趙放主編：《中國地方志民俗資料彙編》，頁 818～819。

〔註63〕〔明〕張岱：《陶庵夢憶‧紹興燈景》（長春：吉林文史出版社，2001年），卷6，48。

〔註64〕周作人：〈上墳船〉，《周作人自編集‧藥味集》，頁 80～84。

〔註65〕周作人：〈故鄉的野菜〉，《周作人自編集‧雨天的書》，頁 52～54。

民間相信與女性相關。〔註66〕但寧波、臺州的中秋風俗卻是八月十六。關於這個時間的來歷有各種說法，比較公認是與南宋一門三宰相的史氏家族有關。〔註67〕浙東寧紹一帶中秋習俗比較獨特的有龍舟之戲，「八月各鄉祠廟為會祀神，以龍舟競渡，謂之報賽，與各處端午不同。」〔註68〕且各地龍舟都用龍燈，傳這一習俗也與史浩母親有關。〔註69〕袁鈞〈鄞北雜詩〉中提及「從此非時來競渡，家家十六看龍舟」；萬斯同〈鄞西竹枝詞〉中也說鄞西繁華地帶，「西郊九日迎社燈，南郭中秋鬥畫船」，鬥畫船之風一直盛行，只是「三十年河東三十年河西」，盛景由城西轉到了城東廂。張延章〈鄞城十二個月竹枝詞〉中說中秋節筵作延後一天，「城東更比城西盛，鼓吹通宵鬧畫船。」《鄞縣通志》也載「各鄉祠廟為會祀神，以龍舟競渡，謂之報賽，與各處端午競渡不同」。〔註70〕各文獻都提到這一龍舟競渡活動，可見盛況非同一般。

　　許多浙東現代作家的作品中往往一類或幾類民俗活動為線索展開敘事。魯迅童年記憶中的迎神賽會不乏溫馨；魯彥多對行為民俗的關注，蘇青比較偏重於婚俗。周作人對於禁忌、信仰、節俗等作了細緻考證，其結集的《魯迅小說中的人物》《立春之前》《雨天的書》等幾乎涉及浙東民俗的方方面面。小說方面，鄭振鐸的《家庭的故事》可稱得上是浙東民俗的綜合畫卷，這部由14篇短篇組成的小說集是試圖對大家庭的人物進行剖析的，其中對於各類信仰習俗、心意民俗和行為民俗的描繪非常詳實，〈壓歲錢〉中大家庭年前十六開始落筆，直到除夕，大人小孩的活動寫得錯落有致。二十買年貨，瓦簷下掛起臘貨；除塵，桌椅上圍上紅緞，燭臺擦得明亮乾淨；二十八準備豬頭；二十九蒸米粉做年糕，廚子在石臼中舂搗；大年夜收賬，祭祀，天井裏堆柴堆，撒鹽，吃團圓飯分壓歲錢。〈王榆〉端午包粽子做香袋。〔註71〕離開的傭人賀帖拜年。〈王瑜〉中舉家遷到上海後新人禮堂裏簡單的

〔註66〕周作人：〈中秋的月亮〉，《周作人自編集·藥堂語錄》，頁102～104。
〔註67〕寧波中秋過十六有各種說法，與史氏家族有關說是孝子史浩從杭州趕回明州（明朝為避國諱改為寧波），時間已到八月十六，民間感念史浩的孝心，一起在十六過中秋；此說最得民間公認，也有說是方國珍攻下寧波臺州地區後百姓約定的時間，種種說法不一而足。
〔註68〕丁世良、趙放主編：《中國地方志民俗資料彙編》，頁767。
〔註69〕丁世良、趙放主編：《中國地方志民俗資料彙編》，頁767。
〔註70〕俞福海主編：《寧波市志》，頁2823。
〔註71〕鄭振鐸：〈王瑜〉，《家庭的故事》（上海：遠東圖書公司，1928年），頁109。

小說中女佛山的位置、人物的需要，以及柔石自身從鎮海中學離開寧海經舟山的路徑，可以推斷芙蓉鎮以柔石曾經執教的鎮海中學為原型，其中的環境、出現的人物與柔石在鎮海中學時頗為一致。當時鎮海到普陀坐輪船的時間也符合小說中的 4 個小時，而到上海需要 12 個小時。當然最主要的還是「女佛」的說法，民間理解的女佛最典型的是觀音，觀音道場如前文所講的在舟山普陀，能在讀者心中馬上產生聯想的當為觀音。

浙東現代作品中的喪葬習俗中同樣可以看到佛道教的影響。儒家傳統下的喪禮以朱熹的《家禮》所定，浙東的喪俗中摻雜了佛道教的許多觀念及做法。陰陽師或者山人，是浙地初喪要請來選擇出殯良辰以及各種禁忌的專門人士。及殮，孝子要去河邊「買水」，出殯時要撒買路錢，孫福熙在其〈不死〉中都寫得比較詳細。入墓穴前要用火暖炕，死者下葬後三日內，子姓們到墓地祭奠，要七七追薦，設祭奠，或請緇黃冠作齋懺法事，還得答謝前來弔問的親友，寧波象山有的還用鼓樂。火葬、厚葬，喜用鼓樂等，都是受佛教、道教影響後的習俗。〔註 91〕二次葬，也稱撿骨葬、洗骨葬，在福建、廣東等地沿海及浙東都較普遍存在，此種習俗可以源於古代越族的觀念。浙東二次葬多源於人們對於祖墳或者親戚墳地的風水，據何彬的考察，此種風俗在浙南地區延續至今。〔註 92〕魯迅〈在酒樓上〉中呂緯甫到河邊給小弟弟撿骨遷葬也是典型的二次葬。

明代萬曆年間的《紹興府志》載：「紹興喪俗大率用文公《家禮》，惟不行小殮，不用布絞，其墳塋砌磚為槨，家饒者乃以石。不甚用浮屠。」〔註 93〕但此後在佛道教觀念的滲透下，浙東民間喪俗中火化、誦經等現象逐漸增多。近現代浙東民間喪俗往往佛道教兼而有之，喪葬中和尚道士都用，儀規複雜，花費不菲。民初後浙東農村，經濟本就處於破產的邊緣，家有喪事就意味著要舉闔家之力承辦。寧紹地區的象山鎮海、寧海、諸暨、定海等地都載喪葬用佛老，「一喪之事常逾千金」，〔註 94〕其他各地都類似。魯迅〈孤獨者〉中

〔註 91〕朱海濱：《近世浙江民俗的區域特徵及地域差異》（上海：復旦大學出版社。2011 年），頁 163～167。

〔註 92〕何彬：《江浙漢族喪葬文化》（北京：中央民族大學出版社，1995 年），頁 45～47。

〔註 93〕丁世良、趙放主編：《中國地方志民俗資料彙編》，頁 818。

〔註 94〕丁世良、趙放主編：《中國地方志民俗資料彙編》，頁 781、783、796、794、826、806、810。

魏連殳奔喪到家後，門口貼著「斜角紙」，家族內已經給他定好了三個條件：
一是穿白，二是跪拜，三是請和尚道士做法事。身為新黨的魏連殳竟出人意
料地都依例照辦了。這「斜角紙」是浙東民間十分講究的「避煞」之意，周作
人說國語應為「殃榜」，一般理解為家有喪事，但浙東習俗是為標明煞的種類
日期，提醒有關生肖以迴避。范寅的《越諺》中還專門有轉煞的計算方法，知
曉轉煞日期後還要請道士誦經做法事以驅煞。結合了佛道教的民間喪俗儀式
更為繁瑣，給貧困之家帶來更沉重的壓力。王魯彥的〈中人〉中從南洋送靈
柩回鄉的美生嫂念佛出喪，開山做墳，一點都不能省檢；〈阿長賊骨頭〉中母
親死後，阿長故意裝瘋尋死覓活，這收殮出葬的大事便落在他舅舅的身上，
沒錢超度，只有請兩個念巫代替和尚，落殮酒、送喪酒照例沒錢。寧紹的喪
俗大致相同，許欽文〈步上老〉中母親去世，把家裏本來積蓄的用來娶親的
錢財基本上花完，步上老又陷入對未來的憂思中。在關於這些喪俗活動、耗
費的話語表現中，無論是哪一陣營的浙東作家，大多不厭其煩地點到各儀規，
或全面或以點帶面，都指向其對生者帶來的壓力與困擾，是有著明確的批判
之思的。

　　佛道教與民間習俗的結合還表現在其菩薩誕辰成為民間的節日，民間的
節日中帶有佛道教的活動。如七月十五日，既是佛教的解制日，又是道教的
中元日，寺院道觀自是熱鬧非凡，佛寺的盂蘭盆會，道觀有各種法事道場，
民間多放焰口，大族則於宗祠合族祭祖，寧波地方放焰口後放水燈，或唱灘
簧戲、四明南詞等〔註95〕。「盂蘭盆」是佛教中所用，也有認為在古俗中是為
占卜活動，其音與佛教中的用語諧同。〔註96〕寧紹地區的活動時間從七月十
三開始至月末，其中十三至七月十八最為密集。紹興七月十三日起，開始在
城煌廟、土穀祠等廟宇內，上演《目連救母》《調弔》《調無常》等鬼戲，也被
稱為平安戲，所需費用由各村各家捐款聚集。這些目連戲、鬼戲等為浙東現
代作家提供了豐富的民俗素材。孫席珍的〈銀姑日記〉集中於紹興的七月風
俗活動。小說記到七月十三日時，姑娘被告知說是「野鬼放生」的日子，家裏
晚上就早早關門不外出了。七月十五家中祭祖，直到七月三十日地藏菩薩誕
辰，晚上地香插得密密麻麻。吳似鴻的〈返鄉〉中也有在故鄉過中元，看湖上
放燈的情形。浙東民俗中原有的鬼神觀念，綜合了佛教的地獄、輪迴觀，其

〔註95〕俞海福主編：《寧波市志》，頁 2822。
〔註96〕丁世良、趙放主編：《中國地方志民俗資料彙編》，頁 588。

俗信中的鬼神世界給民間苦難中的人帶來了希望，使在世時的不如意都有了身後世界的寄託；而祥林嫂那樣再嫁的「回頭人」「二姑娘」，〔註97〕就有了更多的苦惱，如何與生前的兩個男人團聚？老百姓分給兩個男人的解決之道聽起來公平合理，也能為浙東民間所普遍接受，〔註98〕但被鋸開為兩胖的恐懼無疑就造成了婦女們巨大的心理陰影，瞭解了這一觀念也就能理解祥林嫂的悲劇。

　　作品中的民俗書寫自然來自於作家自身的經驗，幾乎每個作家從出生起就進入到浙東民俗文化中，經歷各個人生禮儀、四時八節、公共活動，多少都帶有巫術色彩且又有佛道教因素。周氏兄弟出身於同一家庭環境，前後只相差四年，但他們幼年時的人生禮儀經歷有所不同。魯迅與周作人一樣，經歷了「滿月」「掛牛繩」〔註99〕「抓周」等，但魯迅多了「記名」（也作寄名）。所謂「記名」是紹興民間一種為孩子寄名於菩薩或和尚的習俗。一般「記名」於關帝廟和包公殿為多，民間奉武財神和包青天都為菩薩，城鄉都香火旺盛。記名在菩薩下，孩子一般不改姓氏，但其名中有關、包之稱，意為入了「菩薩爺爺」一族，可以得到其庇佑，邪神野鬼就不敢隨意侵犯。記名後凡遇所記名的菩薩生日，都需敬香燭，以示感謝。也有記名於和尚的，其理同。魯迅降生，增添了兩代單丁的周家以歡樂與希望。於是倍加愛護，將他記名於和尚處，魯迅在〈我的第一個師父〉寫和尚龍師傅非同一般個性，其中寫了明確的相關儀式過程。先由和尚陪同到廟裏點上香燭，向菩薩跪拜行禮，再拜和尚師傅。魯迅是因出生於閏年的八月初三，和灶司菩薩同生日，出生時的衣胞是「衰衣胞」。八字好，閏年出生的人又是「衰衣胞」，又和菩薩同生日的孩子，很少見，〔註100〕日後必定「出山」（能成大事、有出息），俗傳惡鬼是專門「尋著」這種「小官人」，所以根據習俗，找和尚記名可以避災脫晦。魯迅拜龍師傅後，所得到的乃是長庚，〔註101〕以後有龍師傅的生日，都要去菩薩前上香謝恩。

〔註97〕浙東對再嫁婦女的稱呼。
〔註98〕周作人：《周作人自編集·魯迅小說裏的人物》，頁200、201。
〔註99〕周啟明（周作人）：《魯迅的青年時代》（北京：中國青年出版社，1957年），頁13。
〔註100〕孫郁、黃喬生主編：《回憶魯迅》（石家莊：河北教育出版社，2000年），頁223。
〔註101〕周作人：《魯迅的青年時代》，頁12。

「記名」習俗是當時社會醫療衛生條件低下，小孩出生率成長率低下的客觀現實反映，也是浙東民間神鬼觀念深入，更摻雜了道教的做法，有了整套的儀式活動和禁忌。「記名」是民間希圖求得神仙的眷顧保佑，與此類似的還有民間拜乾娘的習俗。拜乾娘也是託庇於子女眾多的母親，黏得其力量。其儀式活動如「記名」，每到年節都要去拜乾娘。孫福熙因為其大哥夭折，家裏就在其剛落地時為其找了乾娘，每年元旦要坐船去給十里外的乾娘拜年，〔註102〕當時是為非常正式尊重之意。

2. 深具時代演變的特色

辛亥革命之後，配合政治制度的變化，社會制度也相應作出改變，政府對民間做出了諸如改元、改服等有關民俗改革的規定，全國自上而下的改變自是聲勢浩大，在這改變的潮流中，浙東是走在前沿的地區。究其原因，則是浙東經濟基礎率先發生了變化，民俗界於經濟基礎和上層建築之間，必然會隨之產生變化，被動的要求和主動的適應兼而有之，其移風易俗的風氣開始早於其他地區。

民俗的改變最直接顯眼的是服飾的變化。孫伏園回憶說新世紀把前時代青年服飾上五光十色的刺繡、織錦、鏤花等一掃而盡，色彩上代之以灰、黑白色。辛亥革命前十年，青年的穿著是在錦繡之中。從庚子到辛亥革命的十年，頭髮發生變化，搽髮油的少了，髮上各色絲線被黑色稱為「混八股」的黑色絲繩替代；時髦的或在日本讀書的已經剪了頭髮。服飾的質料變了，最普通的穿藍竹布長袍，黑呢馬褂，斜紋布直腳褲，白線織襪。黑羽緞面單紅皮底鞋，全是外國貨。當時青年的觀念「一切外國的東西全是好東西」。〔註103〕長袍既有前輩的遺風，又仿傚西洋外衣，長度過膝半尺。褲子由綁腳改為直腳，仿西洋的穿法，也為省事。也有不合習慣的還在改動中。孫伏園所說的是普通知識分子最常見的穿著。鄭振鐸在其〈五老爹〉中所描繪的五老爹穿著月白的竹布長衫，污黃的白布襪，厚底的青緞鞋子，只是這個被時代所淘汰的前清邑廩生，是個落拓的文人。這個基本的配置也是王任叔的〈族長〉中上元燈節拜祖廟時的服飾，只不過質地換成老藍布長衫、黑粗布背心。

服飾的質地、款式都出現變化，西服先是在買辦、留學生等群體中出現，

〔註102〕孫福熙：〈過年恨〉，《論語》1949 年第 168 期，頁 2177。
〔註103〕孫伏園：〈辛亥革命時代的青年服飾〉，《越風》1936 年第 20 期，頁 38。

後來在洋行、公司、寫字樓中普及開來。在服飾材質、樣式轉變中適應最快最終引領了西服潮流是寧波的「紅幫裁縫」。關於紅幫裁縫的由來，一般說法是在上海的外國人以藍眼睛、紅頭髮的歐美人居多，被稱為「紅毛人」，專為他們做時裝的就被稱作「紅幫裁縫」。從 1845 年張尚義（1773～1832）堂侄張有福在南京西路卡德路口（現石門路）開辦的中國第一家西服店福昌呢絨西服店，到 1950 年的一個世紀中，上海的西服店多時候達 710 餘家，而寧波人開的就有 420 多家，占總數的六成。〔註104〕當時以京劇「四大旦」「四小旦」命名的 8 位裁縫技師，全部都是寧波人。〔註105〕這當然與寧波被最早闢為通商口岸與外國人打交道有關，也是寧波人早早離開家鄉外出闖蕩，在橫濱等地奠定了經營原料、西服製作等事業，當他們在上海後才能與西方人在西服製作上一較高下，並逐步形成響譽一地的「紅幫裁縫」隊伍。民初孫中山所穿的第一件「中山裝」就是由「紅幫裁縫」所作。

在這些有形物質民俗中，女性的服飾變化可謂最顯著。舊俗浙東寧波的女性纏足、時興做頭髮、愛打扮，這在開放通商以後先後定居於寧波的西方人的記載中都經常能見到，在寧波居住近十年的海倫‧倪維思（Helen Sanford Coan Nevius, 1833～1910）回憶中的寧波婦女具有江南女性美的風範，「我覺得總體來說，寧波女人的服裝，比北方的或者更南方的，要秀氣合身得多。」〔註106〕但近現代以來，婦女的衣服樣式經過幾次變化「其初旨小而長，三十年來漸變為大而長，二十年來再變為小而短，八年以前更變為大而短。婦女之袖袂袴踦大幾盈尺，而上則見肘，下則露膝矣。……近年則不特去領並袒胸矣。」〔註107〕去領且袒胸的趨勢，說明女性對於自己身體的處置開始有了一定的自主權，傾向於表現出明顯的性別特徵。

服飾以外，寧波婦女髮型的變化也頗受關注。早期西方人很欣賞寧波女性精緻的髮型〔註108〕，英國人湯姆遜（John Thomson, 1837～1921）的《中

〔註104〕陳朝霞：〈紅幫裁縫：奏響穿越時空的交響曲〉，《寧波日報》2013 年 9 月 26 日，A18 版。

〔註105〕方誠：〈「紅幫裁縫」的由來〉，《寧波日報》，1997 年 10 月 4 日第 8 版。

〔註106〕〔美〕海倫‧倪維思著，〔美〕溫時幸，李國慶譯：《在華歲月》（Our Life in China），北京：國家圖書館出版社，2015 年），頁 72、73。

〔註107〕丁世良、趙放主編：《中國地方志民俗資料彙編》，華東卷，頁 814。

〔註108〕她描寫「寧波女人的髮型，雖過於精細繁複，但比起其他地方女人僵硬的頭飾卻更有品味，與服裝相得益彰。」〔美〕海倫‧倪維思著，〔美〕溫時幸，李國慶譯：《在華歲月》，頁 73。

國女性的髮式》專題，以廣州、汕頭、寧波與上海的女性髮式作為模特，他以「巧奪天工」讚揚了寧波專業髮型師的髮髻〔註109〕。《倫敦新聞畫報》中〈中國速寫：婦女髮型和洗衣方式〉（「Sketches in China: Hair Style Like a Teapot, Washing Linen」）一文，寫的是中國婦女「像茶壺一樣的髮型」，配有兩個做髮型時的婦女照片，儘管沒有明確地區，但與湯姆遜的照片中寧波婦女的髮型基本一致，至少可以斷定是以寧波婦女的髮型為原型的。〔註110〕當時寧波婦女的髮型製作複雜，種類繁多，《鄞縣通志》記載寧波婦女髮髻，有「被如蟬翼，曳與腦後」的假後鬢，「其翼蟬縮而短而小」的真後鬢，受蘇滬之風影響的蟠髻種種。志書中載寧波下屬定海婦女髮式的轉變，從「興漢頭」到懶頭，流行「愛絲頭」，再到效西妝蓬鬆頭，「真所謂首如飛蓬也」。〔註111〕這是該地衣著裝扮風氣自通商後，去滬上經商者日益增多，風俗時尚由上海傳入，「鄉風為之丕變。私居燕服，亦被綺羅，窮鄉僻島，通行舶品。近年，雖小家碧玉無不惋殘金珠者矣。往往時式服裝甫流行於滬上，不數日，鄉里之入即仿傚之，較鄞鎮等邑有過之無不及」。〔註112〕寧波婦女在髮型上，不惜花費時間和金錢，一旦做好，為保持原狀，休息時只能用平枕頭把頭固定，枕頭要高到足夠保護髮型不受損壞。婦女對髮型之重視，為此不惜花費，就有人走街串巷收集假髮，城市中有專門「假髮兌針者」的市場。〔註113〕即使內陸的衢州在晚清時代已有青年學子留學海外者剪髮易服，入民國後，始從城鎮開始改革，但鄉間尚多未落辮者，甚至「婚姻、喜慶事，尚有用清制冠服者」。〔註114〕

　　關於浙東女性髮髻的變化，寫得最動人的要數琦君的〈髻〉。作家以髮髻為聚焦點，帶出時代的變遷，感懷聚散離合中的親情。文章中有時興的各種女性髮型的記錄，操持家務的母親最初尖尖的螺絲髻，洗髮須得在七月七洗，

〔註109〕〔英〕約翰‧湯姆遜著，徐家寧譯：《中國與中國人影像》（*Illustraitions of China and Its People*）（桂林：廣西師範大學出版社，2015年），頁215。

〔註110〕該文出版於1869年4月2日第34卷，第967號的版面，沈弘編譯：《遺失在西方的中國史：《倫敦新聞畫報》記錄的晚清（上）》（北京：北京時代華文書局，2014年），頁380、381。

〔註111〕丁世良、趙放主編：《中國地方志民俗資料彙編》，頁813、814。

〔註112〕丁世良、趙放主編：《中國地方志民俗資料彙編》，頁814。

〔註113〕龔維琳、許燕：〈十九世紀中晚期寧波婦女的髮型〉，《寧波通訊》2011年第8期，頁42、43。

〔註114〕丁世良、趙放主編：《中國地方志民俗資料彙編》，頁898。

洗後雙妹牌生髮油的香氣混著油垢味的難聞，進城後要改髮型，自尊驅使下梳的老太太式的鮑魚頭；雇了陳嫂梳頭卻不搭腔最後髮型師辭工了事。而姨娘剛出現時的橫愛司髻，後雇劉媽梳各式各樣時髦的髮型：鳳凰髻、羽扇髻、同心髻、燕尾髻等等，再抹上香氣四溢的三花牌髮油。以一種有形的物質民俗髮髻、髮油，寫活了同一屋簷下似乎是兩個時代的女性，作者更深入到民俗環境下民初大家庭生態及其女性的心理、觀念，母親的自尊與鬱悶，追隨時尚年輕的姨娘，其互相仇視的情感。文章在懷念母親的傷感中，道盡了風俗轉變中民初女性的無奈與孤寂。

與髮型有關的行為民俗有洗頭講規矩，琦君提到鄉下平時不能洗頭：如洗了頭，髒水流到陰間，閻王要把它儲存起來，等你死以後去喝，只有七月初七洗的頭，髒水才流向東海去。所以一到七月七，家家戶戶的女人都要有一大半天披頭散髮。鄉下的規矩鄭重其事，村鎮同樣的講究。孫席珍在〈銀姑日記〉中也寫少女們七夕時，用荊漆柳葉當肥皂洗頭，婦女們都披頭散髮，不敢出門去「看四相」。與紹興略有不同的是，寧波、臺州地區的婦女七夕洗頭多用槿葉水。這種洗頭的習俗規矩，城鄉還是有差異，在開放的城市早就已被突破，寧波城市中女校的師生隨時可以洗頭，琦君杭州的姨娘一個月裏也要洗好多次。

浙東與女性有關的服飾髮式的民俗被沿襲下來，薰染著每一個生長於斯的女性，讓浙東婦女產生一種共同的「我們感」；也給浙東女性打上了明顯的標記。瑪高溫曾評價寧波婦女「從髮式及模仿上層社會婦女金蓮一樣的裹足，到裙子的下擺以及由於裹腳所致的女人那慢條斯理的步態，這一切都顯得那麼自然和生活化。」〔註 115〕民初的女性已不再拘泥於古老的服飾髮式傳統，女學生從主宰自己的身體開始，嘗試衝破社會的阻力，做真正的自我。魯迅洞悉女性剪髮這一更具反禮教色彩行動的代價，他在〈頭髮的故事〉說男性剪髮風波過去了，女學生剪髮會備受社會阻力的困擾，剪了長髮的女學生因而考不進學校或者被除名的現象時有發生。魯迅替她們抱不平的同時，更強調戰鬥的策略，惋惜這種無謂的犧牲，「你們的嘴裏並無毒牙，何以偏要在額上貼起『蝮蛇』兩個大字，引乞丐來打殺？」〔註 116〕王任叔〈明日〉中多有

〔註 115〕〔美〕瑪高溫著，朱濤、倪靜譯：《中國人生活的明與暗》（*Men and Manners of Modern China*），（北京：中華書局，2006 年版），頁 187。

〔註 116〕周作人：《周作人自選集·魯迅小說裏的人物》，頁 51～52。

剪成短髮的可愛女校師生的描寫，許欽文的〈毀棄〉中企平結交過的女性中有梳著兩個辮髻的，也有燙得蓬蓬鬆鬆的頭髮。他還在〈理想的伴侶〉中對於新女性要會跳舞會唱歌會彈鋼琴作了說明，自然小說借用了社會對於新女性的偏見的說法，以達到諷刺的目的。這些被稱為新女性的婦女，無論是主動還是被動，正逐漸脫離世世代代傳習下來的規範：首先以穿著裝飾、禮儀做派等為明顯的外在裝扮改變，其次女性內在思維方式、觀念認同包括對身體的處理、婚戀追求、婦女職業也出現變化，〔註117〕其社會角色也從傳統單一的家庭角色向社會角色轉換，以三從四德為標準的賢良主義發展為相夫教子並宜家善種的賢妻良母標準。女性走出家庭，走向社會，能獨立自主，已不再滿足於家庭婦女的傳統角色認同。〈離婚〉中愛姑試圖挑戰夫唱婦隨的婚戀觀，〈祝福〉中祥林嫂的反抗是無力的，但以微薄之力做了抗爭，這些都是有關婦女民俗變動的記錄。許欽文〈這一次的離故鄉〉中女兒離家出遠門求學是書香門第之家女性主動適應時代的要求；蘇青的《結婚十年》中的蘇懷青同樣是在落魄之家放棄了婚姻，獨立自主謀生。儘管離開了家庭的女性結局怎麼樣，魯迅先生已經在其〈娜拉走後怎樣〉中做了預判，但「我是我自己的」已經開始影響女性的觀念，動搖其長期傳承的思維定勢。

　　與婦女有關的民俗的轉變正是從沿海地帶開始的，這與浙東地方鄉土社會的轉變有直接的關係。經濟的困難加速了宗法制的傾倒；交通的便利，也促進了婦女的就業。〔註118〕婦女受教育程度的提高，女界革命的推動，都推動了女俗的改變，浙東是走在最前面的地區之一。寧波是境內女性最早接受近現代教育的地區，各地傳教士於 1844 年的寧波女塾後，先後創辦了 50 餘所現代學校，主要女校見表 5-1。到 1917 年，浙江全省 128 所各類教會學校中，有女子學校 15 所。

表 5-1：近代寧波教會所辦女子學校一覽表〔註119〕

學校名稱	教　派	主要創辦人	時　間	變　遷
寧波女子學塾	英循道公會	愛爾德賽	1844	1858 年後合併為崇德女校

〔註117〕鄭永福、呂美頤著：《中國婦女通史民國卷·概論》（杭州：杭州出版社，2011年），頁 3～11。
〔註118〕陳東原：《中國婦女生活史》（北京：商務印書館，2015 年），頁 293。
〔註119〕數據源自寧波市教育委員會主編：《寧波市教育志》，頁 504～505。

女校	美基督教長老會	柯夫人	1847	1858 年與寧波女塾合併
浸會女校	美浸禮會	羅文悌（Lold E C）	1860	後改名為聖模女校
女塾	英基督教聖公會	岳教士	1860	
中西崇正女學堂	美長老會		1903	1909 年遷上海
斐迪女子小學	基督教偕我公會	未詳	1860	
懿德女子小學	天主支教會		1916	1939 年併入培德

「寧波女塾」位於寧波祝都橋竹絲牆門內大屋（今尚書街東端）的一間宗祠內。學校免費入學，且供給學生衣食起居各項用費，還可領津貼，吸引了貧困學生。〔註 120〕在校生從 1845 年的 15 人，次年增加到 23 人，第四年又大幅度增至 46 人。丁韙良評說這所女校「頗見功效。」〔註 121〕後另一所女校合併為崇德女校，校址設於江北槐樹路。〔註 122〕之後，各教派都開始辦女學，或男女同招的學校。寧波循道公會辦有斐迪小學、斐迪中學、斐德女校等。寧波浸禮會辦有浸會中學、華美護士學校、聖模女校、四明小學、慕義婦女補習學校等。寧波聖公會辦有三一中學、三一神道院、仁德女校、仁愛女子聖經學校等。基督徒公會的華英學校男女都招。初始的布施招生以各種形式給女生以一定的補助。1878 年前，長老會女校每名女生在畢業時，從校方可以收到一筆置裝費。1887 年，浸禮會女校制訂了酌收學費的章程，3 名女生分別交納 1 元、0.5 元和 0.25 元。這種收費成為女性教育權爭取的重要象徵，意味著家庭開始為女性準備受教育費用支出。〔註 123〕

教會辦女學切實推動了寧波乃至浙江近代女子教育的發展。其教學普遍注重世俗科學教育，接受的並非都是基督教家庭出身的女生，〔註 124〕辦學規

〔註 120〕熊月之：《西學東漸與晚清社會》，頁 168。
〔註 121〕〔美〕丁韙良著，沈弘等譯，《花甲憶記》（又為《中國六十年記》*A Cycle of Cathay*，桂林：廣西師範大學出版社，2004 年），頁 7。
〔註 122〕蘇精：《上帝的人馬——十九世紀在華傳教士的作為》（香港：基督教中國文化出版社，2006 年），頁 129～136。
〔註 123〕羅蘇文：《女性與近代中國社會》（上海人民出版社，1996 年），頁 70～71。
〔註 124〕「1910～1911 年，馮氏女中學生 22 人中，13 人來自於非基督教家庭，且幾乎都來自於官宦家庭。」谷雪梅：〈英國聖公會近代以來在浙江辦學述評〉，《黑龍江史志》2009 年第 4 期，頁 137。

模大，類型多樣化，層次豐富，從單一的普通學校發展到普通學校、職業學校、師範學校、女子學校，還有幼兒園、小學、中學，畢業生每年維持在一定規模，成為國人自辦教育取法的對象。這股興女校的氛圍逐漸從沿海擴大至內地，1860 年在華教會女校發展到 11 所，1902 年教會學校有女子學生 4373 名。到 1920 年浙江基督教教會創辦有學校 356 所，其中女校高小 11 所，中學 7 所；在高小的女生 2293 人，初小的 599 人，占全部的 30%；女中學生 182 人，占 19%。〔註 125〕

　　在改變婦女自身和社會對女性的認知上，浙東的公共輿論空間也切實加強了新的社會、人生觀念的宣教。大多數刊物給以寧波為中心的浙東地區帶來了新的知識和觀念，它們在傳播了西方現代科學知識的同時，又鼓吹女子學校教育，批判傳統的貞節觀、多妻制、溺女之風、男女有別論、子嗣繼承制、女子無才便是德、女子纏足等觀念、習俗和社會制度。如《德商甬報》發表如「寧波風俗利弊論」「搶親陋習」等文章，強烈抨擊寧波的婦女纏足、溺殺女嬰的惡習，以及父母包辦婚姻、典婚等陋習。這些言論及做法開闊了婦女的視野，不僅帶動了國人對婦女問題的反思，也逐步培養出婦女們的自由獨立意識，大大觸動了帶有巫術迷信色彩的習俗觀念。

　　浙東地區改變與婦女相關的陋俗，成績最突出的首先為發起反裹足運動。民間對三寸金蓮的病態審美使得社會將婦女纏足視為必然。中上層社會婦女開始發育前就要開始綁上一層層的裹腳布，阻止其繼續生長。下層婦女的大腳只是因為需要勞作才免去裹足，但小腳的觀念卻是深入民間底層。魯迅的〈風波〉發生在辛亥革命以後，可是七斤的女兒六斤還在裹腳。阿 Q 評價未莊的婦女，以腳大小作為衡量標準之一。為廢除這一陋俗，傳教士首先積極推動，寧波教會於 1892 年聯合組織了「放足會」。1901 年，清廷正式頒詔天下，申纏足之禁。在全國上下共同的努力下，上海紳商學界公推寧波人沈敦和（1856～1920）為天足會會長，制定章程三十餘條。〔註 126〕1912 年 3 月 13 日發布〈令內務部通飭各省勸禁纏足文〉；1920 年 6 月 17 日《四明公報》頒布寧波會稽道尹黃慶瀾的〈嚴禁女子纏足令〉；象山縣政府也頒布〈纏足布告〉。在各界努力下，殘害女性近千年的纏足陋俗終被廢除。

〔註 125〕沈雨梧：〈近代基督教在浙江〉，《近代史研究》1996 年第 4 期，頁 75～76。
〔註 126〕寧波市鄞州區檔案館編：《近代鄞縣史料輯錄》（天津：天津古籍出版社，2013 年），下冊，頁 422。

其次為反溺女嬰。溺女嬰的惡習由來已久,也是最受西方人詬病的陋俗。
1868 年,寧波當局建立保嬰會,並頒布〈嚴禁溺女嬰惡俗告示牌〉。〔註 127〕
民後政府及各民間組織都致力於遏制溺女嬰的陋習,育嬰堂等公益機構被創
立起來。四明同鄉會等鄉誼組織在寧波及異鄉都廣泛發動所在地的紳商,積
極參與救濟。其他基督徒公會在張斌橋下茅塘辦有收容女性孤兒的安樂家。
民元寧波中華聖公會、浸禮會、中華基督教會、聖道公會、基督徒會於鄞縣
高橋合辦了中華基督教恤孤院。民元伯特利辦恤孤院、婦女愛養所,收容貧
困婦幼。〔註 128〕

女性民俗的改變更主要在於其觀念的、心理的改變,千年以來女性的依
附性、從屬性的觀念遭到質疑甚至在部分群體中被顛覆,女性可以獨立,自
主自己的命運,從「新女性」到女學生、女職員的稱謂變化,反映出民間社
會心理對女性民俗的變化,初始反應是強烈排斥的。民俗的超穩定性是當
其經濟基礎、社會條件、季節氣候及民眾心理還沒有變化時難以改變,長期
浸淫其中的民眾在面對這種變異時,往往表現出強大的排斥性,這也是民
俗的向心力所決定的。而一旦這些要素發生變動,民俗就會發生變異,繼而
才逐漸接受這種變化。七斤等被剪髮的憂懼交加,就是由於長期傳承的民
俗被改變時,心理機制產生的反應。大眾面對這種變動時總是傾向於維護
舊的習俗。七斤嫂說從前是絹光烏黑的辮子,現在剪髮後僧不僧道不道的,
這是從習俗產生的慣性思維下的評判。更有人以「孝道」有缺反對剪髮,並
以種種方式來試圖維持辮子的孝道,周作人說的「舊思想如何根深蒂固,往
往不必要的支撐在那裡,要經過很久的年月才能改變」,〔註 129〕也說明民
俗的法約性對於其中的民眾所起的作用。許欽文的〈這一次的離故鄉〉中有
五十多歲的老人家說我母親不安於做個秀才娘子,送三個兒子出去讀書,
沒有一個當官的,不懂道理的大兒子要解約家庭包辦的媳婦,「會有昏君的
父親真的為他去做,這也是民國時代才有的事情!」〔註 130〕甚至女兒不嫁
人,只知道讀書。這是典型的從俗心理,以此判斷現代知識分子的作為,通
常以悖逆常情下結論。在這樣的環境下,女性民俗尤其是陋俗的改變注定

〔註 127〕俞福海:《寧波市志外編》(北京:中華書局,1998 年),第 2 輯,頁 234。
〔註 128〕《鄞縣宗教志》,頁 298~299。
〔註 129〕周作人:《周作人自選集・魯迅小說裏的人物》,頁 58。
〔註 130〕許欽文:〈這一次的離故鄉〉,《許欽文小說集》,頁 15。

任重道遠，但也要看到許傑在〈臺下的喜劇〉中松木嫂說現在是不同於以前的民國了，說明社會與女性的觀念正轉變中，柔石的〈二月〉中畢竟出現了陶嵐那樣有著強烈自主意識的現代女性，這是浙東與女性相關民俗轉變的重要徵兆。

第二節　浙東現代文學中的化俗為文

民俗學在民初歌謠運動中就出現了文學化的傾向，主要是創導者們周作人、鍾敬文等自身興趣與文藝有關，另一方面周氏兄弟的文學創作中也有以民俗為文藝基本素材的做法，帶動現代文學的創作和研究，出現了化俗為文的文藝民俗化走向。民俗素材被浙東現代作家汲取，運用其想像、裁剪的藝術加工，成為文學作品中的意象，是文學塑造人物、深化主題、營造氛圍等方面的重要手段。

一、浙東民俗文學中的典型人物

浙東現代作家有著自身獨特的創作風格，為現代文壇長廊塑造了一個個生動的藝術形象，有阿Q、閏土、祥林嫂、菊花阿二、春寶娘等廣為熟悉的典型形象，趙老太爺、舉人老爺等上層人物，柳媽、小栓娘等善男信女，鳳仙、雙喜及運秧、老八等「光棍黨」等下層人物，他們共同組成浙東現代作家創造的藝術形象世界。這些藝術形象生活於浙東的民俗環境中，他們的個性、言行等都烙有深刻的浙東民俗的印記。

1. 浙東民俗文學中的典型人物

阿Q是現代小說的經典典型人物，也是被最早介紹到外國的人物，在這個人物身上，聚集了魯迅長期思考的國民性問題，〔註131〕這一問題因「精神勝利法」所表現出的負面性，是「中國最大的病根」，〔註132〕往往被冠以國民劣根性。魯迅要借阿Q寫出「一個現代的我們國人的魂靈來」，〔註133〕在

〔註131〕比較普遍的觀點是認為魯迅在小說中的國民性思考，是要切中中國國民性的弊病，但汪暉提出國民性有兩重性，即敘述的國民性和反思的國民性，汪暉：〈阿Q生命中的六個瞬間——紀念作為開端的辛亥革命〉，《現代中文學刊》2011年第3期，頁4～31。

〔註132〕仲密（周作人）：〈阿Q正傳〉，《晨報副刊》1922年3月19日，第1版。

〔註133〕魯迅：〈俄文譯本〈阿Q正傳〉序及著者自敘傳略〉，《魯迅全集》，卷7，頁84。

介紹自己寫小說的經驗時說是「雜取種種，合為一個」〔註134〕。但周作人解讀分析魯迅小說時基本上都找到了生活中的人物原型。這看似矛盾的說法其實正好說明典型人物的創作，是作家將共性與個性巧妙地融於一體，阿Q身上有來自作家於一時一地生活的真實體驗，聚集了該地獨特的環境氛圍的文化基因；也不乏經過雜取合成後具有深刻的普遍性，能讓各地的讀者都能產生深切的認同。周作人的分析著眼於前者的地方性和獨特性，魯迅因是介紹自己的經驗，偏重於生活真實基礎之上提升的技巧，這是典型人物必要的兩方面構成。要成功塑造典型人物，兩者是缺一不可的。離開了地方生活的真實體驗，只能是閉門造車，難以引起讀者的共鳴；但只有一地的真實缺乏普遍性的揭示，也難以引起廣大異地讀者的共鳴。阿Q是生活在浙東農村的農民，但其精神勝利法卻指出只要有落後和失敗，就有可能用精神的優勝來粉飾以達到心理平衡，這直指人性的弱點，也就超越了浙東一地之限，具有了共通性，是「一個民族寓言」。〔註135〕

〈阿Q正傳〉在敘事上以情節為線索，其序中交代有史傳體的影響，但對阿Q的形象及空間卻並未如傳統說話那樣一一交代，而是做了虛化處理，刻意強調其無名無姓，家不在未莊，是外來分子，並要「有『歷史癖與考據癖』的胡適之先生的門人們」斷了念頭，〔註136〕避免落入實處。茅盾等都指出阿Q寫出了中國人的共同的「譜」，許多論者也以魯迅的說法〔註137〕為依據，將這一形象視為抽象出來的符號，否認其現實性；周作人指稱阿Q是以阿桂為原型的人物，遭到了質疑，〔註138〕但這無疑是欣賞中的問題，並非關於人物的塑造的對話。李歐梵與周作人在現實中的原型說不同，他認為「阿Q也就是魯迅看到的那個幻燈片中被殺害的肉身，是一個沒有內心自我的身體，是一個概括的庸眾形象。他的靈魂恰恰就是缺少靈魂，缺少自我意識。」〔註139〕他基於對魯迅作品中眾多的庸眾和獨特個體並置的原型說，較前者更能為人所接受，這與伊藤虎丸的「阿Q就是生活在現實農村社會底層的『尚

〔註134〕 魯迅：〈《出關》的「關」〉，《魯迅全集》，卷6，頁519。
〔註135〕 〔美〕弗雷德里克·傑姆遜著，張京媛譯：〈處於跨國資本主義時代中的第三世界文學〉，《當代電影》1989年第6期，頁45～57。
〔註136〕 魯迅：〈阿Q正傳〉，《魯迅全集》，卷1，頁490。
〔註137〕 魯迅：〈俄文譯本〈阿Q正傳〉序及著者自敘傳略〉，《魯迅全集》，卷7，頁84。
〔註138〕 蔣兆和：〈阿桂與阿Q〉，《中國文藝》1940年，第2卷第2期，頁8。
〔註139〕 李歐梵：〈鐵屋中的吶喊〉，《現代性追求》，頁31。

未成為人的人』」是持相似觀點的。〔註 140〕各種評論說法不一，但大多數論調在肯定阿 Q 有現實中的影子這一點上還是一致的。

　　阿 Q 這個典型人物，在未莊是個上無片瓦下午立錐之地的赤貧者，只好住在土穀祠裏，靠給人打短工為生。小說中的未莊環境與現實的浙東農村民俗文化是有聯結的。民俗的出現傳播，與一地的地理氣候等有著密切聯繫的，在擴布過程中會與其他的民俗產生交織產生變異，又都有強烈的地方性。小說中有多種浙東的物質民俗，如進出未莊的航船，未莊外的水田，水田裏的耕夫，靜修庵裏的秧苗，阿 Q 做短工時割麥、舂米，是水鄉稻作區特有的物質民俗。小說既未交代阿 Q 的肖像與穿著，被搬上戲劇舞臺時遇到實際問題，《戲》週刊主編袁牧之去信請教魯迅，魯迅做了說明，特別強調「只要在頭上戴上一頂瓜皮小帽，就失去了阿 Q，我記得我給他戴的是氈帽。這是一種黑色的，半圓形的東西，將那帽邊翻起一寸多，戴在頭上的；上海的鄉下，恐怕也還有人戴。」〔註 141〕烏氈帽並非紹興專有，張岱說「秦漢始效羌人製為氈帽」，〔註 142〕魯迅遂將其作為紹興農民的身份標誌，給筆下的典型農民都戴上了氈帽。阿 Q 提到未莊人煎大頭魚做法與城裏不一，大頭魚寧紹沿海一帶民間俗稱近海的一種梅童魚，肉質鮮嫩。其他各地也有稱湖魚為大頭魚的，這裡大頭魚不一定特指哪種魚，其間也許融有紹興大頭魚的說法。小說中令人印象深刻的是出現三次的秀才娘子的寧式床，用於表明其財力與身份、地位。〔註 143〕寧式床是寧式家具的一種，並非南京家具，是寧波產的高檔家具。〔註 144〕寧式床在唐代就已有聲譽，明代時其材質以本地為主，型制簡樸。清代採用紫檀、紅木、黃楊木材質、花梨木材料加上骨木鑲嵌或朱金木雕工藝，其製作技藝則達到了頂峰，集傳統民間工藝之大成，床有七彎床、三彎床等，其他家具也都以製作精良、式樣華麗著稱，被視為財富的象徵。〔註 145〕有的

〔註 140〕〔日〕伊藤虎丸著，李冬木譯：《魯迅與日本人：亞洲的近代與「個」的思想》（石家莊：河北教育出版社，2000 年），頁 148。

〔註 141〕魯迅：〈寄《戲》週刊編者信〉，《魯迅全集》，卷 6，頁 150。

〔註 142〕〔明〕張岱撰，李小龍譯：《夜航船》（北京：中華書局，2015 年），卷 11，頁 728。

〔註 143〕魯迅在 1931 年 3 月 3 日致山上正義的信中專門指出其理解之誤，稱寧式床是寧波式的床（奢侈的大床），不是南京床。《魯迅全集》，卷 13，頁 467。

〔註 144〕魯迅在給山上正義的信件中專門指出別人容易誤解的這一條款。魯迅：〈致山上正義〉，《魯迅全集》，卷 13，頁 467。

〔註 145〕如朱金木雕、骨木鑲嵌、包圈工藝、拷頭工藝、吉子工藝等；從製作上看，

床因材質、技藝的精細，還有「千工床」之稱。秀才娘子的寧式床雖然沒有具體描述，但僅是名稱便足以證明其財力，阿 Q 在計算未莊的錢財時第一時間想到寧式床也說明了其價值。凳子叫長凳或條凳，供奉土地神的廟為土穀祠，都是寧紹一帶常見的叫法。心意民俗在小說中出現了賽會、禁忌（阿 Q 用的是民間語言「犯衝」），庵堂、尼姑所代表的信仰，觀音娘娘座前的宣德爐則是與心意民俗中結合的物質民俗。阿 Q 向趙府討饒時定下請道士祓除縊鬼，活動雖沒有展開，卻是鄉間常見的攘除儀式。行為民俗中如趙太爺兒子中了秀才後的報文，起名中關於阿 Q 的中文名，小說中專門做了交代，〔註 146〕這是紹興起名中的習俗。魯迅小說中的人物名字都可以從這一習俗考察。

還有娛樂活動押牌寶、打竹牌、又「麻醬」。浙東賭風盛行，時見報端。〔註 147〕浙東現代作家也多寫到賭博現象，柯靈、鄭振鐸小說中都曾經寫過沉迷於麻醬的家庭主婦。麻醬為吳方言中對麻雀的叫法。〔註 148〕打牌寶是紹興通行的賭博，小說中唱社戲周圍人群集中除了看戲的，便是聚眾賭博。柯靈在其〈社戲〉中看到社戲臺邊牌九和牌寶攤上燈火輝煌，「聽得莊家拉長喉嚨喊叫聲音，我忽然想起魯迅先生的阿 Q 來」，同樣的情景，作家不由發問阿 Q 在內嗎？〔註 149〕阿 Q 所哼的小調《小孤孀上墳》，是紹興地區的地方戲。〔註 150〕阿 Q 這裡所哼的小調，在小說中出現兩次，第一次是在挨打，用精神勝利法獲得心理上的優勝後，覺得「兒子打老子」，這也可以理解為阿 Q 內心對家庭欲望的一種潛意識流露，只是要經過小尼姑的激發才顯露出來，從情節上為後面調戲吳媽的必然發展做出鋪墊。第二次是被遊街時，想唱《小孤孀上墳》覺得欠堂皇，這是阿 Q 最後的心理描寫。三次出現「手執鋼鞭將你打」的唱詞，這都是出自紹興大班戲（今為紹劇）《龍虎鬥》的唱詞。

上述小說中具有浙東特色的民俗，使得浙東讀者在看小說時自然與浙東

　　　　其有拼攢、包圓做、吉子、文字紋、仿竹、鑲嵌技藝、劍脊線、全圓、薄意雕、金漆泥金等十大技藝。見寧波文化網非物質文化遺產的《甬式家具製作技藝》條，http://www.ihningbo.cn/info.jsp?aid=401，2015 年 2 月 25 日。

〔註 146〕魯迅：〈阿 Q 正傳〉，《魯迅全集》，卷 1，頁 489。

〔註 147〕〈奉令撤任〉，《順天時報》第 496 號，1902 年 10 月 22 日。

〔註 148〕據考證麻將牌是由寧波人在海上跑生意中發明的，其中的叫法如稱麻醬，萬為 MAI 為寧紹地區所特有。

〔註 149〕柯靈：〈社戲〉，《社會》月報第 1 卷第 3 期（1934 年 8 月），頁 106。

〔註 150〕其唱詞是敘述寡婦給丈夫上墳，在墳頭淒慘地哭訴自身的悲慘命運。唱詞以起興營造一個成雙成對的春景，成為後面清明上墳哀怨心情的反襯。

聯繫起來，這也是袁牧之在將小說改編為戲劇時，讓這個戴著烏氈帽的阿 Q 講了不少紹興白話，雖然魯迅對此頗有些異議，卻是許多浙東讀者在看小說時會做出的自然結論。阿 Q 形象的成功並不因為這些具有浙東地方性的民俗而狹隘化，相反，正是這些民俗在小說還原了生活的真實，構建包括社會類型、民族特色、階級力量對比、文化傳統和時代精神在內的典型環境，在這一典型環境下阿 Q 是真正的「一個『這個』」，〔註 151〕又是普遍的存在。典型環境中的民俗內容不只是地方的，更有其民族性的機制存在並發揮作用。魯迅正是深入理解民俗在人物性格上的所發揮的支配作用，知曉並挖掘驅使人物言行的「民俗魂」〔註 152〕的原動力，揭示典型人物能體現一定的民族性、共同的心理基礎和思維方式，成功塑造典型形象的民族性格。在阿 Q 身上這種民族性格集中的表現是精神勝利法，這是魯迅關於國民性的綜合思考結晶，也是其共通性的內容匯總。

　　精神勝利法在小說中專用兩章來敘述，分別交代了阿 Q 如何以自欺欺人、欺軟怕硬、自輕自賤、自嘲自解、妄自尊大等，粉飾失敗，來進行自我心理安慰。這些具體表現其實質是一種精神的虛幻，但也可以說是一種在現實中失敗受盡屈辱，為求生存而產生的一種心理補償機制。他因頭上的癩痢而頭髮稀少，衍生出言語的禁忌，忌諱說「癩」的同音，甚而將「光」「亮」「燈」「燭」都納入其中，這些都是民俗形成心理機制的典型表現。精神勝利法的具體表現更是宗法制秩序下產生的行為民俗。阿 Q 的自欺欺人用「老子以前闊多了」，「兒子將來好多了」來說，是符合宗法制秩序下父系血緣的線性發展邏輯的，這一邏輯下，衡量人的好壞未必是現時的，歷史的和未來的願景已經自然將自身列入其中，阿 Q 的言外之意非常豐富，其觀念也不無道理。在父系的血緣關係體系下，子嗣的延續是個體最重要的事情，被小尼姑咒「斷子絕孫」當然十分惡毒，這恰恰激發起阿 Q 的本能衝動，調戲吳媽的事件就是這一心理動態下的自然結果。宗法制社會還組織了嚴格的社會等第秩序，高下貴賤親疏都被嚴格地做了區分。稱呼是人際關係中最能體現這一秩序的，在同姓中高下之分是明確的，因此，阿 Q 被趙太爺剝奪了姓趙的權利後只能悻悻然。而當其從城裏回來後，成了懂城裏的人，尤其是參與革命後，人們對阿 Q 的稱呼變

〔註 151〕〔英〕恩格斯：〈致敏·考茨基的信〉，《馬克思恩格斯選集》（北京：人民出版社 1972 年），卷 4，頁 453。
〔註 152〕陳勤建：《文藝民俗學》，頁 6。

了，「Q 哥」是曾經蔑視的王胡等人對其的尊稱，趙太爺都怯生生地稱其為「老Q」，這是將阿 Q 納入了自己的等級體系中。阿 Q 的婦女觀，也在父系社會的等級秩序下形成。在這一婦女觀下，女性是從屬於男性的，綱常中的從父從夫都對世俗社會的女性地位做了規定，女性要在各種場合，遵從社會對其設定的種種規範。他就用「和尚碰得，我就碰不得？」的邏輯侮辱遁入空門的尼姑。婦女的小腳才是美的，對於吳媽的求歡，革命後想在未莊可以隨便挑女人都是這一婦女觀的流露。阿 Q 的講究、禁忌等是民俗中普遍社會心理的反映。他從大家都以長凳的說法作為理所當然，而把他者的條凳斥為不懂；鄉下人燒魚放蔥葉的做法是對的，那城里人放蔥絲就是錯的；當被捉後見官時，不由自主地下跪等，這是民俗的法約性和軟控性的體現。

阿 Q 的婦女觀和禁忌中可以明顯看到官方的、士大夫文化的滲透和影響，有著被奴化的痕跡。赤貧的阿 Q 還想造反便是與自己過不去，是要被殺頭的，甚至滿門抄斬的，依舊可以見到上層社會所施加的種種影響。阿 Q 的精神勝利法的種種表現都證實了魯迅的結論，中國歷史只有「想做奴隸而不得的時代」和「暫時做穩了奴隸的時代」，〔註 153〕即使阿 Q 這樣的一無所有者還是甘心做奴隸的。精神勝利法有著被統治者改造影響的觀念，這也是中國國民性中的劣根性之所在。魯迅正是在這一性格特徵上發掘了中國國民性的問題。同時，精神勝利法顯然又是心理的反應機制，對於任何在現實中失利的問題都有可能產生粉飾的需要，這就將其上升到了普遍的人性，因此，魯迅筆下的阿 Q 不僅是浙東的、中國的，也是世界性的。

如果說阿 Q 這個形象帶有更多共性，那祥林嫂、孔乙己、呂緯甫、閏土、華老栓等則個性色彩更濃厚，這些是在浙東民俗中生長出來的人物。作家們往往在對其展開肖像、細節描寫時利用結合民俗環境，以突出其個性、狀態。祥林嫂在小說中三次出場時，其穿著一樣，兩次特別提到其頭上的白頭繩，這是紹興喪俗中長輩去世媳婦「朝前笄」戴孝。許欽文〈大水〉中的春霞出現在小說中時有肖像描寫，「頭上梳著一個紮著白頭繩的『懶惰髻』」，〔註 154〕這一細節在把握住青春期少女活潑的特徵之上，只用白頭繩的髮髻便點名了所處的境地。春霞只能順從父親旨意嫁給未曾謀面家裏有許多人口，在杭州的絲行做朋友的老二，將來命運充滿極大的不確定性。但這又是個憧憬著婚

〔註 153〕魯迅：〈燈下漫筆〉，《魯迅全集》卷 1，頁 213。
〔註 154〕許欽文〈大水〉，《許欽文小說集》，頁 26。

姻和將來生活的女性，要擺脫人口眾多的夫家，隨丈夫到杭州生活，並以「我既然嫁了他，難道他可以不依我的要求？」〔註155〕是試圖要掌握自己未來的少女從實際出發，對於任何反對意見的反詰。

　　結合了地方習俗環境的民俗意象來描寫人物，有助於反映人物個性。能抓住民俗意象原型，將其與人物內在的性格切合，成為支配人物行動，展示人物主要特徵的帶有密碼指令的性格基因，〔註156〕這樣的人物性格是最能引起讀者的共同感的。在鼻涕阿二的成長中，松村的家族、男尊女卑觀念讓這個排行老二的女孩子成了家裏的丫環，尚「藏拙」的風氣又讓阿二凡事都是錯的；阿二進了維新運動夜校，拒絕木匠龔少年是正常少女的驚慌，但祖母斥其輕骨頭，父親白點王以高階層自居，告了鄉董，導致龔木匠被退學，惡名昭昭只得離開松村。阿二因此被嫁給了壽頭阿三，阿三淹死後又在婆婆、妯娌合計下再醮給了錢師爺。從此以後，阿二從松村民俗的承受者變成了施與者，轉加於他人身上，與大太太爭寵、虐待海棠、撒潑等習性一一表現出來，直至最後在眾人的盼望中死去。阿二完全是松村民俗塑造出來的女性，其個性、觀念烙著松村人習以為常的習性，在松村成長起來的人有著同樣的思維方式，只要落到這種環境中，就無法逃脫，走到哪裏都一樣，「松村的四周，東是梅村，南是槐村，西北是柳村和桃村，都是和松村一式一樣的。……大而魯鎮，小而松村，所以會形成這種社會，而且並沒有改變的情形，原因為龔少年之流諸事不反抗，因為覺得就是反抗了也是無益的就不反抗了的緣故。」〔註157〕松村也有過維新、改革，辦過學堂，有過自由戀愛，但很快就都回覆原樣了，作家將社會的不變歸諸於少年們的不抵抗也許失之簡單，但在揭示民俗環境的軟控性對人物的個性形成上，許欽文的啟蒙立場及對啟蒙艱難的預期是符合現實的。

　　在祥林嫂的悲劇中，還有深入觀念的浙東婚俗觀念的影響。浙東婚俗初時勤儉，康熙以後奢靡之風愈演愈烈，農村經濟的奔潰，適婚男女比例不調，使得現代農村中婚姻的締結有著強烈的金錢交換意味。〔註158〕婚姻開支在家

〔註155〕許欽文：〈大水〉，《許欽文小說集》，頁 30。
〔註156〕陳勤建：《文藝民俗學》，頁 302。
〔註157〕許欽文：〈鼻涕阿二〉，《許欽文小說集》，頁 190、191。
〔註158〕梁景和（1956～）等著：《現代中國社會文化嬗變研究（1919～1949）——以婚姻・家庭・婦女・性倫・娛樂為中心》（北京：社會科學文獻出版社，2013 年），頁 60。

庭支出中所佔比重高，〔註159〕婚姻論財的趨勢愈加明顯。愛姑的離婚分歧焦點也在於這筆采禮費用的爭執。這可以在許欽文的〈步上老〉中得到印證，勤勞終年的步上老一場葬禮和婚禮就搭上所有財產還借了債。即使到了十年後，鄰近「寧波地區風俗結婚崇尚奢靡，如果不是經濟寬裕之家，實無早婚之可能。」浙東豪娶奢嫁導致貧困之家往往因此難以行使正式的婚禮，久之滋生出許多非禮制婚的各種婚俗，如「養媳婦」（童養媳）、「搶親」「坐門招夫」「兄終弟及」「活出離」「進舍夫」「補床老」及「典妻」「租妻」等現象。鬼神觀念的盛行，還出現了「沖喜」「悶喪」「孝新婦」及「陰配」等奇異的婚俗。〔註160〕祥林嫂的個性、命運都與浙東的婚俗交織在一起，婚俗是推動人物觀念變化、展示性格的關鍵。祥林死後，媳婦的命運掌握在公婆手裏，這與許欽文〈模特兒〉中的寡婦是同樣的遭遇，「兒子死了，當從兒媳婦身上著想」是理所當然的。〔註161〕衛家山祥林嫂「嚴厲的婆婆」將其轉賣給賀老六，以換得給小兒子娶親的錢，也是天經地義的。再嫁也不是正常的婚俗，從中人的介紹中有兩點信息很明確，一是祥林嫂不情願，二是賀家墺的人將祥林嫂用繩子捆住，塞進轎子抬到山裏，捺上花冠，拜堂，送入洞房。這些細節說明祥林嫂被嫁賀家墺是「搶親」。

　　浙東地區的搶親多為男方怕女方毀約，出了聘資再乘其不備，搶了就走，賀家墺在山裏，一般女性不願被嫁入山裏，賀家採取了搶親。也有出於省錢，雙方合意，瞞著新娘，和媒人一起議定搶法和日期。搶親雙方都節省了嫁妝和繁瑣的婚禮，也得到社會的默許。如遇外人，只要敲鑼明確是搶親，他人一般不會干涉，即使官府也常採取聽之任之的態度。周作人稱這種省去繁文縟禮的搶親為「非禮之禮」。搶親習俗當然是浙東民間婚俗的一種

〔註159〕民時各地聘禮行情城鄉南北東西差異極大，不過在鄉村經濟凋敝，其費用相對就水漲船高。卜凱1920年代的調查中東部農村114.83元，占全年收入288.63元的近40%，華北47.5元，占全年190.63元的1/4。1930年代言心哲對江蘇江寧土山鎮的調查，婚嫁平均所需37.99元，所需占全年的30.8%，即使無婚嫁之家的支出也占全年5.1%。李景漢的定縣調查非常細緻，總的婚嫁費用至少都在占家庭收入七成以上，女家上戶占八成以上，是平均收入對的1.4倍，貧困人家結婚幾近破產。梁景和等著：《現代中國社會文化嬗變研究（1919～1949）——以婚姻‧家庭‧婦女‧性倫‧娛樂為中心》，頁62～63。

〔註160〕梁景和等著：《現代中國社會文化嬗變研究（1919～1949）——以婚姻‧家庭‧婦女‧性倫‧娛樂為中心》，頁809。

〔註161〕許欽文：〈模特兒〉，《許欽文小說集》，頁100。

變相，不太符合禮的常規，但有現實的需要，一般發生在貧困人家，對婦女而言，搶親會導致各種悲劇。祥林嫂的被搶顯然嚴重創傷了其身心。社會對「回頭人」的歧視本就存在，加上後來又死了丈夫和兒子，魯四老爺和四嬸都持有這種女性的不潔觀，皺眉、不讓碰祭器是自然的。但壓垮祥林嫂更是普遍的鬼神觀，當她用民間認為有效的禳解法到廟裏捐了門坎，依然被視為不潔，終於導致了其精神上無法消解的痛苦。周作人指出魯四老爺的道學只是一個原因，道教受到佛教的影響，在民間有著更大的勢力，禮教上的輕視女人，再加入宗教上的不淨觀，於婦女是加倍酷烈的折磨。這也可以從許欽文的〈老淚〉中得到印證，松村人說重婚的婦人是墮落五百劫，死後要走火磚頭，與柳媽告訴祥林嫂是同樣的道理。周作人的宗教觀對於道教在民間的影響力，陋俗對於婦女命運悲慘迫害的分析是合理的。這些小說中摻雜著男尊女卑，女子從一而終等宗法制的婦女觀，加上浙東地區輪迴轉世、因果報應、禳解儀式等俗信，始終影響著祥林嫂、彩雲等的言行，與她們的命運產生密切聯繫。

　　浙東特殊的婚俗與人物個性之間的緊密交織，也見諸於其他作品中。許欽文的〈步上老〉題目就用了特殊的民俗涵義，這是民間對於入贅女婿的一種歧視性稱呼，被稱為「步上老」的長生善良、勤勞、有正義感，但對這一稱呼始終有著深沉的屈辱感，要給兒子娶個正常的親，難以承擔，就想用女兒的結婚采禮，結果也在各種儀俗中被消耗殆盡。即使在種種磨難中始終未失其擔當，還提醒「二官人」要鋪上漊裏的大石板。〈難兄難弟〉是以一生勤勞的有金臨死前對弟弟有水的交代開篇，絮絮地交代了勞碌的種種，小說處理得較為舒緩，到 2/3 處才突然話鋒一轉，大哥要求弟弟在其死後與其嫂子併攏，且小說以村裏喝這場叔嫂併攏的喜酒結尾。這場大哥去世後三個星期的第二天就舉行的婚禮，辦得公開熱鬧，親戚、朋友和鄰居笑嘻嘻吃得很高興，松村人視若當然，「因為叔嫂併攏在松村是常事」，只是不知道喜酒辦得這樣快，是因死了的阿哥立遺囑表示自己「困翻後」過了「二七」就可以辦。這種有違禮教人倫的叔嫂合併，在松村的觀念中並非個例，有金在說服弟弟有水時用的理由一是家庭貧困，娶不起親；二是對妻子的掛念，沒有親戚地產不能讓其空守節，嫁出去可以撈回幾塊錢，可是沒有合適的人可嫁；三是弟弟與嫂子也還合得來。這三條理由既考慮了個人情況，也為每個人的出路打算，做了最切合實際的規劃，於禮有違，卻合乎情理。這篇發表於 1936 年的小說，

其中的松村與十年前〈老淚〉〈鼻涕阿二〉中的松村相比較，其習俗觀念發生了變化，「不孝有三，無後為大」依舊左右著村人的觀念，在這條觀念下，彩雲偷偷「借種」，招入贅女婿，再招「補床老」，與有金跟阿嫂的結合一樣，都是為了能延續香火。但叔嫂合過在有金時代已經公開化，且仍當做喜事來辦，說明禮教的束縛更加弱化，這也是浙東地區注重實際，少了些禮教人倫觀念束縛的民俗特色。同樣寫兄終弟及婚俗的，臺靜農（1902～1990）的〈拜堂〉中新人只能在晚上趁人不備之際，悄悄請媒人完成儀式，小說通篇以暗色調出現，將婚禮染上了陰鬱沉重的整體氛圍。

置浙東女性於浙東特異的婚俗環境中，可以對其個性、命運的發展做出提示，有利於人物性格逐步呈現。浙東婚俗中如不親迎，而是讓兄弟或從兄弟前往迎親，新娘哭嫁，開面，〔註162〕上轎走過鋪著麻袋的路，意為「傳代」等種種習俗在《結婚十年》中都有記載，蘇懷青被告知迎娶之前只能躺在床上，坐上轎子不能動等種種規矩，但這個女性反而做了不雅的舉動，其要強不從俗的個性已初露端倪。後來連生三個女孩後被婆家怠慢，其抗拒之心也隨之增強，當然崇賢生活中出軌是導致婚姻破裂的最關鍵因素。在浙東特色的婚俗中，蘇懷青這個現代女性知識分子的個性形象顯然更清晰豐滿了。

2. 浙東民俗中社會心理制約的群像

民俗從原生態、次生態到再生態的衍化，在不同階段有不同形態的展現，但都蘊含著該民俗最初的意象，包孕著創造這一民俗事項集體的心願，「並以集體心理定勢——民俗思考原型線狀傳承，在人們代代相繼的日常生活的器物、稱謂、觀念、行為中不經意地流露出來。」〔註163〕一個群體中形成「風」習俗，其表現有表象層和深層。表象層是比較明顯的具有一時成風的風尚，它流於表面，容易隨著時代社會的變遷而發生改變，如近現代以來的服飾、髮式等。而深層的則是經長期的沉澱傳承而沿襲下來的，多與群體的社會觀念、心理思維定勢相依附，是左右其言行的民俗意象原型。如果說在一些優秀的作品中，作家善於把握住民俗環境、民俗意象原型為典型人物所用，則在更多的作品中，民俗思考原型塑造了大批浙東人群像。作家們在這一群體身上，既勾勒出變遷中的民俗環境，也道出了與這一環境相應的深層

〔註162〕鄞縣、奉化等地縣志中都有相關記載，如「為女加笄剃面，謂之開面」等，丁世良、趙放主編：《中國地方志民俗資料彙編》，頁770。
〔註163〕陳勤建：《文藝民俗學》，70頁

心理結構。

　　在浙東現代作家中，王魯彥總能以溫潤同情的筆深入到心理，他的諸多短篇作品選材平凡、細小，作者的用力不在於突出人物的個性，而是小處見大，找出人物長期因襲的心理習性，社會習俗施加於其上的作用力，從而揭示人物一言一行的原動力，其人物因而顯得自然真實。在眾多人物心理描寫中，他寫了系列母親。〈菊英的出嫁〉中是以菊英媽忙碌一場婚事為線索敘述的。菊英媽媽進進出出找人、採購，到婚禮終於順利進行，才看到送嫁隊伍中特殊的牌位，讓人領悟到這是特殊的「陰配」，或者稱之為「冥婚」。小說從一開始的菊英媽媽感受到菊英的羞澀，母女之間的脈脈溫情就在菊英媽與女兒的對話溝通中渲染開來，在對話中將尋找夫家、與婚禮進行一一穿插，最後才帶出病時問醫等回憶情節。按理，這一陰配本身所具有的色彩是陰暗的，民間對於身後世界的想像大多充斥了輪迴、果報等觀念，對地獄的想像更是充滿了未知的恐懼。但這篇小說一反常態，以世俗的溫情作為基調，它以母女之間的人性關愛為基礎，從小有產者的生命觀和宗法制觀念出發，對於早夭的兒女同樣有撫養成人、為其婚配之義務，由此形成了浙東民間的「陰配」習俗。魯彥從母親的心理切入，就為小說確定了這一婚俗的世俗性，始終從普通的世俗關懷來觀照操持婚事的母親，終於完成女兒大婚事宜的輕鬆與不捨夾雜著，構成母親的心理情緒變動。小說客觀反映出當時醫療的落後，人們的迷信，耽誤了菊英的治療。但更重要的是展示在浙東這片土地上一種特殊的婚俗，「陰配」習俗是相對富裕人群中道教信仰的心理反映，濃厚的鬼神觀念、落後的醫療條件是這一婚俗能長久存在的社會機制。在這一點上，菊英媽媽不應只是簡單的愚昧落後的被批判對象，她是眾多母親的代表，充溢著對兒女的關愛，以及從宗法觀念而來對子女有強烈責任感的母親。〈河邊〉也是一開始是明達婆婆對在外求學的兒子望穿秋水的期盼，當兒子涵子回來後，看到病重的母親時，維新派的兒子要請醫生看病，但由是引發了母子的衝突，迷信的母親要拜菩薩，並以家庭中母親的艱辛撫育來游說實際成為兒子的壓力，小說中母子之間的張力來自宗法制下的人倫觀念。小說在隨明達婆婆到廟裏時，看到更多男女老幼從四面八方趕攏到廟裏，他們把關帝菩薩當成內外科、小兒科、婦科、傷科等等，抱著不同的希望和要求，有著一致的信仰，小說一這個場景揭開了浙東

民間迷信愚昧的冰山一角。〔註164〕當然，儘管涉及到的都關於母女／母子關係的深層心理揭示，兩篇小說的表現重點是有差異的，前文從母親忙碌開始，終於回溯其發病死亡，重點在母親為這場特殊婚姻的準備、忙碌，而對菊英病重如何因迷信耽誤導致病逝交代比較簡單客觀，對造成菊英悲劇的原因分析除了鄉村治病觀念外，還與落後的醫療條件脫不了干係。後文則完全是以母子的對話展開，重點在透過兒子看像母親那樣求菩薩問醫的迷信行為，這就加強了作品的批判力度。

浙東民俗中需要剔除的糟粕還有如〈岔路〉中械鬥等，王魯彥能深入到驅動人們形成行為模式的觀念、心理，且把這一心理置於浙東逐漸轉變的社會環境下，從而展開對此類原始落後習俗的畫面批判。〈中人〉中從南洋回來的美生嫂深知窮人沒法生活，被人欺辱，要賣房子的阿英哥就是例子；說有錢，誰都來打主意，這個借那個捐的。美生嫂這個能幹的「他者」一針見血地看出了浙東人際往來的通行習俗。〈鼠牙〉中的婆婆媽媽的家長里短，卻是普遍的人性存在。小說中住在對門的同宗阿德哥全家和阿長嫂一家，因為共同用祖堂為穀倉，先是因為谷少互相懷疑，上演了冬夜捉賊的鬧劇；被房長指出是老鼠作祟後，又各自養貓、下藥，以驅趕到對方那裡為快。在抓賊、捉貓、趕老鼠各種細節中，特別是最後將浙東的鼠嫁女的風俗結合起來，從正月初二開始到十四，床下留香燭、瓜皮果殼等做法，是浙東配合老鼠嫁女傳說的習俗，這一習俗將兩位家庭婦女在小農經濟下養成的只顧自己的心理刻畫得淋漓盡致。〈屋頂下〉是勤儉起家的本德婆婆與新媳婦阿芝嬸婆媳之間的矛盾，兩人之間沒有任何的事情，都是生活中關於買菜做飯的瑣碎細節，但宗法制觀念下婆媳關係由誤解而生嫌隙，且越來越深導致嚴重的摩擦。〈安舍〉同樣寫寡婦的長成，其對於人際關係的理解與確定使其沒法走出自己的陰影。〈李媽〉則是女傭養成記，小說細膩地寫出了李媽如何在習俗的帶動下，從一個淳樸的鄉下婦女轉變為刁滑的上海女傭的。

能深入女性心理，挖掘習俗對人物言行形塑作用的還有許欽文，他的未莊、松村中的女性同樣是生活在宗法色彩較濃厚但又有著實際功利性考慮的民俗環境中。〈老淚〉以彩雲為中心，將浙東關於女性的各種婚俗都結合進來，既有女性的正常的婚俗，也有地方各種非婚制婚俗，如民間特殊的「借種」、招「進所女婿」和「補床老」等做法。小說以在廟裏嚼是非的念佛老太太開始

〔註164〕魯彥：〈河邊〉，《魯彥經典》（北京：京華出版社，2001年），頁289。

回憶，經歷了提親、定親，未婚夫死後，再定親又遇未婚夫暴病而亡，終於嫁為填房；生子後卻喪子喪夫，與人暗通曲款有了女兒招贅成親，終又失女，又為「兒子」娶媳婦，結果又失「兒子」，再為填房兒媳招為翻譯的「補床老」。彩雲一生曲折，在松村認為重婚要墮落五百劫，在死後要走「火磚頭」，背負著這犯了「五百劫」的沉重心理負擔，她依舊孜孜不倦地要找一個名義上的孫子，媳婦和兒子與她沒有任何血緣關係，可支持她一路走下去的只是松村的一個信條「不孝有三，無後為大」。彩雲身世有著太多偶然因素，但小說將彩雲的每一次行動轉變都落在松村的習俗環境中，其個人的主觀意願都是因應村落的習俗觀念。小說不在於寫出彩雲特殊的個性，而在於展示松村特定民俗環境下，一個看似有傳奇色彩卻有著必然性的女性的一生。〈琲郎〉中的少婦師太奶奶從小由父母許給有金字招牌名望的師爺，出嫁後本著「從夫」的信條，在丈夫在外期間守著寂寞的空房；羨慕家裏佃戶的六三夫妻的恩愛，在女兒患天花死後遁入空門。少婦不愁吃不愁穿，在六三太娘看來令人羨慕的，六三對自己經常打罵，師奶奶唱的「不如嫁個種田郎」是對自己的嘲笑；而反過來六三與妻子的舉動在師奶奶都認為是體恤；當其丈夫偶而回家時，她將幽怨發洩出來，並在丈夫的回答中解讀出了不忠，轉嫁到六三身上，又因六三夫妻的和好，從此愈覺無聊。師太奶奶對自己與他人的理解都是從他人的鏡象中看到的，她的行為都是懵懵懂懂的，進庵堂是在下意識中順應著民間勸善的觀念。類似的人物還有〈瘋婦〉中在松村嚴密的習俗、婆媳觀念下發瘋而死的雙喜媳婦，〈小狗的厄運〉中的影梅，〈毛線襪〉中的章師母等。〈美妻〉中的思瑛是在城裏，但依舊不脫對男性的依附；〈模特兒〉中守寡的少婦不甘於受公婆的指使接待男人，奮起反抗，雖然還是從習俗將養公婆，但勞作、當模特兒、學習，試圖能獲得不一樣的命運，是少有的不完全屈從於習俗統合的人物。

　　被淹沒於習俗中的女性不止在寧紹地區，鄭振鐸〈三年〉中的十七嫂是浙中一帶的女性，出身於富貴之家，可就是因為從小無意中被算命說「命凶」，從此一切的厄運苦難都跟隨著她。小說先將氣氛往上推，寫其剛剛出嫁時，公公得了差事，丈夫高中，被認為是很有福相的。〔註165〕但很快急轉直下，家裏死去被認為是被她「剋死的」；家中紛紛以新娘子顴骨高、眼邊有黑痣的剋相和屬相相剋來左證；兒子病死也是被剋，丈夫也在上海娶了妾不回家。

〔註165〕鄭振鐸：〈三年〉，《家庭的故事》（上海：遠東圖書公司，1928），頁 204。

才三年時間，所謂的命就將一個青春女就變成命途多舛的活寡婦。其〈春蘭與秋菊〉是兩個女婢的成長對比，洞見人情習俗精明的春蘭與愚笨粗俗的秋蘭，前者得到主人的賞識，但其卻得不到命運的垂青，最後逃離了四嬸家，卻進入了正常的人生軌跡。兩位女性不同命運，作家對於這種人情習俗的立場是明確的。正是這種人情習俗構成了舊家庭的環境，制約著每一箇舊家庭中的人。

構成這一浙東民俗環境下典型浙東人群像的還有〈步上老〉中的長生，〈難兄難弟〉中的有水、有金兄弟倆，〈石宕〉中的金生、有水等石匠，他們一輩子勤勤懇懇，在這個環境中艱難屈辱地討生活，即使知道前面是危險，也只能迎頭而上，因為家裏沉重的負擔，年老的年幼的都等著撫養。但他們最後都走向被從來如此的環境吞沒的命運。王任叔〈老石工〉中石匠也屬於這一隊伍，這個坐車準備回家鄉的石匠是個雕刻技藝高超的匠人，在族廟重新造廟以保風水時，他和另一石匠按慣例各自承包造一條石龍，兩份工錢，及一份給勝出石龍師傅的賞金。欲望淹沒了匠人的良知，其精心雕刻的龍眼居然掉了下來，年輕的匠人失去了理智捅死了同行，從此開始其逃亡的後半生。在開石塘、鑿石板的日常中，他每天都踩在死亡在線，只能以酒壯膽，身體垮了。最後要回到故鄉去，驅使其回歸的動機是落葉歸根，「死了總得躺在他們身邊去」。〔註 166〕這個被制度、習俗驅使著，一輩子都以出賣自己精良的技藝過活的單身漢，遭受老闆的盤剝沒有落下任何積蓄，在火車上遭受時髦的年輕人、穿長衫的中年人的奚落與呵斥，但他對自己過失、耍小聰明行為卻有著簡單而深刻的反思，比火車上芸芸眾生有著更高的人格。

3. 浙東民俗中的墮民

浙東現代作家的作品中還出現了一類特殊的人群：墮民。墮民是浙江四種賤民〔註 167〕之一，南宋嘉泰《會稽志》最早出現墮民的說法，明確介紹「墮民」始於明代祝允明（1460～1526）的《墮民猥編》，其來源有不同的說法和解釋。〔註 168〕這類被視為賤民的人群長期遭社會歧視，世代只能從事被視為

〔註 166〕王任叔：〈老石工〉，《新青年》1937 年第 11 卷第 1 期，頁 133。

〔註 167〕其餘三種為會民、蜑民和九姓漁民。

〔註 168〕徐渭在《會稽縣志諸論・風俗論》中稱「丐以戶稱，不知其所始，相傳為宋罪俘之遺，故擯之，名墮民。丐自言則曰宋將焦光瓚部落，以叛宋投金，故被斥。」明清浙東地方志如乾隆《餘姚縣志》、光緒的《慈谿縣志》等多採取此種說法。民間的傳說更多，有樂戶被貶、朱元璋對張士誠降卒、元末蒙

低下的職業，如戲班子、三姑六婆、剃頭匠、吹打、抬轎者等，以區分於平民。他們主要分布在浙東的寧波、紹興、臺州一帶，是浙東現代作家生活中熟悉的一類人。

　　浙東的墮民人數較多，據德恩於 1928 年提供的數字約為兩萬人。在鄞南，主要集中在櫟社和王伯橋，多達兩三千人，也有落腳於平民村落的宗祠、廟宇。女性穿藍青色裙子異於平民。〔註 169〕徐寶山在《浙江省》「總說」中提到有 5 萬多人，主要分布在東陽、溫嶺、義烏、上虞、餘姚、鄞縣、慈谿、奉化等地。〔註 170〕1938 年悅英的文章中依舊沒有多大的改觀，在寧波多住江東的三眼橋和西門外效實巷一帶，服裝女喜娘著玄色短衫，出入背格子花紋包袱，藍竹布長裙已逐漸為玄色，男性玄色長衫。〔註 171〕墮民嫂出門時帶竹籃，內放小刀和棉紗，為「東家」剃頭、修面，為「女東家」絞面。主要收入為紅白喜事服務，還有剃滿月頭，其餘的則依靠四季固定向「東家」討口彩得賞賜。〔註 172〕

　　墮民之所以成為關注的對象，因其人數不少，且與平民同住一地，是浙東社會中特殊的一類存在。鄭公盾於 1948 年調查寫就的〈浙東墮民採訪記〉介紹，據抗戰以前浙省統計，在寧波有 1106 人，上虞 3295 人，慈谿 2210 人，奉化 2000 人，鎮海 1316 人，定海 6650 人，餘姚 383 人，溫嶺 2112 人，義烏 1874 人，東陽 2864 人，象山 385 人，全數約近兩萬人左右。〔註 173〕紹興墮民的集中居住地為三棟街，也稱為墮民街。民間的說法認為墮民的來源大抵是與墮或惰有關，其職業都是低賤的，樂戶就是此種懶惰者才從事的職業。

　　　　古人後裔等，多種說法中宋將降將為多。1933 年，唐弢在《申報・自由談》
　　　　的雜文《墮民》，沿用了徐渭的說法。魯迅〈我談「墮民」〉持不同意見，認
　　　　為好人的後代未必不是。王靜的《中國的吉普賽人：慈城墮民田野調查》，
　　　　俞婉君的〈紹興墮民〉、陳順泰、周春香、謝一彪等的《紹興墮民田野調查
　　　　報告：三棟街往事》等田野調查中都對各地墮民的起源做過分析，但難以確
　　　　定其中一種說法。俞婉君：〈墮民的起源與形成考辨〉，《浙江社會科學》2007
　　　　年第 5 期，頁 143～149。
〔註 169〕德恩：〈鄞南的墮民〉，《北新》1928 年第 2 卷第 5 號，頁 35。
〔註 170〕徐寶山：《浙江省》（上海：商務印書館，1931 年），轉引自王先明：《近代紳
　　　　士——一個封建階層的歷史命運》，頁 39。
〔註 171〕悅英：〈談談寧波的「墮民」〉，《青年界》1936 年第 10 卷第 5 號，頁 113、
　　　　114。
〔註 172〕朱虹：〈浙東的墮民嫂〉，《婦女》1948 年第 3 卷第 3 期，頁 11、12。
〔註 173〕鄭公盾：〈浙東墮民採訪記〉，《浙江學刊》1986 年第 6 期，頁 95～102。

唐弢對於墮民職業的介紹比較詳細,市鎮中的理髮掏耳朵、婚喪喜事中的值筵、抬轎、吹打都可以稱得上藝術。他寫墮民婦女的修面甚至勝過男性:

> 只是一條綿紗線,用手和嘴牽住,緩緩地,像削草機一般在面上擦過,又簡單,又爽利,真夠原始藝術的意味。她們的消息很是靈能通,婚喪的事終瞞不過;進門照例是一大篇吉利話,領賞的時候更要作無饜的嘮叨,後者是「紳士先生」們所最痛惡的,可是在她們的面前終不好意思板起面孔。〔註174〕

這也說明墮民的存在迎合了部分社會需要。墮民從清雍正朝就發起解放,但民初還是解而不放,社會歧視、墮民自我認知依舊改變不大。歷來談墮民解放的,少有關注其自由後的生計問題,解放自然成了空話。針對此一痼疾,20世紀初開始地方上倡墮民學堂,稽查人數造冊除籍,〔註175〕但是許多有門眷的墮民還依戀著這種制度。魯迅認為不一定墮民的來源就像唐弢所說的敗將後裔,但無疑「紹興的墮民,是一種已經解放了的奴才」,他說了更多墮民的職業,收舊貨的,賣雞毛的,捉青蛙的,做戲的,過年過節去門眷家道賀,「在這裡還留著奴才的皮毛,但事畢便走,而且有頗多的犒賞」,他從民初革命以後,政府幾番宣布廢除墮民隸屬的賤籍,母親告知接連的墮民被拒的現象,指出了墮民「為了一點點犒賞,不但安於做奴才,而且還要做更廣泛的奴才,還得出錢去買做奴才的權利,這是墮民以外的自由人所萬想不到的罷,」〔註176〕從中看到了普遍存在的奴才相。墮民有與有錢人家結為固定門蔭服務關係的,稱為「門眷」,這給墮民以相當的利益,有的墮民可以因此過得相當舒適,甚至超過一般的平民人家。門眷可以買賣,有的墮民在東家落魄以後就出賣改換門庭到西家,這就類似徐懋庸所說的打雜了:「東家有喜事,西家有喜事,他們都去幫,只要有『紙包錢』就行。」〔註177〕社會認為墮民的所謂打雜,只是出於金錢的考慮,這也是墮民被輕視的原因之一。

墮民多優伶,有的組成戲班子,舟山娛人娛神的各種社戲中多為從寧波去的戲班,有崑班、徽班、紹興班、臺州班之別,「優伶為紹興、臺州兩幫及

〔註174〕唐弢:〈墮民〉,《申報·自由談》1933年6月29日

〔註175〕〈稟設墮民學堂〉,《申報》1905年;〈稽查墮民除籍人數〉,《申報》1906年4月21日第二張。

〔註176〕魯迅:〈我談「墮民」〉,《魯迅全集》,卷5,頁216。

〔註177〕徐懋庸:〈打雜者造成的文化〉,《申報·自由談》1933年9月28日。

甬商墮民為之」，〔註178〕諸暨「每歲元夕，墮民以鼓吹遍賀民家，謂之『鬧元宵』」，〔註179〕迎神賽會中要表演的也是墮民。墮民從事的這些具有巫術性質的活動，以及所表演的戲劇，據紹劇藝人六齡童的說法與其來源有關，〔註180〕戲劇界據此認為墮民原是元末蒙古族的後裔。

墮民既為賤民，與平民有著嚴格的界限區分：不能與平民通婚往來，不能參加科舉，亦不許進入上流社會，見到平民都稱「老爺」「奶奶」們。他們自成一體，平民一般不會主動參與介入。在浙東現代作家的作品中，這些墮民自然只能是背景人物，但構成浙東民俗環境的必需。王任叔因自己出生時被誤認為死嬰曾要被丟棄，幸虧墮民發現其活著，才被救了回來，其寫到故鄉的作品中多出現各類墮民。〈牛市〉中給福如兄弟剪髮的墮民，〈鄉間的來客〉中丟小嬰兒草包的墮民，〈孤獨的人〉中抬轎的墮民胡金；魯彥〈菊英的出嫁〉中跟著棺材的送娘，吳似鴻的〈毛姑娘〉中阿毛出嫁時彩手的墮民等等，但更多無名無姓的墮民。

墮民的生活也正常如平民，有的做喜娘陪同出嫁的新娘到夫家、回門都可以得到較豐厚報酬，其所結的門眷如為富裕之家，討口彩獲得的賞賜也多。但他們謹守著與平民的嚴格區別，不僅穿戴、職業上，還在活動時間。各種送灶是各地都十分重視的習俗，一般在臘月二十四夜，顧祿的《清嘉錄》中詳細記載了南方民間送灶習俗的內容。但在寧紹臺地區，送灶的時間則有講究。二十三日平民送灶，墮貧則於二十四日。周作人對於祭灶的來歷、所使用的神轎、善富的說法，及越中灶的樣式等等都做過考證〔註181〕。在其〈墮民的生活〉一文中，他也指出墮民們聚族而居在三埭街：

> 男的專業做吹手，做戲，以炒豆麥糖（俗稱墮貧糖）換取雞毛破布爛鐵，釣田雞似乎也是他們的事，因為兒歌中有滿天月亮一顆星，田雞來亨釣墮貧之語，雖係反話亦是一證。俗諺又云，人生路不熟，看見墮貧叫阿叔，這種經驗卻是許多人都有過的。〔註182〕

〔註178〕丁世良、趙放主編：《中國地方志民俗資料彙編》，頁814。
〔註179〕丁世良、趙放主編：《中國地方志民俗資料彙編》，頁831。
〔註180〕他認為「亂彈中以〔二凡〕為主，與秦腔相近。它實際上是受蒙古族的音樂影響很深的一種聲腔。這就和墮民的由來有密切的關係」六齡童口述：《取經路上六十年》（上海：上海文藝出版社，1988年），頁3。
〔註181〕周作人：〈關於送灶〉，《周作人自編集·立春以前》，頁21～26。
〔註182〕周作人：〈關於送灶〉，《周作人自編集·立春以前》，頁21～26。

文中提到與墮民有關的許多諺語兒歌,可以推斷墮民的存在已經有相當歷史。浙東的送灶還是墮民的重要活動時節,該日墮民組織人馬至各家驅鬼,被稱為「調灶王」,〔註183〕魯迅於 1901 年以戞劍生名義所寫的〈庚子送灶即事〉中所提「膠牙糖」,〔註 184〕還是墮民專做的,用於供奉灶神,在送灶日時奉送給結對的門眷,以獲取賞金。

在這作為民俗環境的特殊組成群體中,值得一提的是王任叔小說〈孤獨的人〉中,不僅出現了叫胡金的墮民,小說還為歷來遭受平民歧視的墮民正名。老光棍老八貧無立錐之地,先在三聖殿遮風避雨,父母死後搬到財神殿,其身上沾染了流氓無產者的狡黠,無以謀生只能偷盜山上別家的樹,但也有著不畏強權不從常規的勇氣,他用偷世界中老闆、田主等都在偷血汗的邏輯,為自己的偷盜辯護;與胡金搭檔抬轎,被其兄阿紅責為不名譽,因抬轎等是墮民的勾當,普通人家不屑從事的職業,兄弟間因而爆發了最終的衝突。衝突是各方面累積的結果,但關於墮民的觀念分歧是最直接的導火索。在老八與其兄弟的爭論中,他以「你轉過十七八次紅腳桶再來說吧!」反詰阿紅,認定抬轎憑力氣吃飯是名譽的,要遠勝於拷竹槓,話雖粗糙,卻有著樸素的道理,也是對這種社會成規的挑戰。

二、浙東民俗文學中的風情美

民俗生活相在長期的沿襲過程中,融合了一地群體共同的社會心理、審美追求,具有地方性的審美特色。浙東現代作家將其在生活中感受到的民俗事象,引入作品中,藝術地呈現其審美的一面,這些審美意象構成作品別具地方特色的民俗環境,是人物生長的環境和表現的舞臺,也體現作品的地方色彩。作家借這些意象抒發自己對故鄉的情感,也能讓該地的民俗承受者在閱讀欣賞中產生自然聯繫,激發出作家與讀者之間的共同感。

1. 民俗文學中的意象美

民俗事像是在一地一群體中能風行的有形物質、無形精神、觀念等,是該地該群體在長期的共同生活中逐漸形成的,反映出的是共同的心理需求、意願,當其經過作家的構思剪裁加工成為作品中民俗意象,在其中寄託著更多的內涵,這種意象是具有原型美的。物質民俗意象不僅有生活實用性的考

〔註183〕周作人:〈關於送灶〉,《周作人自編集·立春以前》,頁 805。
〔註184〕戞劍生:〈庚子送灶即事〉,《魯迅全集》,卷 8,頁 471。

慮，也承載著該地的審美觀，衣食住行的物質民俗都是如此。

圖 5-2　寧波東錢湖出土的羽人競渡銅鉞

　　浙東現代作家作品中寫道最多的給人印象深刻的是航船，這是古越人在緣海濕地的環境下生存的基本工具，「軒車不可以適越」，〔註185〕越國水澤之鄉以舟為車是人人都知曉的常識。古越人早就掌握了造船技術，船的形態各異，從早期的獨木舟到後來生活生產和軍事用途的舳板、戰船等。考古的發現和史料的記載都證明，古越國的造船技術在當時是首屈一指的。從浙江餘姚河姆渡遺址出土古木槳的考古發現可以推斷，目前已知的中國造船史已經不少於七千年。寧波東錢湖出土的羽人競渡銅鉞，為全國孤例銅鉞，鉞上的羽人競渡紋顯示早在 2000 年前該地已盛行競渡活動，其羽冠被認為是越人鳥崇拜習俗的圖像記錄。春秋戰國時，吳、越國的水軍都設有專門的造船廠——船宮，越國「舟室者句踐船宮也，去縣五十里」〔註186〕，近距離說明造船業在越國的重性。舟已經廣泛地應用於日常生活和作戰，兵法有云：「夫吳人與越人相惡也，當其同舟而濟，遇風其相救也如左右手。」〔註187〕但為雪會稽之恥，句踐出師吳國時，「乃發習流二千人，俊士四萬，君子六千，諸御千人，以乙酉與吳戰，丙戌遂虜殺太子，丁亥入吳，焚姑胥臺。」對其軍隊組

〔註185〕釋曰：越舟而不車。說明越以舟為車已是常識。〔隋〕王通（584～617）撰，〔宋〕阮逸注：《中說》（景常熟瞿氏鐵琴銅劍樓藏宋刊本），卷4，頁32。
〔註186〕〔東漢〕袁康撰：《越絕書》，卷8，頁43。
〔註187〕〔宋〕吉天保編：《孫子集注》（景江南圖書館藏明嘉靖乙卯刊本），卷11，頁302。

祥」〔註195〕，是典型的浙東馬燈調。夜航船是夜裏航行的，裝滿了各種社會新聞和故事。〈夜航船〉裏阿貓叔講孫大良被游擊隊誣為土匪，其妻被隊長強暴，母親被踢死的情節既是生活現實，也可當做無數夜航船上的故事。

柯靈的〈社戲〉與魯迅的〈社戲〉〈五猖會〉都是寫坐船去看社戲，前者寫實，後者回憶。柯靈告知讀者船分多種，看戲的船明瓦烏篷，白篷的生意船。當船在水上搖過去時，戲臺將近未近時，對回憶的親近和渴望在字裏行間洋溢著：

> 耳朵邊已經飄飄忽忽地隨風送過了斷續的鑼鼓聲，知道離汶瀆已
> 經不遠；抬頭望去，戲臺下那一片汽油燈的燈光，也從樹林後絲絲
> 地漏出來了。對著這若即若離的燈光與鑼聲，我恍惚回到了昔年的
> 境地。〔註196〕

也是期待的視野，拉大並凸顯現實的冷清。這幾篇文章中，航船還與另一種無形心意民俗結合在一起的，柯靈的今夕對比更重在社戲本身，兒時社戲中多「高平關」「忠岳傳」「曹操做壽」等頌揚精忠報國、清正無私之風，而今則為「西遊記」的牛魔王做壽，中間間雜摩登女子跳舞助興，社戲民俗所寓含的敬鬼神的莊嚴，也帶有娛人的美感，被上海都市的肉感藝術所取代。

建築及生產、家具用品等都同航船一樣，他們作為物質民俗首要滿足的是生活所需，但在發展過程中衍生出更多出於美觀考慮的裝飾、雕刻等。干欄式建築在河姆渡被發現，是早期古越人的建築形態，以這個形態為基礎，浙東的建築發展到後來以木結構營造法式為主，該結構也是宋代以來木結構營造法式的主流，這一結構形態迄今為止保存最完好的建築在今天寧波的保國寺。後來徽派建築以其實用性成為主要樣式，青磚黛瓦，外觀樸實。浙東民居主要在門窗及裝飾上下工夫，民間各種雕刻技術日漸發達，如寧波的磚灰雕、石雕、朱金漆木雕等，木雕還廣泛應用於其他的木製品，前述所講的寧式床就是一例。在浙東現代作家中，魯彥的小說比較注重家居環境，其中多有對寧式家具特質的描寫。在其〈阿長賊骨頭〉中寫阿瑞嫂家裏屋子「滿房的家具都閃閃地發著光，木器不是朱紅色，就是金黃色，錫瓶和飯盂放滿了櫥頂，阿瑞嫂睡的床裝著玻璃，又嵌著象牙」。〔註197〕菊英媽給菊英的嫁

〔註195〕水清：〈夜航船〉，《清鄉前線》1943 年第 10 期，頁 26～28。
〔註196〕柯靈：〈社戲〉，《社會月報》1934 年第 1 卷第 3 期，頁 106。
〔註197〕魯彥：〈阿長賊骨頭〉，《魯彥經典》，頁 86。

妝中家具「椅、凳、茶几及各種木器，都用花梨木和其他上等的硬木做成，或雕刻，或嵌鑲，都非常細緻，全件漆上淡黃、金黃和淡紅等各種顏色。」〔註198〕財主家裏的房屋家具是從老太婆轉述的，但都突出其房屋高大氣派、舒適華麗，「桌子椅子是花梨木做的多，上面都罩著絨的布！」〔註199〕邵荃麟筆下吉甫公房間裏寧式的雕花大床，褐紅色的高大衣櫃和箱架等，褪了色的木器告訴讀者財主已趨落魄。這些都是寧式家具的特點，材質用外來堅實耐久的木質，佐以骨木雕刻，上漆層次多，頗顯氣派，可以為民間財力和身份的象徵。寧式家具從選材到製作都凝結著浙東工匠的工藝追求，是融合了技巧和審美的民間工藝美術品。浙東人的實用體現在講究材質的質地，要求經久耐用，明清以後浙東物流交通的改善發展讓工藝有了更多的材質選擇。選用花梨木、楠木等質地堅硬的材質，反過來對雕刻、鑲嵌的技藝要求也更高，骨木雕、朱金漆木雕等工藝也在實踐中隨之成熟。寧式家具的材質好，雕刻工藝精湛，內斂結實，逐步成為家具行業中的一個以地域聞名的品牌，在長江流域廣受追捧也說明寧波工藝及其審美眼光得到各地認可。

2. 民俗文學中的意境美

　　民俗素材進入作家的文學創作，其目的、運用技巧可能各有不同，有的作家可能只是以民俗文化的複寫以表現風俗，也可以改寫民俗的原有旨意以表達作家自身的意圖，民俗與文藝作品的關係結合密切程度因此會不同，但文藝作品中的民俗作為人物活動的具體內容和情境，是文學敘事、抒情的重要因素，不同的民俗內容對於文學作品的敘事、抒情基調是有決定性影響的。

　　進入到作品中的民俗意象是一地群體共同的習慣、審美心理下累積形成的，凝聚群體共同的心理期待和情感寄託。作品中的民俗意象，可以有助於再現人類社會生活立體化多層次的真實面貌，增強其藝術感染力。這種民俗意象往往具有受眾能共同體認的情緒、情感色彩，成為敘事作品中的人物活動的場景，可以烘托、營造氛圍；或者成為抒情作品的核心意象，自身所蘊含的民俗內涵可以為創造審美意境的良好基礎。民俗意象在風行的過程中以規範的壓力促使群體中的成員保持同一性，同一群體中的成員就會有共同的審美傾向、思維習慣，浙東現代作家在書寫浙東獨特的民俗意象時，不僅自身沉浸於兒時的回憶中，也將讀者帶進了浙東的民俗文化環境中。讀者可以

〔註198〕魯彥：〈菊英的出嫁〉，《魯彥經典》，頁 27。
〔註199〕魯彥：〈許是不至於吧〉，《魯彥經典》，頁 11。

透過其中民俗意象展開聯想，從而進入到故事的敘述中，這些民俗意象就首先為故事的發展、作品的主題奠定了基調。

魯迅的許多小說都是從民俗意象切入，為故事的發展確立抒情的色彩。〈風波〉中開頭是以對鄉村傍晚的村頭描寫開始。〔註200〕小說隨著這些樹下土場、艾葉薰香等事象的逐一介紹，寧紹平原的水鄉村鎮消暑生活場景圖就展開了。「民俗生活形態本身是社會民族、集團群體共同生活實踐中，憑共同的心願意識和行為方式的反覆出現，集體認可累積，帶有典型性和普遍性的生活模式。」〔註201〕浙東夏間屋內燠熱難耐，只要太陽西下，村民全家總是在室外活動，吃飯、納涼，鄰居聚集一起七嘴八舌閒聊，樹蔭、瓜棚之下是信息交流的匯聚地和傳播源。許欽文的〈老淚〉中，彩雲也生活在這樣的場景中：

> 暑天的晚上，竹架子的南瓜棚低下的西北頭堆染著大豆殼加上鮮艾莖的蚊煙，西北風簌簌地從地面吹來，把棚下的蚊子盡行薰走，使坐在棚下乘涼的人頓覺涼快。小孩子三五成群嘻嘻哈哈的遊嬉，大人們男男女女的說說笑笑。〔註202〕

彩雲哄抱著一個兩歲大的小姑娘時，「議論聲就從竹架子的南瓜棚底下起來，他們愈議論愈起勁」。〔註203〕瓜棚豆架下正是信息交換、情感溝通的場所，在這裡互相交流是民間社會凝聚群體成員的一種方式，為千百年來浙東人所理解接受，是浙東民間社會長期延續的常態。但是飛長流短也在其間滋生，使看似無事的鄉村每天都有各種風波上演，這就為作家接下來要敘述的風波醞釀好了氛圍。故事中七斤懊惱地出場被罵，趙七爺的質問導致七斤一家的打罵吵鬧，與八一嫂的口角，吸引村里人的圍觀。七斤被剪去辮子成為一家人惶惶不可終日的緣由。而彩雲在這瓜棚豆架的議論下，以松村人的不孝有三無後為大的原則做了有違風化的事，並為此努力著。但松村流傳的女人犯劫會遭火磚頭的報應依舊是籠罩著的陰影，使其整日生活在恐懼中，恐懼有時就轉化為日常對媳婦的責難，和經常性的自怨自艾。浙東民間這種看似無事的生活在鄉村長久地延續著，一個個的彩雲生活又沉沒於其中，瓜棚豆架

〔註200〕魯迅：〈風波〉，《魯迅全集》，卷1，467。
〔註201〕陳勤建：《文藝民俗學》，頁128。
〔註202〕許欽文：〈老淚〉，《許欽文小說集》，頁93、94。
〔註203〕許欽文：〈老淚〉，《許欽文小說集》，頁93、94。

的場景在啟蒙者的觀察下，就是「死氣沉沉而交頭接耳的舊社會」〔註204〕的表徵。

　　小說以民俗意象的描述可以渲染氛圍，為故事設置適宜的抒情基調，還可以對人物的命運走向做出鋪墊。魯迅〈祝福〉開頭是具有地方民俗色彩的祝福，這是浙東過年前送灶的情景，浙東習俗應該在臘月二十三、四的時候，天色陰沉，爆竹陣陣。接下來是關於祝福的魯鎮年終大典的場景描寫，家家都在忙碌的祝福活動，祈求福神能保佑來年的吉祥如意，宰殺、洗煮、上供，女人們通紅的臂膊流露出對未來的虔誠希求。前文提到祝福的福神主要是祖先，拜的是男人，是家族對於子嗣的重視。作家對祝福這一民俗活動的情感投射，可見於景觀的描寫：沉重的晚雲，陰暗的天色，亂成一團糟的魯鎮，形成了一個壓抑的氛圍；現實之忙亂和氣氛的動亂交織，成為變動不居時局下，人們習慣於長久傳習下來的生活下潛藏著的變動暗流。在這動亂不定的氛圍中，祥林嫂出場了，圍繞這個外來婦女的悲劇就此拉開了帷幕。與大多數寫年俗等蘊含熱鬧的氣氛不同，柯靈的〈聖裔〉卻寫元宵剛過的市鎮，元宵的熱鬧已經「闌珊」，例行演戲敬神的燈檯市沒有了動靜。這就為敘事確立了行文的關鍵詞，巨卿先生的私塾開張了，面對蕭條的經濟，其開張祭孔典禮也「疏朗朗」，在一級地方紳商與政府勾結的壓迫下，私塾舉步維艱，遭遇到了生存困境。〔註205〕敘事文本這類開頭通過自然景觀、民俗活動營造氣氛，使故事的發展能在合理的環境下繼續，與作品中人物情緒的對應，為人物的命運、小說的主題確定基調，也是讀者瞭解把握作品敘事風格基調的主要依據。

　　散文、詩歌也多從民俗意象所構建的環境入筆，或者以某些民俗意象為核心展開，營造出某種意境，移情於其中，使全文的情緒能在確定的意境展開。魯彥對故鄉鎮海鄉下過年時熱鬧喜慶的描述；蘇青作品中絮絮於寧波婚俗禮俗的細節；周作人對紹興四時八節的活動和飲食等的講究等等，其內在的情緒多是以懷鄉為基調的。甚至魯迅在〈故鄉〉〈社戲〉中簡明勾勒年節大祭、娛神活動的背景，完成對童年故鄉的人和事的回憶，是其小說中少見的帶著溫情的作品。

　　春節是四時八節中最重要的節日，適逢舊歲農忙結束又在新一輪播種忙碌交匯之際，所有人都可帶著共同對已逝去的舊歲的總結與對來年的期待參

〔註204〕魯迅：〈柔石作《二月》小引〉，《魯迅全集》，卷4，頁149。
〔註205〕柯靈：〈聖裔〉，《掠影集》，頁31。

與進來，民間的年俗活動因而特別豐富多彩。文學作品中的春節意象，就蘊含著熱烈、團圓、快樂的寓意，圍繞這個意象的內容展開敘述，作家對故鄉的懷念，對親人的思念和祝願等情緒就能自然得到抒懷。讀者在欣賞時看到這一意象，可以調動自身的經驗產生場面聯想，順利融入到作品的情境中，乃至產生共鳴。魯迅回憶孩子過年的快樂，是在於辭歲之後可以得到紅紙包著的壓歲錢，壓在枕頭下，想著第二天完全可以自己支配下買小鼓、刀槍、泥人、糖菩薩……〔註206〕「三十日夜的吃，正月初一的穿」，正月在鞭炮聲中熱熱鬧鬧開始，開門要放開門炮仗，出門人人要穿戴一新，並要穿從未下過地的鞋子，意味著新年腳輕手健；男主人口念吉詞開門，要互相恭賀拜年。魯彥說浙東春節的熱鬧，遍及原先哪怕是最僻靜的山村：鑼聲遍地，龍燈和馬燈來往不絕。小孩穿戴一新，家家戶戶都喜氣洋洋，最正經最嚴肅的人現在都背著旗子或是敲著銅鑼隨著龍燈馬燈，說笑著，歌唱著，沒有一個人的臉上會發現憂愁的影子。〔註207〕語言上，春節要有甜蜜團圓的寓意，講究頗多，長媽媽交代正月初一，清早第一句話要說恭喜，還要吃一點福橘，這是事關一年的運氣，意為可以「一年到頭，順順流流……」〔註208〕正月初一必須吃一天甜湯果，〔註209〕年糕是一年比一年好；還要吃好聽的如長生果、八寶菜，藕叫偶偶湊湊，熟的叫有富，以增加喜慶色彩。〔註210〕大多數人無論出身、家境，總不能忘情過年的熱鬧。浙東地方「有錢的人家舂糕裹粽，沒錢的人家東碰西碰」，各有各的過法。當然，也並非所有作家都對春節報以同樣熱烈的情感，孫福熙說過年之恨，少年時因為有禁忌的言論不自由，束縛過多之故。要老遠地去跟不太相干的乾娘拜歲；不能掃地，會將一年的好運掃出門等等，魯迅也在〈祝福〉中提到不能說死之類的不吉利的話，需要以「老了」之類的婉語替代。這些少年人不能理解的禁忌，其實都是人們期待新年向好的心理表現，是共同的心理將這種種的觀念、行為確認下來，成為民俗事象。作家在作品中描述鄉景鄉情，正是源於年俗意象所包孕的民俗觀念、心理，可以傾注自己對故鄉的特殊情感。反之，其所要表現的故鄉的美好、熱情、溫暖，會缺乏憑藉而流於空洞，對故鄉的懷念留戀也會顯得生硬。

〔註206〕魯迅：〈阿長與山海經〉，《魯迅全集》，卷2，頁244。
〔註207〕魯彥：〈童年的悲哀〉，《魯彥文集》，頁140。
〔註208〕魯彥：〈童年的悲哀〉，《魯彥文集》，頁140。
〔註209〕魯彥：〈食味雜記〉，《東方雜誌》1925年第22卷第15號，頁68。
〔註210〕孫福熙：〈過年恨〉，《論語》1949年第168期，頁2176。

　　散文中各種民俗的書寫，多為回憶性的，承載對幼時的美好紀念，對親情的讚頌。有的是對俗的內容一一展開，有的以習俗的對比烘托故鄉情。冬天下雪，浙東的幼時記憶最美好。魯迅的下雪時捉麻雀，是閏土告知的；孫福熙在〈下雪的時候〉回憶幼年捉麻雀，堆雪菩薩的活動，還有火爐埋肚，火囪烤火，可以吃炙糕，農民拿來獵品麂、雉雞。因為據說麂子冷了自己會走出來，容易捕獲。結尾處說今年「農民自己個個都像小麂的發冷而戰抖！」〔註211〕這是在回憶幼時的歡快時審視當下社會，對農民表達出切身的同情。魯彥以對比寫對兒時的留戀。從各地下雪時的苦雪，到故鄉小時候如果下雪了，關於雪的兒歌響起來，歡迎雪的到來，在雪中玩耍，盡情歡樂，一個個遊藝片段的描寫將情緒推向高潮，最後油然而生「我願意雪就是我，我就是雪」，雪的潔白輕盈與我的快樂合而為一，實現了情景交融。由兒歌、遊藝活動等語言、行為民俗的記敘，進入對地方色彩的勾畫。美文中周作人的〈故鄉的野菜〉〈烏篷船〉〈吃茶〉等系列最能體現浙東風情，〈喝茶〉中引經據典說了各種茶後自然談到茶食，故鄉三角橋的茶干每天有人挑擔設爐鑊，沿街叫賣：辣醬辣，麻油炸，紅醬搽，辣醬拓，周德和格五香油炸豆腐乾。浙東故鄉茶干的香味就隨之飄蕩在悠揚的叫賣聲中，令人回味無窮。

　　作家對故鄉印象情感不同，其借習俗所抒懷的情感各異，讀者閱讀審美引起的情感反應也不一定美甚至可能是醜陋。殷夫詩集〈孩兒塔〉是其對自己生命過程中的一段時光的感受記錄。他說「現在時代需要我更向前，更健全，於是，我想把這些病弱的骸骨送進『孩兒塔』去。因為孩兒塔是我故鄉義冢地中專給人拋投死兒的所在。」〔註212〕詩集是詩人認為已找到光明的方向，要以孩兒塔埋葬自己的病骨，與過去作別的詩歌系列，其詩低吟淺唱的風格與轉變後的革命詩歌情緒、主題都差異極大。主題詩歌《孩兒塔》就是以民俗意象為題的，孩兒塔是特殊的義冢（見圖5-3〔註213〕），這一題目蘊含著濃鬱的憑弔、死難的氣息。孩兒塔是專門為嬰兒所建之塔。在浙東嬰幼兒的夭

〔註211〕孫福熙：〈下雪的時候〉，《黃鐘》第41期，頁15～16。

〔註212〕殷夫：《「孩兒塔」上剝蝕的提記》，《孩兒塔》（北京：人民文學出版社，1984年），頁1。

〔註213〕該《孩兒塔》圖片為英國人包臘（Malcontosh Bowla, 1841～1874）於1870年所攝，原藏英國國家圖書館，他在擔任寧波海關稅務司官員的四年期間，拍攝了大量關於寧波的照片，見寧波晚報的公眾號「甬派」於2018年4月6日在其平臺發布宋靜編輯：《100多年前，這位洋官員留下不少寧波老照片》系列照片，http://n.cztv.com/news/12877361.html。

亡率非常高，除了自然死亡外，還有各種非正常死亡，如上文所提的溺女嬰等。貧困家庭無力安葬夭折的嬰幼兒，多破席包裹掩埋或者直接陳屍棄之野外，有的甚至是還沒死亡的嬰幼兒被棄置於荒郊，野狗野狼就在這些地方逡巡，見之令人慘不忍睹。還有的棄嬰之處就在村口，暑天屍體腐爛氣息難聞。有民間慈善組織為此修建義塔專門用於收葬死嬰，義塔也稱孩兒塔。19 世紀中葉到浙東的旅行家有專門提及這一現象的，曾經在寧波生活 4 年，後被劍橋大學聘為第二任漢學教授的翟理思（Herbert Allen Giles, 1845～1935），他的《中國與中國人》（*China and the Chinese*）以自己的生活經歷質疑了溺殺女嬰問題，批評許多旅行者對此誇大以引起譁然效果的不良意圖。〔註214〕翟理思所說的嬰兒塔確實存在寧波各地，嬰兒塔也稱為孩兒塔，是衛生醫療條件低下及溺女習俗共同作用下的特殊民俗存在。孩兒塔是短暫生命的印記，有的還來不及感受世間就被剝奪了生存的權利。詩人對於生命的敏感與自覺，促使其對於孩兒塔發出了悲歡，他用「孩兒塔」為題就為詩歌確立了沉鬱的意境，使詩歌整體都籠罩在這一低沉哀傷的情緒中。詩歌開頭「孩兒塔喲，你是稚骨的故宮」就呼應了題目，而後第一節以「漠茫的平曠」、「悲訴的晚風」進入到這被遺忘的一角，是「白荊花」圍繞著、「靈芝草」覆蓋，為悲霧永久籠罩著的小幽魂，「狐」「狼」出沒，「月夜」「母親的」愁情、歡聲都更加重了這一被世界遺忘的孩兒塔，最後對「幽靈」發出請求，聚合林火，「照著死的平漠，暗的道路」，「說：此處飛舞著一盞鬼火」，這鬼火是對幼小卑弱生命的悲歡。這首孩兒塔就在這一民俗意象的引領下，完成了全詩的悲訴。詩人自己就像詩中這些小小的沒有母親愛護的孩兒一般，被捕英勇就義，年輕的生命早早就畫上了句號。《孩兒塔》這部凝結著詩人對愛情、生命的詩思的作品集，在其生前來不及出版。魯迅評價詩集是「是對於前驅者的愛的大纛，也是對於摧殘者的憎的豐碑」，〔註215〕是從其革命者的角度說明其社會意義的；從詩人自身的立場，是希望這些詩作作為「病骨」被埋葬的，可另一方面正是年輕的詩人在詩集中對於生命禮讚的集中體現，有的詩作顯得稚嫩，但

〔註214〕高登‧康寧《中國漫步》中寫到嬰兒塔的慘況，以此說明這個民族的特性，完全不尊重可能會帶來傷害的死亡。翟理思以自己離這些嬰兒塔不到一英里的地方住了 4 年的經歷否定了這種描述，他還說作者康寧小姐沒有提到這些塔定期會被中國專門的慈善機構清理的事實。〔英〕翟理思著；羅丹、顧海東、粟亞娟譯：《中國和中國人》（北京：金城出版社，2011 年），頁 97、98。
〔註215〕魯迅：〈白莽作《孩兒塔》序〉，《魯迅全集》，卷 6，頁 494。

其中的生命意識、對愛情的歌唱不會隨著其犧牲和舊時代的消失而褪色。

圖 5-3　孩兒塔

三、浙東民俗文學敘事中的情節衝突

　　人是民俗的承擔者，他在具體的民俗環境中生活生存，其意志行為必然會受制於民俗環境。人的活動受一定的民俗思維控制，也受民俗心理影響。在敘事文本中，民俗可以是人物、情節發展的重要客觀環境，即人物在民俗環境中的活動，成為審美意境營造的主要關鍵；也可以參與故事，成為敘事的主要情節，即作家在作品中，圍繞人物參與習俗活動調適與民俗環境的關係，這個過程往往可觸發衝突推動情節發展，其結果可能是習俗觀念俗化了人物，使之與民俗環境達到協順，或者抗爭甚至進而改變民俗。

1. 民俗糾葛的衝突

　　在民俗環境中個人處於不同的層次，其對民俗的接受程度不同，對於同一民俗也會站在不同的立場，理解、參與民俗活動，這就容易產生民俗的糾葛，文學作品以民俗的糾葛為主設置矛盾衝突既還原了生活的真實，又能巧妙推動故事的發展。

　　19 世紀中葉以來，雖說浙東的宗族逐漸處於解體中，但宗族觀念於個體的思維方式、行為表現中的影響並未輕易消散，在偏遠鄉村，同姓同宗同一祖先是同一利益集團，根深蒂固的宗族觀念，使村民在處置個體與群體、村

落與村落之間的各種糾紛時，只盲目以群體的、宗族的利益為先，而失去了對錯、正義與否的考慮。同姓村落對異姓的排斥，同村合力對付別的村落，這些鄉間常見的糾紛處理有的甚至演變為武力械鬥，究其原因往往都是宗族觀念作祟。浙東現代作家以這種民俗的糾葛為主要情節或者矛盾衝突，為其藝術建構的主要來源。王魯彥的〈岔路〉就是反映兩個村落之間的糾紛。時已辛亥革命後，民間被倡導科學精神，反對迷信拜菩薩和關老爺。但這兩個遭遇嚴重瘟疫的村落，在想盡所有的辦法不見效後，在縣裏的默許下，兩個村一致合作再次開始已經停止了三年的關老爺巡境活動。小說從描寫村落瘥人的瘟疫開始，到得到默許兩村復活了，小說便一轉開始陰鬱的氛圍進入到奇特的歡快情境中：村民紛紛行動起來，紮花、折紙鉑、買香燭、辦菜蔬，姑娘們打扮著準備跟著出巡，男子們洗刷積了三年的塵埃的旗子、香亭、彩擔，老年人對著金箔誦經。小說寫這時精神上獲得了庇佑的勝利，雖然村中人不息地倒下，「但空氣中彌漫了生的希望。」〔註 216〕正當情節以這種輕快的筆調往前時，分歧出現了，誰主持首先就成為兩邊分歧的開端，氛圍開始緊張起來，兩邊的袁筱頭和吳大畢不在意這個頭，可是手下的人磨拳搓掌起來。出巡到岔路口該先到哪個村時，先前已經埋下的分歧再次被點燃引爆了衝突，小說就在衝突中急轉直下到高潮。主持人和先到哪個村是關乎村子的面子、強弱，也是村的力量的展示，到岔路口由爭執而發展為械鬥，「仇恨毀滅了生的希望」，「寧可死得一個也不留」，〔註 217〕便是這種原始的意識讓一場巡遊演變成了慘烈的械鬥。小說在情節的設置上完全依賴由觀念而引起的民俗糾葛，在情緒的調解上一張一弛收放自如，尊重民俗生活相，也在作品中實現了真實地再現生活。他〈最後的勝利〉更生動地表現宗族觀念利益集團之間的爭鬥糾纏。小說從元林駝背偷米被抓開始，按照習俗由叔叔等人作保講和，被罰了一對一斤重的蠟燭，二十四個大爆仗，一桌十二大碗的酒席，唱一臺書，外又大洋三十六元。此後由阿真對被罰的批判加以同行的競爭，兩家米店糾集了族內勢力明爭暗鬥，直到最後貴生一方把對方趕出，祥生米店的房子變成昌餘米店的棧房，阿真再也開不起店來。推動這一切的就是宗族觀念的鬥法，交織了財力的較量。

　　許傑的〈慘霧〉也是建立在在民俗糾葛之上的械鬥衝突。為了爭奪小小

〔註 216〕魯彥：〈岔路〉，《魯彥經典》，頁 161。
〔註 217〕魯彥：〈岔路〉，《魯彥經典》，頁 163。

的沙灘地，環溪村和玉湖莊兩個村落之間由小規模的械斗升級為闔村老少全力投入，刀槍棍棒所有武器上陣，小說細緻地將兩次械鬥的過程以一個少女的角度做了交代，第一次械鬥在緊張中結束，玉湖傷了幾個人，但環溪死了七八個，這對於「人丁充足錢財富有希求得有最好的上風名譽的環溪，簡直是教唆其重新挑戰的呈請書」，〔註 218〕好戰的後生抱著「為玉湖的名譽與財富」〔註 219〕而戰，沒有加入戰鬥的被罵不關心公共事務，結果是戰鬥再次發生。這悲劇集中落在新嫁婦香桂姐的身上，她的胞弟少年多智也死了，對她很體貼的丈夫在械鬥中死了，當她去祠堂認領時還不許哭出來怕引起人們的猜忌。小說前面從少女的角度展開敘事時是輕鬆的，還以少男少女的愛情為線索，械鬥一開始只是隱性的。而隨著我與香桂姐的接觸，械鬥這條線越來越佔據主導，情感也從初始的清新婉轉變得慘淡強烈，到結尾處達到高峰，香桂姐的眼淚淋透了屍身在石板地上留下人影，這個械鬥中的冤魂和著女性的眼淚是這個野蠻習俗的犧牲，也是對其最有力的控訴。

　　民俗糾葛不僅在不同層次的個體身上會產生，比較集中的更在家庭中的代際之間。魯彥的〈河邊〉從母子兩代人的衝突看到社會的進步，在維新者兒子涵子的目光中看到鄉村的落後，母親明達婆婆守著陳舊的觀念，生病了忙著拜菩薩而不願意找醫生看病。〈惠澤公公〉也是英華與父親在教育兒子阿毛上矛盾不斷。母子、父子的矛盾當然是兩代人的代溝反映，更是觀念在下一代身上的轉變產生隔閡所致的。

　　還有的敘事作品中將民俗的糾葛作為情節之一，並不作為主要線索，但其也可以追溯到深層次的觀念、原始的意識。魯迅〈傷逝〉中子君不告而別的情節，其實「是嫦娥奔月隱含的原始兩性民俗糾葛的藝術構建，」〔註 220〕這一民俗糾葛反映的是原初的母系過渡到父權社會後，女權憤而抗爭的行動顯現。這種兩性原始的民俗糾葛，也成為廣泛流傳的一種隱形的神話情節結構。魯迅在〈奔月〉中再次運用這一情節結構，只是在此這一結構作為主要的線索，從題目到結尾都是圍繞這一民俗糾葛，嫦娥對於現實生活中的膩煩，后羿與徒弟的對話交流都是作為嫦娥的奔月鋪墊。只是這個文本中，魯迅反用了奔月的模式，多了對現實的諷喻。

〔註 218〕許傑：〈慘霧〉，《小說月報》1924 年，第 5 卷第 8 號，頁 18。
〔註 219〕許傑：〈慘霧〉，《小說月報》第 5 卷第 8 號，頁 19。
〔註 220〕陳勤建：《文藝民俗學》（上海：上海文化出版社，2009 年），第 312 頁。

2. 民俗擴布中的衝突

敘事作品中的人物進行的活動，有的是民俗活動，大多是受制於一定民俗環境、民俗思維的活動，如人際交往等等。人是一定民俗文化的承受者，對於初次進入或者新近進入一個民俗圈的人而言，這種活動就面臨自己的觀念、心理與所在民俗圈的不一致甚至相矛盾之處，這也是民俗文化在擴布過程中對其承受者會產生的軟控力，要求其跟其他承受者趨同，必然容易跟其原有的民俗文化產生衝突。浙東現代作家大多離開故鄉進入到不同的民俗文化圈，自身都經歷過由此而生的衝突，當其在小說中把人物置於異域或異文化圈內時，就把自己的經驗植入到人物身上。面對異文化，人物必然會產生反應，首先會感到不適，繼而需要調整。

〈二月〉中蕭澗秋新回歸故鄉，小說開頭便寫陶慕侃校長帶領老師們在迎候蕭澗秋的到來，繼而介紹蕭澗秋是個漂泊者，離開故鄉後，到過全國廣州、漢口等地，最近才應邀離開住得最久的北京返鄉。芙蓉鎮對他已經不是故鄉，因為其無父母，原先依靠的堂姐在其師範畢業前已經過世，幾乎切斷了與故鄉的聯繫。這就將蕭澗秋完全與芙蓉鎮割裂開來，他在省城讀書，而後又去了北京，如果說讀書時的現代校園環境在承載一地的民俗文化還不是很充分的話，那其在北京工作、生活必然要入鄉看俗，伴隨著北京地方的風物景觀，體現京城人的審美心理，在各種無形心意民俗中的觀念薰染下，接觸理解人情往來的觀念、行事的規矩等等，生活的過程就是他深入民俗適應民俗的過程，無論結果有否隨俗，但這地方的民俗都會作用於他，改變其原先的觀念習性等等。因此，蕭澗秋的返鄉不是簡單地回歸，再度回來的蕭澗秋並非是當初離開時的蕭澗秋，他的再度進入必然面臨自我的調適問題。小說安排蕭澗秋在芙蓉鎮教書，其面臨的主要問題是愛情的選擇，是接受陶嵐的熱情還是選擇幫助文嫂，這兩種選擇都是對芙蓉鎮根深蒂固的民俗觀念的挑戰。陶嵐是芙蓉鎮被稱為女皇的美麗女性，有個性敢追求。有錢有勢的錢正興已經對她展開了強烈的攻勢，其父為官，門第富闊，自己是商科大學畢業生，按照芙蓉鎮門當戶對的婚姻觀念向陶嵐求婚，陶母也已答應了請求，已進入到婚事的協商進程。一個無依無靠的貧寒知識分子蕭澗秋的到來，卻獲得了陶嵐的青睞，打亂了錢正興的婚事計劃，這顯然與追求者和圍觀者的婚姻觀不符。同樣的觀念也適用於文嫂，一個失去革命黨丈夫的寡婦，家裏一無所有，沒有人願意接近，蕭澗秋主動施以援手，還幫其女兒採蓮上學，

在小鎮利益往來的人際交往原則衡量下，他的種種行為當然會存有醉翁之意。瓜棚豆架的謠言就四散傳播開來，直到傳到他自己的房間裏。這是小說到了第一個高潮，在此之前，蕭澗秋與陶嵐已經經歷了錢正興等人的諷刺與中傷，他們以「笑罵由人笑罵，我行我素而已」的態度對待，拒絕順應這種陰暗的習俗。陶嵐是本地被視為奇怪而美麗的女子，其不順從的態度可以被視為驕傲，蕭澗秋就不同了，攻擊他的打油詩中點名了「外鄉來」的身份，並以鄉俗「風化」為旗號，要驅逐其離開。小說到此有個暫緩，文嫂母子的病為過渡，錢正興前來求蕭澗秋時，提出了「同我們一道做芙蓉鎮底土著」，讓陶嵐給他的要求。蕭澗秋答應了。文嫂母子先後去世，蕭澗秋按芙蓉鎮的習俗辦理了喪事，似乎是妥協於芙蓉鎮民俗觀念。但陶嵐出示的信件、文嫂的自殺，以及此後方謀等人的議論，蕭澗秋的自主意識促使他離開。其實這時鎮上因為文嫂的死而接納了他，他卻以離開表達對芙蓉鎮的促狹氛圍不滿。當然，他不能拯救母子的自責，對文嫂以自殺成全陶嵐的感佩交織在一起，也是促使其離開的原因。從結果看，蕭澗秋在芙蓉鎮的作為引起了鎮上學校裏的反應，最後在一定程度上改變了舊有的觀念，包括師生們的看法，陶慕侃母子的婚姻觀念，但離開依舊可以視作是對民俗環境的拒絕調適。

　　祥林嫂也是魯鎮的外來者。她以鄉下人的身份來到魯鎮幫工，一開始贏得了四嬸們的肯定。但第二次再進入魯鎮時，她已經是個「回頭人」。魯鎮的觀念中，魯四老爺家裏的「回頭人」祥林嫂就是個不潔的幫工，且被柳媽告知會有地獄世界裏被鋸開的遭遇，這是她所在的小山村裏所沒有聽過的觀念。這時的祥林嫂在魯鎮備受煎熬，現世的不幸以及來世的恐懼折磨著她。她努力順從魯鎮的民俗環境，聽從了柳媽的勸告，去土地廟裏捐了門坎，希望以此能解開自己的罪孽，做回平常人。但四嬸的拒絕破碎了其禳解的努力，在無法可依消解其恐懼時，她發出了人死後到底有無靈魂的質問。但在魯鎮的祝福聲中，祥林嫂畢竟消逝了。

　　作為民俗的承載者，有的進入到浙東的民俗圈，也有的離開浙東民俗圈進入到另一民俗圈，都會引起不同民俗的衝突、調適，所謂的入鄉隨俗、水土不服，其實都是同樣的問題。散文中作家對於他鄉的種種民俗認知就是兩個民俗圈的差異導致的。許多作家在他鄉看到一種習俗就會想起故鄉的是怎樣的，這就是一種民俗自覺，也是民俗的差異，僅僅是經過，這種差異是顯性的感官性的，如果長久居住，就會經歷從物質到心理由外及裏全方位衝突。

魯彥對於關中的見聞,看到黏土的厲害,街上鋪子的特產,人家的擺設,婦女做女工,招魂、婚慶儀式,老鼠嫁女傳說,蕩秋韆,長安城裏的種種景象,涵蓋了從物質到心意、行為的種種民俗生活態,都與江浙故鄉的對照,〔註221〕是與浙東民俗環境不同的關中地區風情的體驗。而孫伏園對於北京的體驗就比較深入,北海白塔寺中的景觀,以銅子衡量距離的苦力,滿街「你刀我槍」臉上寫滿謀財害命的人們,張皇的市民與學生,〔註222〕這是北平特殊時代下民情的外現,其辛辣的筆觸是對於這種環境、習氣不認同的心理反應。

3. 民俗傳承中的衝突

民俗是在一定的環境下在風行於群體中的意識團,在群體中有著其規約的作用。當內外部的條件發生變化,無論是外來的經濟、文化衝擊,還是內部不同承受者的觀念、層次差異引起的變化,其傳承多年的民俗或多或少都會產生變動。在浙東最先由西方傳來的經濟形態、文化觀念首先就引起了社會的震動,對舊有的習俗、觀念的產生衝擊,進而導致其逐漸分化解體。敏銳的作家正是看到了這種習俗上文明/野蠻、進步/保守的對抗,用作品來呈現這一幕幕的衝撞,批判種種落後的習俗、觀念。

魯迅是對陋俗的批判最深刻的作家,他總是能從習見的小現象背後發現束縛其進步的蒙昧習俗、觀念。在〈風波〉〈頭髮的故事〉中,他對剪髮/蓄髮所顯示的社會心理、思考方式及其象徵意義的集中討論是有啟發性的,前文以浙東農村看似無事的小風波,細緻入微地揭示了辛亥革命先後農村的生活形態、農民的心理、人際交往方式等等。剪髮/蓄髮這一行為之所以成為兩難的選擇,如前所述,是與儒家的孝道觀念有關,清人將游牧習俗強加於漢人就激起了強烈的反抗,而民元前後的剪髮反而有了「革命」的行為意義,時局變動下剪髮、盤辮、散髮諸種行為都是個體在協調與社會政治制度的一致,從頭髮的變化考察個體的心理衝突及時局動態,正是以小見大地看到了社會轉變中民間百姓的眾生態。七斤對沒有辮子後的恐懼,趙七爺藉此機會興風作浪加以恐嚇,引起一場家庭、鄰里、村裏的風波。阿 Q 對假洋鬼子、革命時盤髮也有類似的說法。王任叔的〈牛市〉〈族長〉等作品中也都關注過剪髮的象徵意義。

陳規舊俗在傳承過程中最難改變的是心理、觀念,如對於弱勢群體的歧

〔註221〕 魯彥:〈關中瑣記〉,《中學生》,1934 年,第 49 期,頁 153～172。
〔註222〕 孫福熙:〈被北京〉,《語絲》,1926 年,第 87 期,頁 143～147。

視，魯迅等浙東現代作家在國民性的思考中，特別是五四精神指引下，反觀故鄉的民俗，發現了浙東社會強加於於女性身上的種種陋俗，正是這些陋俗造成了浙東以及中國婦女的悲慘命運，制約了社會的進步。他們對陋俗的集中書寫，是為女性的不幸疾呼，也在尋找改造民間習性推動社會前行的良方。溺女嬰是浙東地區從小扼殺女性的殘酷習俗，是歧視女性的社會心理的產物，也是婚俗奢侈的結果。浙東地區厚嫁之風盛行，嫁女多論財，加之傳統的男尊女卑觀念導致了溺女嬰風氣傳沿開來。〔註 223〕近代寧波溺女風氣還相當盛行，丁韙良去鄞江橋的旅程上一路見到許多規勸不要溺殺女嬰的傳單，並有人坦白有好幾個女兒一生下來就被扼殺。〔註 224〕柔石在〈為奴隸的母親〉中將皮販商溺死剛落地女嬰的慘狀寫得觸目驚心。

　　婚姻的陋俗對女性的壓制是多方面的，對於女性的種種要求與守貞、服從的觀念是一體的。浙東相比較而言禮制觀念弱，更重實際，鄉村甚至將女性都當做可以交易的商品，存在買賣蓄奴現象，這些女孩了多購自溫、臺、蘇、滬。買賣寡婦、典妻（租妻）是完全剝奪婦女的自主意識，視婦女為商品的陋俗。婚俗中視女性為商品的「典妻婚」在浙東的南部地區比較普遍。寧紹臺地區儘管存在，但總體上社會對此是不屑的，丈夫的典妻行為並非是光彩的。在浙東現代作家涉及女性的作品中，多暴露批判這些婚俗對人的壓榨，婦女的抗爭及無奈。許傑的〈賭徒吉順〉最早把此種非人性的制度示眾，這個在賭場上為了一博的賭徒，最後典押了妻子，小說以倒敘的方式重現賭徒的心理，妻兒的淒慘，從開始就將夫妻的對話與陰暗的環境相對應，終於未知的明天。柔石〈為奴隸的母親〉詳細敘述了為救生病的兒子春寶只能接受被典的不幸命運。被典離家的母親無時不刻牽掛著病中的兒子，秀才對春寶娘的溫柔反而招致了大娘的忌恨，秀才從開始的關心，到秋寶娘將秀才私下給的傳家寶交給了賭徒丈夫而轉變，三年期滿就聽憑大娘將其遣送回家。出典對女性的傷害是無時不在的，對春寶的懷戀，對秋寶的不捨，在秀才家的尷尬身份，回家後的淒涼，無一不撕扯著這個女性。小說細膩地寫出了被典妻子的心理世界，當其以出賣自己的身體生育權希望能換得春寶的健康，家庭境況的緩解，懷著屈辱去秀才家，而換得的卻是兩邊的嫌棄。在秀才家她

〔註 223〕志達：〈女界籲天錄〉，李又寧、張玉法主編：《近代中國女權運動史料（1842～1911）》（上冊），頁 35。

〔註 224〕〔美〕丁韙良著，沈弘譯：《花甲憶記》，頁 69。

只能被喊做嬸嬸，回到一貧如洗的家不僅村人嫌棄，兒子的陌生還有丈夫的冷落，都給這個身心疲憊的母親以深重的傷害。故事就在春寶娘的受辱—抗爭—接受—抗爭—受辱的經歷中前進，這個為了孩子家人犧牲了自己一切的女性，最終還是落回比原先更悲慘的境遇中。春寶娘與魯迅〈頹敗線的顫動〉中的垂老女人命運是一致的，王西彥〈尋夢者〉中也有租妻三年的生活，這些作品充滿了對女性的同情，和對婦女解放的熱望。

對於女性而言，束縛壓制其自主自由的不僅是婚姻的陋俗，倫理綱常規定了其只能是從屬者，在家從夫恪守女德，出嫁從夫相夫教子，品格亦被要求溫柔婉約，一旦不嚴格遵守甚或逾越這種陳規，便被視為「奇怪」「逾矩」甚至「不端」，議論聲乃至謠言便會四起。柔石〈二月〉中的陶嵐便是鎮上議論的中心，文嫂從蕭澗秋處得到幫助便被認為不清白。〈人鬼和他底妻的故事〉中人鬼的妻更是 N 鎮苦難女性的典型，小說中的妻子從小失去雙親，12 歲被當做童養媳，丈夫死後再醮給了做泥水匠的人鬼，先是受盡婆婆的咒罵，婆婆死後，由於鄰居天賜的同情，有了孩子被污蔑為「野種」，孩子被打死了失去生的希望而自盡。這個從小生活在幸福家庭中的女性，失去家庭後也就失去了一切。流言蜚語是鎮上信息傳播的管道，人鬼在謠言中買到了妻，妻兒在謠言中倒下，即使在死後依然逃不脫謠言的攻擊。人鬼的妻也掙扎過，在天賜的幫助下有過追求幸福的時候，最終還是逃不脫被傷害的厄運。

陋習對女性的實際傷害方式各種各樣，其野蠻程度令人震驚。浙東現代作家大都從不同角度，敘述她們在面臨陋習的壓迫、傷害時，下意識的反抗到自主的抗爭。魯迅〈祝福〉中祥林嫂在被搶親後反抗，在魯鎮用試圖用捐門檻禳解，直至最後還在質疑靈魂地獄的有無。〈離婚〉中愛姑受到施家虐待時大膽還擊，其父莊木三還帶人拆了施家的灶，這是浙東兩家激烈爭鬥的結果。由灶的民俗生活相衍化的灶神及祭灶習俗，歷來是民俗中的重要內容，「拆灶」的社會意義在於這是攸關衝突雙方從祖先、保護神到自家命運前途的大事，是事態發展到極為嚴重的程度時所採取的決勝行為。周作人在〈拆灶〉中提到有著蜑船的「姚嘉福江司」（海邊人的尊稱）說海村械鬥以拆灶為終結。〔註225〕莊木三的拆灶行動向外宣告著親家榮譽掃地，雖在七老爺的威嚇下，抗爭最後仍被消解，但圍繞拆灶引起的軒然大波卻在〈離婚〉中激蕩。許傑〈臺下的喜劇〉中二木家的灶頭被拆，是因為演戲的小小生與泥水匠的

〔註225〕周作人：〈拆灶〉，《周作人自編集‧魯迅小說中的人物》，頁 249。

女兒金紗要好被捉後，被認為有傷風化，累及二木家。小說以戲臺上下的彙報交流，到「拆灶頭」為轉折點把焦點集中到不在場的一對情人身上，「拆灶頭」是村民憤慨之至的表達；小說在這一轉折後結尾處又出現高潮，在村後再次抓住並懲處了這對情人，差點出了人命。這就是野蠻習俗下想要爭取自由的遭遇。小說唯一給人寬慰的是，松木嫂點出已經是民國要自由的說法，說明了舊習俗轉變的跡象。

孫席珍的〈阿娥〉遭遇的是古老山村對未守貞女性的懲戒習俗。阿娥是在與鄰村少年戀愛幽會被撞破後，在這個山坳中，不貞潔的女性面臨著被打死的命運，只要全體村民保持一致就可執行。憑著父母的哀告，才免了死刑而被驅逐，從此開始其向社會報復的行動。魏金枝的〈白旗手〉中趕尖要應徵當兵卻是因為與寡婦在一起，不被族人所容，故事以外力介入解救了趕尖，但山村族人的觀念還是視寡婦為族中的財產。徐雉的〈沖喜〉是敘事詩，敘述了從未謀面的女性，因未婚夫病而匆忙嫁過去，很快，丈夫不治而亡，在「賀客與弔客，夾在一起！我呢，才穿上紅衣，又換了縞衣」。〔註 226〕門當戶對的婚戀觀將許多女性的幸福生生扼殺，柔石〈瘋人〉中與東家女兒戀愛遭到阻攔後，小姐的去世；〈三姊妹〉中活潑的三姊妹，給了希望又被輿論、時局剝奪了希望和幸福；同是臺州的作家，許傑的〈慘霧〉中夫家和娘家所在村落因為小塊沙灘地爭執發生械鬥，丈夫、弟弟在械鬥中傷亡，得到噩耗的她不知該何去何從。

小結

民俗是作家自身所處的社會情境，也是創作的必要內容。它以各種方式存在於作品中，構築出地方色彩鮮明的環境，推動故事的發展，立體化了人物。浙東現代作家轉向下層民間，書寫出一個移風易俗轉向現代的浙東民間社會。劉鶴認為浙東鄉土小說是抗爭的鄉土文學，〔註 227〕從浙東現代作家借民俗的運用與反思，引導建立公序良俗的文學努力看，他們的作品都有這種抗爭的傳統。正是這一傳統使他們審視這些存在於浙東千年的陋俗，這些野蠻落後的習俗、觀念在他們的作品中被藝術地呈現出來，陋習與正常的心理

〔註 226〕徐雉：〈沖喜〉，《酸果》（上海：光華書局，1929 年），頁 98、99。
〔註 227〕劉鶴：《一個叛逆悲情的文學時代：浙江文學三十八年》，頁 129～130。

非個人；是口述文學而非書本的文學。〔註5〕徐蔚南（1900～1952）、楊蔭深等都在著作中界定過這一概念，〔註6〕楊蔭深著中所指的「民眾」與鄭振鐸的說法一致。〔註7〕民間文學各概念內涵外延的確定彼此相異，不過大多都有一致的特徵，即有別於貴族的，「口耳相傳」的平民文化。〔註8〕鍾敬文說「民間文學」的民間是指文化層次較低的人，有著變通流動中的、匿名的、通俗的特點。〔註9〕對「民間」的認知不同，是民間文學概念眾多的主要原因。目前中國大陸各高校民俗學專業、民間文學課程採用最多的是鍾敬文主編的《民間文學概論》，其中對民間文學的概念確定為「是人民大眾的口頭創作，它在廣大人民群眾當中流傳，主要反映人民大眾的勞動生產、日常生活和思想感情，表現他們的審美觀念和藝術情趣，具有自己的藝術特色；」〔註10〕這一概念中強調的是「勞動人民」的口頭作品；婁子匡、朱凡介的《五十年來的中國俗文學》中民間文學包括講說的（含神話、傳說、故事、寓言、笑話）、講唱之間的（含歌謠、諺語、謎語）、歌唱的（含俗曲、說書、鼓詞、彈詞、寶卷）、閱讀的（通俗小說）、演唱的（地方戲曲）。〔註11〕也有的強調其演展性，認為是「表演的口頭語言藝術，是由最廣大的民眾所創作、傳播、接受的語言藝術。」〔註12〕以口傳性、集體性、傳承性、變異性為四大特點。〔註13〕

〔註5〕 胡愈之：〈論民間文學〉，《婦女雜誌》1921年第7卷第1期，頁32～36，但他以民情學來勉強翻譯 Folklore。洪長泰認為他關於集體創作的說法與德國格林兄弟（Grimm Brothers, Jacob, 1785～1864; Wilhelm, 1786～1859）「民眾創作論」相呼應。〔美〕洪長泰：《到民間去：中國知識分子與民間文學（1918～1937）》，頁4～5。

〔註6〕 徐蔚南：《民間文學》（上海：世界書局，1927年）頁。楊蔭深：《中國民間文學概說》（上海：華通書局，1930年），頁1。

〔註7〕 鄭振鐸提出「俗文學就是通俗的文學，就是民間的文學，也就是大眾的文學。」鄭振鐸：《中國俗文學史》，頁1。

〔註8〕 〈為「民間文學」敬告讀者〉，《民間文藝》1927年第1期，創刊號，頁1。

〔註9〕 鍾敬文：〈關於民間文學〉，《浙江省立杭州高級中學校刊・文學研究專號》，1934年，第91期，頁440～441。

〔註10〕 鍾敬文主編：《民間文學概論》（北京：高等教育出版社，2010年），頁1。

〔註11〕 婁子匡、朱亦凡：《五十年來的中國俗文學》（臺北：中正書局，1963年），頁17、18。

〔註12〕 畢桪主編：《民間文學概論》（北京：民族出版社。2004年），頁17。

〔註13〕 祁連休等指出還有「自發性」特點，祁連休、程薔主編：《中華民間文學史》（石家莊：河北教育出版社，1999年）頁15。

第一節　浙東現代文學中的民間文學

民間文學種類眾多、內容豐富，為方便討論，以在現代作家作品中出現利用過，有浙東地方特色的內容為主要討論對象，將其大致分為兩大類。

一、散文類

民間文學中偏重於敘事為主的作品，主要類別包括神話、民間傳說、故事等多種。這類民間文學為作家提供了豐富的營養，有的作品直接取材於民間文學，楊蔭深的《一陣狂風》選用了梁祝故事，《磐石和蘆葦》是以焦仲卿與蘭芝的故事為底本；魯迅《故事新編》中的八篇，就是「神話、傳說及史實的演義」〔註14〕，演義在相當程度上改變了原故事、傳說的面貌。

1. 神話

神話是「遠古時期的人民所創作的反映自然界、人與自然的關係以及社會形態的具有高度幻想性的故事。」〔註15〕先民為了生存而與自然的鬥爭，對客觀世界的種種現象包括自然現象及各種事物的變化等，難以理性認知，於是就以自身為依據對各種自然現象及自然物進行推想，人與自然的鬥爭是注意的中心，「解釋自然和征服自然成為神話的主要內容。」〔註16〕

浙東地區是濕地丘陵。據現代考古發現，認為該地在卷轉蟲海侵〔註17〕時被嚴重侵蝕，居住於此的古越先民被迫逃離家園，遷居山地。《浙江潮》描述浙江，「及洪水之興，浙江地處窪下，必沉沒於潭潭萬頃之洪濤中。間有一二出水高者，而蠻族之韜方張。自大禹荒度以後，浙江之半部分，遂出現焉。」〔註18〕洪水是浙東先民生存發展歷史中的重要事件，流傳該地的鯀、禹治水神話是他們與自然搏鬥抗爭經歷的記錄。今天寧紹地區有大量關於舜、禹的古蹟及神話故事，其分布的密集程度超過了其他地區。紹興是舜禹古蹟最密集的地區，表明這裡是大禹治水神話傳說的發源地。地名上，寧紹地區許多地方是越語地名，且與禹舜傳說聯繫在一起。其風俗習慣，紹興民間相傳三月五日為禹生日。古時此日由皇帝御祭或誥祭，明清為盛。民間不拜不祭，

〔註14〕魯迅：〈南腔北調集《自選集》自序〉，《魯迅全集》，卷5，頁451。
〔註15〕鍾敬文：《民間文學概論》，頁123～124。
〔註16〕鍾敬文：《民間文學概論》，頁124。
〔註17〕卷轉蟲海侵發生在距今一萬二千年前後，海岸線從現今水下一百米上升到水下五米。
〔註18〕公猛：〈浙江文明之概觀〉，《浙江潮》1903年第1期，頁4。

以戲禹廟、祭南鎮代之。當下仍有春遊禹廟之風。[註19]

關於堯舜時期的洪水，《山海經》《史記》等各類史書中均有記載，《尚書》中記「湯湯洪水方割」，[註20]又「禹曰洪水滔天，浩浩懷山襄陵，下民昏墊」[註21]；《史記》中說「當帝堯之時，鴻水滔天，浩浩懷山襄陵，下民其憂。」[註22]這些史料記載說明洪水給人們帶來了極大的災難，徐建春認為這其實就是卷轉蟲海侵在古越先民生活中的印跡。[註23]而舜先後使鯀、禹父子治水的故事，就在這場洪水中被記錄下來。關於大禹治水中所提及的「會稽」有不同之說，但紹興為會稽的說法最為得到公認。[註24]由越地會稽山的所在，寧紹地區舜禹相關的神話、傳說特別豐富。《山海經》中的羽人國神話、冶鳥神話都與浙東有關，人身長鳥翼可以飛翔，反映出的是人們在自然災害面前的願望。《越絕書》中有「鳥田」神話，[註25]實際上也是對浙東古越與舜、禹神話有關的記錄。浙東南部的神話還有另一個體系是從畬族而來，錢一鳴記流傳於浙東關於畬民生活及其神話中介紹龍期三子，其姓為雷、藍、盤和鍾，指畬民除此四姓外無其他。[註26]

〔註19〕公猛：〈浙江文明之概觀〉，《浙江潮》1903 年第 1 期，頁 69。

〔註20〕〔漢〕孔安國（前156～前74）傳，〔唐〕陸德明（約550～630）音義：《尚書》（相臺岳氏家塾本），卷第 1，頁 6。

〔註21〕〔漢〕孔安國傳，〔唐〕陸德明音義：《尚書》，卷第 2，頁 21。

〔註22〕〔漢〕司馬遷撰：《史記》，卷 2，頁 50。

〔註23〕徐建春：〈大禹治水神話研究中的新發現〉，《江西社會科學》1990 年第 4 期，頁 113～117。

〔註24〕清代梁玉繩（1744～1792）《史記志疑》中對大禹巡遊蠻荒之地紹興一帶提出質疑；楊向奎等認為會稽應在山東，楊向奎：〈夏本紀越王句踐世家地理考實〉，《禹貢》1935 年第 3 卷第 1 期，頁 3～7。但《史記》中明確「帝禹東巡狩，至會稽而崩」，太史公「南遊江、淮，上會稽，探禹穴」，大部分典籍對禹東巡到越地的線路及會稽為紹興之地持一致看法。〔漢〕司馬遷撰：《史記》，卷 2，頁 83；《史記·自序》，卷 130，頁 3293。

〔註25〕〔東漢〕袁康撰：〈越絕外傳記地傳〉，《越絕書》，卷 8，頁 39。

〔註26〕錢一鳴：〈浙江畬民生活和歷史神話〉，《天地間》1940 年第 6 期，頁 22～23。

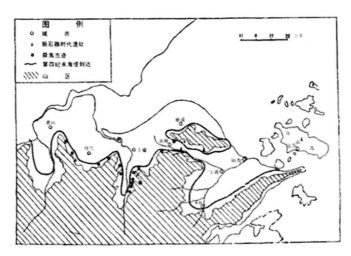

圖 6-1　浙東寧紹地區卷轉蟲海侵與舜禹跡分布圖〔註27〕

　　這些神話有關於舜的有鳥田象山，鯀禹治水，誅殺防風氏等，禹王廟、禹神廟遍及寧紹平原。此外還有防風神話及傳說，防風神話被認為是海侵時期作為氏族首領的防風氏帶領部族治水事蹟〔註28〕。據梁任昉《述異記》卷上載：「越俗，祭防風神，奏防風古樂，截竹長三尺，吹之如嗥，三人披髮而舞。」〔註29〕說明敬重與祭祀防風的風俗來由已久。在今浙江尚存的巫、鬼舞中還可見到。現德清縣二都有防風廟，每年逢農曆三月初三和八月二十五日，為春秋祭祀之期，屆時出廟會、演廟戲、跳防風舞，以表示對防風的懷念和崇敬。〔註30〕防風神話中祭祀時有防風樂、防風舞，其中遺習流傳至今的有樂器號筒，中元時道士會在號筒聲中舞蹈。該號筒紹興稱之為「目連瞎頭」，范寅《越諺》載：銅製，長四尺，是一種特別加長的號筒，道場及召鬼戲皆用。目連戲為多，故名。越無畫角，以此當之。〔註31〕

2. 傳說

　　傳說是與一定的歷史人物、歷史事件和地方古籍、自然風物、社會習俗有關的故事。〔註32〕流傳具有地方性的特點，與一定的地方風物、名勝古蹟

〔註27〕徐建春撰：《浙江通史・先秦卷》，頁 50。

〔註28〕據學者 1986 年來的普查收集，共發現 21 則關於防風氏的傳說故事。沈善洪主編：《浙江文化史》（杭州：浙江大學出版社 2009 年），下冊，頁 994～997。

〔註29〕〔梁〕任昉（460～508）撰：《述異記》（武漢：湖北崇文書局開雕，1875 年），卷上，頁 1。

〔註30〕沈善洪主編：《浙江文化史》，下冊，頁 997。

〔註31〕〔清〕范寅：《越諺》（谷應山房版），卷中。

〔註32〕鍾敬文：《民間文學概論》，頁 136。

相聯繫，又對一地習俗做出解釋，具有傳奇性和人物動態刻畫比較單純的特點。傳說「最根本的思想特徵，在乎表現下層人民大眾的思想感情、理想幻想及其對所涉及的人、事的美學評價。」〔註33〕關於地方的傳說包孕了對鄉土、國家及歷史、對歷史先進人物、對山水草木的愛，主流蘊含著平民大眾超卓的智慧和新穎眼光。在浙東現代作家中舜、大禹治水的傳說、梁祝傳說、白蛇娘娘、劉伯溫傳說以及地方風物傳說被討論應用的數量不在少數。散文中這類對地方風物傳說借用尤其多，解釋地方風物的成因，表現地方特色，有利於加深對地方的瞭解。夏丏尊在〈讀書與冥想〉中對白馬湖的白馬傳說的運用，雖只客觀轉載了兩條材料，但還是有明顯情感傾向的。以《水經注》交代命名，說其深無底，「創湖之初，邊塘屢崩，百姓以白馬祭之，因以名水。」帶有神化的傾向；而《上虞縣志》中載「晉縣令周鵬舉治上虞有聲，相傳乘白馬入湖仙去」的傳說，〔註34〕則增加了白馬湖賢士、高士隱逸的色彩。王任叔在其〈龜頭山〉中對於山中兩塊石頭的介紹，借用了當地流傳的傳說。郁達夫遊記散文包括其浙東遊記，有不少借用地方傳說，是其遊記散文體現地方人文特色的重要方式；楊蔭深的《一陣狂風》直接借用了梁祝傳說。

梁祝傳說是中國四大優秀傳統傳說之一，文字記載該傳說最早發生於東晉時代，〔註35〕唐初梁載言的「十道四蕃志」記：「義婦祝英臺與梁山伯同冢。」張讀《宣室志》中有完整的情節。〔註36〕現存較完整的梁祝傳說見於清聞性道所撰《康熙鄞縣志》，〔註37〕其中錄有宋知明州事李茂誠的〈義忠王廟記〉。〔註38〕錢南揚對照李茂誠的該文和同代郭茂倩《樂府詩集》中華山畿故事，認為是流傳在江蘇的華山畿的故事與浙江的祝英臺故事接觸、互鈔的結果，祝英臺入墓與華山女子入棺情節十分相似。〔註39〕化蝶的情節被認為來自韓憑妻的故事，中經「衣化蝶」，到「魂化蝶」，融入梁祝故事，周靜書對其起源

〔註33〕譚達先：《中國傳說概述》（臺北：貫雅文化視野有限公司，1993年），頁147。
〔註34〕夏丏尊：〈讀書與冥想〉，歐陽文彬編：《夏丏尊散文選集》，頁22。
〔註35〕錢南揚：〈梁祝故事敘論〉，《名家談梁山伯與祝英臺》，頁3～4。
〔註36〕錢南揚：〈梁祝故事敘論〉，《名家談梁山伯與祝英臺》，頁5～6。
〔註37〕聞性道撰《康熙鄞縣志》有多處提及梁祝傳說相關人物、風物，卷8「梁處仁」條，卷9「義忠王廟」，卷24「梁山伯與祝英臺墓」條，均提到李茂誠撰《義忠王廟記》，但也說「歷志俱缺」。〔清〕聞性道撰：《康熙鄞縣志》，卷8，頁354；卷9，頁449；卷24中，頁1362。
〔註38〕〔宋〕李茂誠：〈義忠王廟記〉，〔清〕聞性道撰：《康熙鄞縣志》，卷9，頁449。
〔註39〕錢南揚：〈祝英臺故事敘論〉，《名家談梁山伯與祝英臺》，頁5。

變化做過考證。〔註40〕徐時棟編的《鄞縣志》中記有寧波等地與這一傳說情節有關的習俗。〔註41〕當地民間篤信該傳說，也出現了諸如：俗稱新婚三年，夫婦同瞻神像者，得偕老。諺云：「若要夫婦同到老，梁山伯廟到一到」，「梁山伯廟去燒香，拜拜多情祝九娘。少年夫妻雙許願，不為蝴蝶即鴛鴦」的民歌，還有眾多異文。〔註42〕民間傳說的附會與傳播，寓含著民間女性對於自由、知識的嚮往。

該傳說的流佈據錢南揚考證從浙江寧波開始，一路往北，經江蘇、安徽、山東、河北，向西到甘肅，且傳到朝鮮等地。其他地方主要為圍繞梁祝墓、讀書處等的傳說，而寧波則有墓和廟。〔註43〕寧波作為主要的流傳地，志書上記該傳說的除了上述提及聞性道所撰的《康熙鄞縣志》外，先後有宋代張津撰《乾道四明圖經》等12種，〔註44〕在寧波民間流傳有《梁祝故事的由來》〔註45〕《梁山伯寶卷》《祝英臺寶卷》《梁祝》越劇等，可見該傳說傳播之廣。

圖 6-2　寧波梁山伯廟匾額〔註46〕　　圖 6-3　寧波梁山伯廟正殿

〔註40〕周靜書：〈梁祝「化蝶」成因及其文化意義〉，錢南揚編：《名家談梁山伯與祝英臺》，頁 339～343。

〔註41〕詩句「長裾裹泥土，歸彈壁魚死」說明當時習俗。〔清〕張恕等總編，徐時棟編：光緒《新修鄞縣志》，卷 65，頁 4。

〔註42〕梁祝異文眾多，常見的以外，還有三種別具特色的如清宮俠女陰配類、清宮託夢類和風物傳說類，見白岩：《梁山伯廟墓與風俗調查》，錢南揚編：《名家談梁山伯與祝英臺》，頁 352～354。

〔註43〕錢南揚：〈祝英臺故事敘論〉，《名家談梁山伯與祝英臺》，頁 8～10。

〔註44〕其他還有王象之撰《輿地紀勝》「慶元府」，羅濬撰《寶慶四明志》，〔元〕袁桷撰《延佑四明志》，〔明〕黃潤玉撰《寧波府志簡要》，張時徹撰《嘉靖寧波府志》，陸應暘撰《廣輿記》，萬經撰《雍正寧波府志》，錢大昕撰《乾隆鄞縣志》，周道遵撰《咸豐鄞縣志》，徐時棟撰《光緒鄞縣志》等 11 種。

〔註45〕具體內容見《民間文學》1988 年 8 月號，頁 37。譚達先《中國四大傳說新論》中收錄該傳說。譚達先：《中國四大傳說新論》，頁 124～126。

〔註46〕圖 6-2 和圖 6-3，均為筆者攝自寧波梁祝文化公園現場。

　　古越善冶煉，製劍技藝在春秋戰國時代聞名於世，彼時就有干將莫邪傳說流傳，在《荀子‧性惡》〔註47〕《莊子‧大宗師》〔註48〕《戰國策‧趙策三》〔註49〕《越絕書‧外傳記寶劍》〔註50〕等書文中都提及干將莫邪之說，只是干將莫邪為名劍。《吳越春秋》史料價值一般，但作者趙曄為會稽人，熟悉吳越各種習俗民說，其著作中能考察漢代的民俗習性和宗教思想，也保留有豐富的民間文學資料，干將莫邪傳說即為其一。《吳越春秋‧闔閭內傳》中關於干將莫邪之傳說記載甚為詳實。〔註51〕這一傳說中干將為吳劍匠，將煉劍過程神化，還有「斷髮剪爪」的人牲獻祭情節，終成名劍，獻給了吳王闔閭。劉向撰《列士傳》記載有干將莫邪為晉君作劍其子報仇之事，且有「三王冢」傳說。學界對劉向為該作者的身份存疑，且《太平御覽》中轉引的兩篇〈列士傳〉〈孝子傳〉與《列異傳》等相似，因此從可以確認的時間看，該傳說最早從《吳越春秋》中來。《太平御覽》關於「三王冢」的記載已與報仇聯結起來。〔註52〕有〈孝子傳〉曰「眉間赤名赤鼻，父干將，母莫耶。」敘述了眉間尺如何為父報仇的過程。〔註53〕這樣，干將莫邪劍名與人名合為一。〔註54〕其他如《搜神記》《列異傳》《吳地書》等都有相關記載，各家所述情節、人物、地點略有出入，但主要情節大同小異如王命干將莫邪鑄劍，鑄劍

〔註47〕《荀子‧性惡》中有「桓公之蔥，太公之闕，文王之錄，莊君之曶，闔閭之干將、莫邪、鉅闕、辟閭，此皆古之良劍也；然而不加砥厲則不能利，不得人力則不能斷。」〔戰國〕荀況等撰，〔唐〕楊倞注：〈性惡〉，《荀子》（上海：商務印書館，1936年），卷17，頁529～530。

〔註48〕《莊子‧大宗師》中有「今之大冶鑄金，金踴躍曰『我且必為鏌鋣』，大冶必以為不祥之金。」〔清〕郭慶藩（1844～1896）集釋：《莊子‧大宗師》（上海：世界書局，1935年），卷20，頁119。

〔註49〕《戰國策‧趙策三》中有「夫吳干之劍，肉試則斷牛馬，金試則截盤匜。」〔漢〕劉向集錄，〔東漢〕高誘注：《戰國策》（上海：商務印書館，1934年），卷20，頁67。

〔註50〕《越絕書‧外傳記寶劍》載句踐請薛燭相劍，只純鈞為寶劍，後關於世上寶劍五的交代，吳王闔廬得勝邪、魚腸、湛盧，後楚王、秦王如何爭奪；楚王召胡風子請歐冶子、干將煉劍，晉鄭王聞而求之，楚王以泰阿之劍登城揮之，卻三軍。〔東漢〕袁康撰：《越絕書‧外傳記寶劍》，卷11，頁55～56。

〔註51〕〔東漢〕趙曄撰：《吳越春秋‧闔閭內傳》，卷2，頁42～45。

〔註52〕〔宋〕李昉（925～996）撰：《太平御覽‧人事部》（北京：中華書局影印，1998年），卷364，頁1675。

〔註53〕〔宋〕李昉撰：《太平御覽‧兵部》，卷343，頁1576。

〔註54〕李道和：《干將莫邪傳說研究》（香港：香港大學饒宗頤學術館，2009年），頁8～34。

時用人牲，劍成藏一呈一，干將被殺，其兒復仇，這些情節基本俱全，應該為傳說的變異。干將遺腹子的名字，有赤鼻、赤比、眉間尺、眉間赤等異名。故事有的在晉有的在楚。這些傳說中代為報仇的俠義之士都只有「客」，在魯迅〈鑄劍〉中明確了「宴之敖」〔註55〕。

　　除了上述兩類被廣泛傳播的具有浙東地方特色，且都與地方有緊密聯繫的傳說外，四大傳說中的「白蛇傳傳說」「孟姜女傳說」都在浙東廣泛流傳，與傳說相關的戲曲、彈詞、小調幾乎婦孺皆知，如「孟姜女傳說」中的「十二月小調」等，這些在浙東現代文學中都有記錄。另外如西施傳說、天臺山傳說以及與「小康王」有關的地名、風俗的傳說等都較有浙東特色。唐湜試圖將歷史與現實、民族與世界的融合，他 1944 年創作的《森林的太陽和月亮》（1948 年出版時改為《英雄的草原》），以及後來的〈海陵王〉〈邊城〉都是充分挖掘溫州的傳說，以此鋪陳開來，其以地方傳說為題材的敘寫，賦予現代詩以史詩品格。

3. 民間故事

　　威廉·巴斯科姆（W.Basscom，1921～1981）在其〈口頭形式的傳承：散體敘事〉中對神話、傳說和民間故事做了界定，認為散體敘事這個口頭藝術的範疇中，民間故事較神話、傳說，是「可以視為虛構的散體敘事」，〔註56〕但他也指出神話或傳說在傳播過程中會產生被接受而不被相信，成為民間故事，也有可能反轉，尤其是在「文化迅速變化、完整的信仰體系和它的神話系統面臨懷疑的時期更是如此」〔註57〕，本文所探討的階段處於轉型期，其關於散體敘事的類型及民間故事的下屬亞類界定，學者們見解不一，洪長泰認為中國的民俗學者對於故事與傳說一直存在混淆不清的現象，〔註58〕丁乃通說區分傳說與故事尤其不易，「民間講述裏，變體不是例外而是經常的現象。」傳說的數量遠遠多於故事，許多民間故事又多從傳說尤其是地方傳說

〔註55〕宴之敖為魯迅此前的筆名，據許廣平在《欣慰的紀念》中解釋說為被家裏的日本女人趕出來之意，魯迅：〈《俟堂專文雜集》題記〉，《魯迅全集》，卷 5，頁 68。

〔註56〕〔美〕威廉·巴斯科姆，朝戈金譯：〈口頭形式的傳承：散體敘事〉，〔美〕阿蘭·鄧迪斯（Alan Dundes, 1934～2005）編，朝戈金等譯：《西方神話學讀本》（桂林：廣西師範大學出版社，2006 年），頁 9。

〔註57〕〔美〕威廉·巴斯科姆，朝戈金譯：《口頭形式的傳承：散體敘事》，頁 15。

〔註58〕〔美〕洪長泰著，董曉萍譯：《到民間去──中國知識分子與民間文學 1918～1937》，頁 98～100。

演變而來，〔註59〕這些都為分類增加了難度。中國民間故事相比國際的表現出更大膽的幻想和更喜歡怪異事物；中外民間故事由於文化背景而略有不同，大多數情節和概念相同，人物從聖母瑪利亞變成了觀音菩薩，牧師被佛教和尚所代替，外來影響在中國文化語境中總是被同化。〔註60〕鍾敬文的民間故事指的是「神話、傳說以外的富有幻想色彩或現實性較強的口頭創作故事。」〔註61〕包括幻想故事、生活故事、民間寓言和民間笑話。浙東流傳較廣的有田螺姑娘、老虎外婆、蛇郎、徐文長、巧媳婦、呆女婿故事等等。

王任叔在鄉間傍晚經常聽大人們講田螺精的故事：春夏之交，瓜李初熟，這一帶的農人就在那地頭搭一座「高所」（竹棚，著者註）看守瓜李，田螺精就會在半夜裏化為女人來迷惑那看守者，致使他怠忽了職責，遭到主人的斥責。但是往往也有偶然機會，田螺精的殼竟被取走，無法再回原形，結果就永遠女人下去，還使那窮男人變成了富戶……「聽到這樣的故事，我的心境是頗為微妙的。」他後來回憶道，「我極願做個偷殼的人，使天下有情人都成眷屬。──妖精沒有了殼只好永遠保持人形。世界上多了個像人的人，於我幼少的心理，是感到難言的滿足。」或這就是人道主義思想在作家心靈中最初的萌芽。〔註62〕

徐文長的故事在浙東到處流傳，也是中國民間故事中最受青睞的一類，從周作人以樸念仁的筆名提供了8個徐文長故事，其後林蘭、錢玄同、劉大杰、鍾敬文、趙景深、錢南揚等都對此加以研究，林蘭還先後輯錄出版了《徐文長故事》《徐文長外集》等著。劉大白所收集的《太陽姑娘和月亮嫂子》《我所聞見的徐文長故事》《故事的罈子》的故事等都是從根據自己從小聽說的民間故事的輯錄。徐文長故事大多數是在運用自己的聰明才智去為民做主，或伸張正義，或主持公道，如〈寡婦改嫁〉：

> 一個老頭子，有兩個兒子。老婦早已死了。長子二十多歲，未曾完
> 婚。次子十七歲時完了婚，十八歲就死了。這個少年寡婦，要求改

〔註59〕〔美〕丁乃通編著，鄭建威、李倞、商孟可、段寶林譯：〈導言〉，《中國民間故事類型索引》（武漢：華中師範大學出版社，2008年）頁6。

〔註60〕丁乃通關於中外民間故事類型差距的說法其結論指向同化未必完全符合事實，但一致性說明了中外民間故事在思維、結構等方面是相似的。〔美〕丁乃通編著，鄭建威、李倞、商孟可、段寶林譯：〈導言〉，《中國民間故事類型索引》，頁14～15。

〔註61〕鍾敬文主編：《民間文學概論》，頁149。

〔註62〕于欣榮：《王任叔巴人之路》（北京：文藝出版社，1991年），頁13。

嫁，上了許多呈子，而縣官卻只批了兩個字：「不准。」

一日，少婦出訪徐文長，求他寫一張改嫁的呈子。文長道：「這個很容易。」於是揮筆立成。文曰：「十七嫁、十八寡，公鰥、叔大。嫁乎？不嫁？」縣官看罷，遂批：「嫁嫁嫁⋯⋯」〔註63〕

還有的是以自己的聰明才智報復別人，如徐大白收集的〈我所聞見的徐文長故事之一〉〈我所聞見的徐文長故事之三〉，〔註64〕楚狂收集的〈我亦來談談徐文長的故事之一〉〈我亦來談談徐文長的故事之二〉，〔註65〕林蘭所述的〈徐文長報仇〉，〔註66〕捉弄他人的如〈我所聞見的徐文長故事之五〉〔註67〕〈我所聞的徐文長故事之九〉〔註68〕，也有表現其幽默機智的，如〈我所聞見的徐文長故事之四〉〔註69〕〈設法接吻〉〔註70〕等等。其捉弄、報復的對象往往是知縣大人、鄉紳、僧侶，還有塾師，表現出對權威的質疑、反抗，其良善、正直、率性總能得到廣泛的認可。〔註71〕徐文長故事也頗受知識階層的青睞，在民俗學會各階段故事的徵集中，所徵集到的以徐文長的故事數量為最，在各地都有徐文長式的故事，如樂賢、劉墉、張麻子、趙南星、劉翰林等都可看作是徐文長型的民間故事異文。〔註72〕樂賢是寧波鎮海的徐文長式才子，同樣還有浙東的馬坦鼻〔註73〕，其餘的都為各省「聰明人」，其故事有的

〔註63〕〈寡婦改嫁〉，林蘭編：《徐文長故事》（上海：北新書局，1929年），頁51～52。

〔註64〕劉大白：〈我所聞見的徐文長故事〉，《文學週刊》1925年第184期，頁101～102。

〔註65〕楚狂：〈我亦來談談徐文長的故事〉，《文學週刊》1925年第224期，頁450～451。

〔註66〕林蘭編著：〈徐文長報仇〉，《德文月刊》第2卷第5期（1924年5月），頁223～224。

〔註67〕劉大白：〈我所聞見的徐文長故事〉，《文學週刊》1925年第184期，頁103。

〔註68〕劉大白：〈我所聞見的徐文長故事〉，《文學週刊》1925年第234期，頁531。

〔註69〕劉大白：〈我所聞見的徐文長故事〉，《文學週刊》1925年第184期，頁102。

〔註70〕〈設法接吻〉，林蘭編：《徐文長故事》（上海：北新書局，1929年），頁第10號a，頁10～11。

〔註71〕呂洪年認為他在採取報復時充分運用自己的聰明才智，同時也是為民吐惡氣，雖則從根本上改變不了制度，但也可視為正義性的行動。呂洪年：〈關於徐文長故事〉，《杭州大學學報》1985年第3期，頁54。

〔註72〕林蘭編：《徐文長故事外集》（上海：北新書局，1930年），中冊。

〔註73〕蔡魯馥、郭成謀記錄：〈馬坦鼻故事〉，《民間月刊》第1卷、第2卷3號（1932年），頁26～35。

情節類似，如「罰送石磨」，在楊師石、鄔弦中和李文古的故事中也有；〔註74〕徐文長故事與西洋的傳說、故事也有相似處，但紹興的青藤書屋是徐文長故事的大本營。〔註75〕周作人、胡適以「箭垛式」來概括這類徐文長式故事的現象。〔註76〕當然，徐文長故事中也要看到其侷限性，其中出現的對於他人的惡作劇、嘲弄，如著名的嘲笑盲人的〈都來看〉，這種取笑他人身上的殘疾，並不為現代知識分子認可，魯迅對青年學生魏建功以〈不敢盲從〉的公開信回覆盲詩人愛羅先珂的批評時，所作出的維護即是證明。〔註77〕

民間笑話也是重要的故事一種，它取材於生活的片段，形式短小、人物很少、情節巧妙。〔註78〕其諷人喻事總是從關鍵地方揭露各種醜陋的現象，引人發笑；其揭示矛盾又能說明生活，可以使人受到教育。周作人對於笑話專門作了討論，編選了笑話集《苦茶庵笑話選》，認為《笑府》《笑贊》等笑話保存了大量的民俗數據，可以當做俗文學和民俗數據的一種。他說：「我想笑話的作用固然在於使人笑，但一笑之後還該有什麼餘留，那麼這對於風俗人情之理解或反省大約就是吧。笑話、寓言與俗諺，是同樣的好資料，不問本國或外國，其意味原無不同。」〔註79〕他也明瞭笑話自有其社會功能，謂其挖苦與猥褻兩大類，有其流行的社會原因。笑話中也有其明朗性和健康性的思想可以吸取。〔註80〕周作人編明清笑話時正好是 1930 年代林語堂大力提倡「幽默」，文壇盛吹幽默文學之際，但他並非應時，而是看重其民俗學的價值，也認為笑話中所表現的幽默精神和諷刺手法顯然有文藝的價值，是滑稽小說的根芽或枝葉，有諷刺小說的風味。〔註81〕笑話笑人或笑於人，可以說理，可以解頤，在文學中不只是調和，是含淚看世界和人生的另一種方式。魯迅

〔註74〕〔美〕洪長泰：《走向民間》，頁 106。

〔註75〕王以鋼：〈徐文長與青藤書屋〉，《藝風》第 1 卷第 9 期（1933 年），頁 63。

〔註76〕周作人：〈徐文長故事小引〉，《周作人自編集・苦雨齋序跋文》，頁 29；胡適：〈《三俠五義》序〉，《胡適文存》（上海：亞東圖書館，1924 年），卷 3，頁 661。

〔註77〕魯迅：〈看了魏建功君的〈不敢盲從〉以後的幾句聲明〉，《集外集拾遺補編》，《魯迅全集》，卷 13，頁 114～116。

〔註78〕鍾敬文主編：《民間文學概論》，頁 171。

〔註79〕周作人：〈笑贊〉，《周作人自編集・立春以前》，頁 106。

〔註80〕周作人：〈明清笑話集引言〉，〔明〕趙南星（1550～1627）、馮夢龍（1574～1646），〔清〕陳皋謨、石成金著，周啟明（周作人）校訂：《明清笑話四種》（北京：人民文學出版社，1958 年），頁 8。

〔註81〕周作人：〈苦茶庵笑話選序〉，《周作人自編集・苦雨齋序跋文》，頁 96～97。

在雜文〈「人話」〉中用浙西笑話來說明文學的階級性，〔註82〕〈這個與那個〉諷刺捧人而使人貪欲膨脹的，〔註83〕〈扁〉中以鄉間近視眼笑話寓意評論要有針對性，〔註84〕〈推背圖〉中說明不能正面文章反面看，〔註85〕對報章上報導的反動行徑予以了諷刺，都是運用笑話材料，充分運用靈活機動的雜文，嬉笑怒罵皆能成為針砭時弊的利器。

二、韻文類

1. 民間說唱

　　浙東的民間說唱出現代作家視野中的有宣卷、南詞等。宣卷是南方的特色，為宣唱經卷。這類活動在王韜《海陬冶遊錄》中就有記載：「妓家遇祖師爺誕日及年節喜慶事，或打唱，或宣卷」，可見當時上海的宣卷活動已是比較興盛，因其表演活動都在夜晚進行，聽宣卷的又以婦女居多，從《盛湖竹枝詞》中注所說「織偧蠶時修業，二人為偶，手持小木魚，一宣佛號，一唱『王祥臥冰、珍珠塔』等，各念佛曲，婦女多聽之。」〔註86〕浙東的鬼神信仰普遍，有關勸善的寶卷資源多，借鑒了戲曲唱腔的宣卷就有明顯的地方特色，從灘簧戲、崑曲蛻變而來，又經歌謠浸潤而成。據藝人介紹民國前宣卷只有10數種，現有80多種，宣法與佛家不同〔註87〕，紹興宣卷從紹興戲（高腔班，又名高調班、田雞班，因表演唱法一呼一應）學得腔調，但高腔的曲調有128調，宣卷有72調。〔註88〕

　　宣卷所宣的多為寶卷，這是韻散結合的敘事文，有說有唱。鄭振鐸《佛曲敘錄》「小引」中將寶卷稱為「流行於南方的最古的民間敘事詩之一種」，認為多從變文而來。刊刻寶卷為做功德，民國之後，江浙地區上海等地出現以印售寶卷為業的書局，上海的文益書局、文元書局、惜陰書局，杭州的聚元堂書莊，寧波的學林堂書局、朱彬記書局，所印行的主要是據俗文學故事改編的寶卷。李家瑞說收集有三四十種，以同治年間南京刊刻的鸚哥寶卷為最早。〔註89〕寶

〔註82〕 魯迅：〈「人話」〉，《魯迅全集》，卷5，頁74。

〔註83〕 魯迅：〈這個與那個〉，《魯迅全集》，卷3，頁140～141。

〔註84〕 魯迅：〈扁〉，《魯迅全集》，卷4，頁87。

〔註85〕 魯迅：〈推背圖〉，《魯迅全集》，卷5，頁91。

〔註86〕 李家瑞：〈宣卷〉，《劇學月刊》1935年4卷12期，頁12。

〔註87〕 薛英：〈紹興的鸚哥戲宣卷等〉，《文學週報》1929年第7卷，頁118～119。

〔註88〕 薛英：〈紹興的鸚哥戲宣卷等〉，《文學週報》1929年第7卷，頁118～119。

〔註89〕 李家瑞：〈宣卷〉，《劇學月刊》4卷12期，頁12。

卷的類別很多，有神道故事的以成神、成仙、成佛或為民濟難的故事，民間寶卷賢人受難有神佛保護。如《梁山伯寶卷》祝英臺受惡嫂詰難，發誓以紅綾為證，惡嫂每天滾湯澆地，太白金星趕來畫符保護，使紅綾入土千年不染塵，保護其清白。觀音更是寶卷中常見的保護神，觀音信仰的普遍使民間對其讚頌尤其多。寶卷中的神道並無嚴格的體系，是民間追求道德、行為的修養和完善，「去惡揚善」，以調適平民社會人際關係的和諧、社會的安定。由因果報應延及前生來世做宿命的解釋，求得心靈的慰藉和生活的信心。〔註90〕

　　後期寶卷帶有民間傳說故事和民間信仰的特點。如紹興宣卷《目連寶卷》有目連與曹小姐訂婚的情節。〔註91〕民間故事、傳說如梁祝、白蛇傳、孟姜女等都被改編成寶卷在民間講唱，以及傳統故事入寶卷的《趙氏賢良寶卷》（南戲的《琵琶記》）《雙奇冤寶卷》（話本小說《十五貫戲言成巧禍》），江浙改編自彈詞的《珍珠塔》《何文秀》《麒麟豹》等，其數在100餘種。紹興宣卷中與紹興調腔同目的有《琵琶記》《西廂記》《循環報》《粉玉鏡》等，與紹劇或越劇同目的有《三官堂》《鳳凰圖》《碧玉簪》《龍鳳鎖》《雙全花》《賣花龍圖》《賣水龍圖》《割麥龍圖》等；與蘇州彈詞、紹興詞調同目或來自民間傳說故彰的有《玉蜻蜓》《珍珠塔》《玉鴛鴦》《碧玉釵》等。〔註92〕傳統故事入寶卷，「拓寬了寶卷反映社會生活的內容，也促進了寶卷演場藝術形式的發展。江浙『書派宣卷』『化妝宣卷』的出現就是受彈詞和灘簧演唱藝術的影響。」〔註93〕

　　紹興宣卷中有其詼諧的特色，一是隨時「插花」（戲曲、曲藝演唱中的發噱段子）。有時就故事人物、情節的內在需要「內插花」，也有幾乎是游離劇情之外的取笑逗樂，或是演唱者相互之間，或是就宣卷場所的人、事，以笑話、歌謠等即興調侃之類的「外插花」。〔註94〕其二是其中演繹下層人物的丑角，幽默風趣、滑稽可笑的語言，推動了劇情發展，刻畫了人物性格，娛樂了聽眾，活躍了現場氣氛。清末紹興抄本《目連寶卷》中說土地爺因廟小無人供奉：小鬼餓得吱吱叫，判官肚裏想飽飽。土地爺搜出一件破皮襖，換得半升糙米煮飯，卻是：上頭起泡泡，下底結鑊焦。小鬼氣得踢翻泥缸灶跑了，土

〔註90〕 車錫倫：《中國寶卷研究論集》，頁23～24。
〔註91〕 車錫倫：《中國寶卷研究論集》，頁12。
〔註92〕 王彪，馮健主編；羅小令、馬志友、王雷、沈瑩編著：《紹興宣卷》（杭州：浙江攝影出版社，2012年），頁11。
〔註93〕 車錫倫：《中國寶卷研究論集》，頁14、15。
〔註94〕 王彪，馮健主編；羅小令、馬志友、王雷、沈瑩編著：《紹興宣卷》，頁25。

地爺見和尚尼姑進廟親熱，也跟著跑下山〔註95〕。土地神在許多場合是懼內的形象，如臺州信仰中土地神設夫人像，俞樾《茶香室叢抄》卷一五說瓜山土地祠，俗戲懼內者：「瓜山土神，夫人作主。」〔註96〕還以滑稽挑逗的丑角出現，儺戲中土地說的趣話有葷話和胡言。〔註97〕民國七年《珠塔寶卷》抄本中甚至有一段完全用紹興方言的丑角口白：「捺介話嚇，方阿卿為得唱道情，為得捉七隻蛇盤田雞，真當江湖上個大好老戴者……紅雲儂乃介曉得個呢」（你這麼說的，方阿卿會唱道情，會捉七隻蛇盤青蛙，真是個江湖上的厲害角色……紅雲你哪會知道的呢），轉為國語後，其現場的滑稽、生動的表達幾乎就消失殆盡。宣卷語言活潑自由，但其為敬神活動，其語言絕對禁忌那些「葷」言「葷」語，因此白而不髒，俗而不粗，土而不下流。〔註98〕

　　浙東地區的彈詞在女性中十分流行。周作人說市本都是彈詞，如《天雨花》《再生緣》《義妖傳》等，為越中古已有之，識得字的閨秀以此為消遣，有喜慶時，古風之人常招瞽女來「話市」，也稱「市本」「詞本」，有各種類別，合集滑稽類的如《徐文長》《呆女婿》等。〔註99〕他關於十字街頭經常發起宣卷唱劉香女的寶兒大娘；魯迅在雜文中談到白娘娘時還說聽祖母講的故事應該是從《義妖傳》中來的，這些都可以看到浙東女性之中彈詞之流行程度。琦君在其關於母親的回憶中說鄉下唱花名寶卷、瞎子鼓兒詞以及廟會野臺戲，學得忠孝節義，如《十八歲姑娘》《孩兒經》之類的。〔註100〕民間說唱跟俗文學關係密切，戲曲的故事多來自民間說唱，主題往往不離固有的倫理道德，強調忠孝節義，果報思想，但也存有民本思想，愛民如子的皇帝、清官才是被歌頌的，反之是被鞭撻的。〔註101〕其評價標準便是對待民生的態度、做法，這是值得肯定的。

〔註95〕車錫倫：《中國寶卷研究論集》，頁22～23。

〔註96〕宗力、劉群：《中國民間諸神》（石家莊：河北人民出版社，1987年），丙編「土地」，頁210、212。

〔註97〕翁敏華：〈土地神崇拜以及戲曲舞臺上的土地形象〉，《古劇民俗論》（上海：上海古籍出版社，2012年），頁69。

〔註98〕王彪，馮健主編；羅小令、馬志友、王雷、沈瑩編著：《紹興宣卷》，頁28、29。

〔註99〕周作人：〈關於市本〉，《周作人自編集·談龍集》，頁85。

〔註100〕琦君：〈母親〉，《琦君散文精選》（武漢：長江文藝出版社，2015年），頁36～46。

〔註101〕應裕康：〈從越劇看民間說唱與民間戲劇的傳承〉，金榮華編：《民間文學與中國文化國際研討會論文集》（臺北：國立編譯館出版，1994年），169～170。

　　與宣卷等在民間婦女中流行傳唱一樣，城市民間還比較流行說書、唱新聞、等。宣卷的套子，利用生活中常見的現象——陳述，體現出民間文學中的直觀形象思維特點。民間說唱《落地唱書》中《賴婚記》，後母咒罵女兒欲嫁的窮鬼鄔玉林永無翻身之日，若翻身除非「太陽菩薩西邊升，東洋大海起灰塵。雄雞生蛋孵猢猻，黃狗出角變麒麟。鯉魚游過泰山頂，醃熟白鯗會還魂。冷飯出芽葉轉青，掃帚柄上出毛筍……」這系列連續運用借代、模擬、喻示手法的意象，是作者取自於習見的有其規律的生活現象，活套活用的，帶有明顯的「直觀性」認知審美的傾向，是有別於作家藝術家文藝創作運用的科學的藝術思維。〔註102〕它可以直接作用於聽眾、觀眾的認知，隨著故事的推進而影響引導其情感。民間文學中的直觀性思維，開頭採用套子方式，在說唱以及小戲、戲曲中是比較有效的溝通手段。向民間文學學習的新詩，以及延安時期從民謠、民間說唱中學習創立新的民族形式的長篇敘事詩等都有著這些手法的應用。

　　2. 歌謠

　　民間歌謠是集體的口頭詩歌創作，具有「特殊的節奏、音韻、章句和曲調等形式特徵，並以短小或比較短小的篇幅和抒情的性質與史詩、民間敘事詩、民間說唱等民間韻文樣式相區別。」〔註103〕民歌是「歌謠運動」中最早啟動徵集，也是被關注最多的，胡寄塵1923年評論時所說的「新日講新文學的人都很注意民間文學，已有許多人搜集各地方的歌謠了，但除了歌謠以外，不曾有第二種文學發現出來。」〔註104〕結論似乎有點絕對，但也說明在當時民謠收集的一枝獨秀。

　　歌謠徵集啟事發出後，收集、研究很快取得了矚目的成績，除了大量的專論外，還出版了顧頡剛的《吳歌甲集》、董作賓的《看見她》（1924年）、謝雲聲的《閩歌甲集》（1928年）、婁子匡的《紹興歌謠》（1928年）等。歌謠對民俗學研究的重要性是不言而喻的，周作人在代《歌謠》週刊的發刊詞中以此作為第一個目的明確，其次他還用意大利韋太爾的說法：「根據在這些歌謠之上，根據在人民的真感情之上，一種新的『民族的詩』也許能產生出來。」所以這種工作不僅是在表彰現在隱藏著的光輝，還在引起將來的民族的詩的

〔註102〕陳勤建：《文藝民俗學》，頁273。
〔註103〕鍾敬文主編：《民間文學概論》，頁173。
〔註104〕胡寄塵：〈中國民間文學之一斑〉，《小說世界》1923年第2卷第4期，頁1。

發展。〔註105〕確實，歌謠的徵集不僅為民俗學的研究提供了資料，也為新文學的發展帶來了啟迪，這就是胡適在《歌謠》復刊時說：

> 我以為歌謠的收集與保存，最大的目的是要替中國文學擴大範圍，
> 增添文本。我當然不看輕歌謠在民俗學和方言研究上的重要，但我
> 總覺得這個文本的用途是最大的、最根本的。〔註106〕

歌謠對新文學特別是新詩的發展，帶來了些新的氣息，其質樸、真性情和口語化三特徵，正是新詩所追求的品格。〔註107〕劉大白的《賣布謠》、康白情的《草兒》等借鑒民謠，新詩的自由化，及思想觀念上對於古典詩歌的反動，都與歌謠運動有著必然的聯繫。

　　民間歌謠類別很多，鍾敬文分為勞動歌、儀式歌、時政歌、生活歌、情歌和兒歌 6 類，洪長泰從歌謠的影響這點上，認為其中的情歌、婦女遭遇歌在藝術手法和思想上對現代新詩產生的意義為最著，生活歌重在提供了民俗資料，猥褻的歌謠成為了討論的話題。歌謠中有大量反映世情風俗、社會倫理之相的，如兒歌〈戒賭博〉說明賭風之盛，以起規勸之用的，這與小說中大量寫賭博的社會風氣是相應的：

> 我勸人，／莫賭博，／骨牌九，／真極惡，／一桌人，／都想錯，
> ／茶遞口，／糖擺桌，／一串錢，／留根索，／先賣田，／後賣屋，
> ／沒飯吃，／田頭摸，／遇著人，／低頭躲。〔註108〕

兒歌本為幼兒能聽後接受的，此類兒歌周作人稱為「母歌」，為婦女在撫育幼兒時吐露心聲之歌謠，又類似生活歌。兒歌中這類反映婦女婚戀生活的，還有如浙江的兒歌〈月亮彎彎〉中對於父母之命、媒妁之言的詛咒，媒婆說得花言巧語，結果是個癩痢老公，新娘的描寫非常有意思，「一頓罵，／頭勿梳，／腳勿繞，／一下跳上轎。／上轎哭三聲：不怨哥哥，／不怨爹娘，／只怨媒公媒婆黑心爛肚腸！」〔註109〕另外還有描寫家庭內生態狀況的〈望娘〉：

> 月亮彎彎，／囡來望娘：／媽媽話我心肝頭肉來哉，／撴起羅裙揩
> 眼淚；／爹爹話一盆花來哉，／拿起扁擔趕市去；／娘娘話敲背老

〔註105〕〈發刊詞〉，《歌謠》週刊第 1 期（1922 年 12 月），頁 1。
〔註106〕胡適：〈復刊詞〉，《歌謠》週刊，1936 年第 2 卷第 1 期，頁 1～2。
〔註107〕〔美〕洪長泰：《走向民間》，頁 72～74。
〔註108〕〈戒賭博〉，舒蘭編：《浙江兒歌》（臺北：渤海堂文化公司，1989 年），《中國地方歌謠集成》，第 35 冊，頁 132～133。
〔註109〕〈月亮彎彎〉，舒蘭編：《浙江兒歌》，頁 140～141。

來哉，／拿起拐杖後園趕雄雞；／哥哥話我賠錢貨來哉，／關得房
門假讀書；／嫂嫂話我吵家精來哉，／鎖籠鎖箱鎖不及：／我不吃
哥哥分家飯；／不穿嫂嫂嫁子衣。／吃爹飯，／著娘衣。〔註110〕

這與清代的童謠〈童女謠〉是一致的。〔註111〕實際上，帶有「望娘」母題的
同類作品還很多，自古至今，其表述、語言部分內容有所演變，但基本主題
沿襲下來，反映出男尊女卑的社會中，婦女家庭地位低下，同是家庭地位低
下的姑嫂的水火關係。歌謠中的主角離不開女性，大量情歌、婦女生活歌等
被徵集、編入刊物中，隨著這些歌謠的刊播，一方面讓社會各界多瞭解婦女
生活，另一方面也促使社會提出、討論婦女問題。許欽文的〈老淚〉〈瘋婦〉
都是對這一現象的描述。

　　在浙東作家的小說中，歌謠可以讓讀者對民間生活的方方面面加深瞭解。
王任叔的〈孤獨者〉老八哼的是孟姜女小調，這流行最廣的民歌，從田間的
農夫牧童，城市裏婦孺老幼，與夫與負擔者無不會唱，「其勢力較任何詩人的
作品都大」，〔註112〕只是小說沒有把內容都引用進入作品。〈夜航船〉裏搖櫓
的禿頭唱的也是孟姜女小調，〔註113〕兩篇小說都是男性唱女聲的小調，前者
是農村的光棍黨，後者是搖航船的苦力，都以孟姜女的口吻唱出了民間百姓
夫妻生活的不圓滿或殘缺。這與阿Q唱「小孤孀上墳」是同樣的心理狀態。
歌謠被現代作家直接引用，在加強地方特色之時，可以起到點題之用。

3. 民間諺語

　　諺語是用精練的語言總結各種生產實踐和社會生活經驗的語言藝術結
晶，是一種有教育意義、有認識作用和含有哲理的民間語言。〔註114〕它形式
短小卻內容精悍，概括力強，它包括「俚諺」和「俗語」等，既有形式完整的
諺語，也有特殊形式的歇後語、俗語以及反映人物特徵的綽號。〔註115〕最早
系統研究諺語的郭紹虞對諺語的定義中就指出了其獨特之處，並具體以句式

〔註110〕〈望娘〉，舒蘭編：《浙江兒歌》，頁141～142。
〔註111〕該童謠為：月亮光光，挈來望娘。娘看見，心頭肉，爹爹看見，百花香；哥
　　　　哥看見，親姊妹；嫂嫂看見，嚸家娘。龔顯宗：《中國童謠史》，頁164。
〔註112〕鄭振鐸：〈孟姜女〉，《鄭振鐸文集》（北京：人民文學出版社，1988年），卷
　　　　7，頁377、378。
〔註113〕水清：〈夜航船〉，《清鄉前線》1943年第10期，頁26。
〔註114〕鍾敬文：《中國民間文學概論》，頁228。
〔註115〕鍾敬文：《中國民間文學概論》，頁228。

簡練、措辭精當、韻律協調和描述生動來歸納其特徵。〔註116〕諺語句式長短不一，每行字數不等，全篇行數不定，其結構多為兩行結成對偶，行末押韻；類似詩歌，常用詩歌的修辭法如對偶、反襯、暗喻等。〔註117〕

　　諺語是大眾人生和生產經驗教訓的提煉匯總，又是其生活、生產的指南。浙東文人關注並喜愛這些精練具有民間智慧的語言，清代范寅編錄了《越諺》。范寅是周氏兄弟躲禍外家時的鄰居，對於其人其作的諳熟可想而知，周作人的《知堂回想錄》《魯迅小說中的人物》等作中都有相關這段生活和人物的回憶。他自己的民俗研究中就經常引用《越諺》為例證。他認為紹興地方諺語有的雖然語稍繁複而意明顯，他指《越諺・罵詈譏諷之諺第十六》的「東瓜雕豬眥」一說，意為詭隨，在實際的語境中可以是這樣的對話，「東瓜好雕豬眥嗎？好雕的，好雕的。豬要吃的吧？要吃的，要吃的。改諷刺隨口附和，不負責任者也。」這種使表述更明確的諺語不僅在紹興，其他地方也通用。他指其謠諑之諺語，有九九消寒云：頭九二九，相喚勿出手。注曰相喚為越地打揖，而陳訓正主持的《甬句方言脞記》也有對揖俗稱相歡之說。〔註118〕王任叔筆下寧波人形容做事不討巧說「吃力不討好，黃胖撞年糕」。〔註119〕周作人也用了這一俗語，只是變為「黃胖舂年糕，吃力弗討好」，他說老百姓的語言之詼諧，黃胖似鄉間一種浮腫的病，病人黃而胖，沒有力氣，而舂年糕因為是要將糯米搗成麵團，恰恰需要格外用力，人與工作兩項配合，相得益彰才行。

　　諺語精練卻有極強的概括力，直指矛盾的關鍵。如「寧聽蘇州人吵架，不聽寧波人說話」的諺語，就反映出浙東吳語方言「硬」「直」的特點。浙東特別是寧紹地帶說話「硬」是發音中以入聲為主，其短促鏗鏘為吳儂軟語中少有；其「直」則是說話直接犀利，又民風剛烈，常動輒罵人，且詞彙豐富。〔註120〕周作人講普通紹興船夫好罵人，辱其祖先及內外姻親；其祖父介孚公好罵人，上至呆皇帝昏太后，下至自家兒孫以「速死爹」統稱。〔註121〕劉大

〔註116〕郭紹虞：〈諺語的研究〉，《小說月報》1921年第12卷第3期，頁25。
〔註117〕洪長泰：《走向民間》，頁171。
〔註118〕周作人：〈越諺〉，《周作人自編集》，頁70。
〔註119〕黃胖一般指患有肝炎的病者。年糕製作特別需要力氣，黃胖顯然難以勝任，且可能會害人害己。巴人（王任叔）：《衝突》，《龍厄》（哈爾濱：黑龍江人民出版社1983年），頁11。
〔註120〕周作人：《知堂回想錄》（上），《周作人自編集》，頁95～96。
〔註121〕周作人：《知堂回想錄》（上），《周作人自編集》，頁15～16。

白說紹興人被稱為「紹刀鬼」，〔註 122〕直白則文筆如刀，不會婉轉，容易得罪人。徐渭、李越縵到魯迅都是善用犀利的文字，大概也是寧紹地區人容易被嫌惡的原因所在。

綽號、諢號也有助於表現吳語的這種特點，在浙東作家作品中人物多戴著一頂綽號的帽子。綽號往往可以凸顯肖像、個性特徵，使人物更加形象生動。如王任叔〈鄉長先生〉中的「壽夫矮大炮」，大炮是指其脾氣火爆，其名帶綽號深化了其性格；王魯彥〈銀變〉中轉述了土匪頭子獨眼龍，只有他才能教訓有錢的老闆，綁架其兒子要其交贖金了事，並告知其重利盤剝、私販現銀、販賣煙土之罪倘不改正，還要加以懲處。在這個官商勾結為所欲為的時代、社會中，這個綽號帶著霸氣的悍匪是唯一可以與之抗衡的人物。

綽號在作品中有獨特價值，「短兵制勝，寸鐵殺人，雖不難能，卻是可貴。」〔註 123〕儘管綽號各有各的研究法，按劉大白的總結大概有 18 種之多；楊蔭深從古代的小說、筆記等總結認為其來源不外乎三種。〔註 124〕浙東現代作家筆下的綽號，往往多描摹狀貌，而又以揭其短為多。魯迅自己喜歡給人起綽號，其筆下也總是以綽號代人。魯迅〈藥〉中看守夏瑜的「紅眼睛阿義」和「駝背五少爺」大概人盡皆知，〈長明燈〉中直以「方頭」「三角臉」稱之；許欽文作品中的「鼻涕阿二」，王任叔筆下的「爛眼叔」「駝背運央」「江麻面」「冬生瘸手」「大腳瘋木仁老」「連生歪嘴」「開陽麻皮」等，王魯彥小說中「阿二爛眼」「阿七拐腳」「化生駝背」「割舌頭阿大」等等，都是以其生理缺陷為特徵的綽號，這是當時生產、醫療條件低下的現實反映，實際上也是民間以取笑他人的短處、不足為樂的不良社會風氣的反映。

第二節　浙東民間文學的重構

「民間文學是中國人民幾千年來創作和傳承的文學，最能代表中國文化的民族精神和藝術趣味，在藝術上最有中國特色。」它又是「立體的文學，是不斷變化、發展的活的文學。」〔註 125〕作家可以源源不斷地從中吸取養分，

〔註 122〕劉大白：〈綽號文學之研究〉，《世界雜誌》1931 年第 2 卷第 1 期，頁 56。
〔註 123〕劉大白：〈綽號文學之研究〉，《世界雜誌》1931 年第 2 卷第 1 期，頁 56。
〔註 124〕楊蔭深說混號由來主要有按形貌、才能強弱和性行三種。楊蔭深：〈混號分類考〉，《萬象》1942 年第 9 期，頁 135～143。
〔註 125〕段寶林：〈請關注民間文學〉，《文藝報》2017 年 5 月 4 日 007 版。

為自己創作所用。討論作家文學與民間文學的關係並不是作家如何利用了民間文學，而是以作家創作為表現方式的書面傳統如何在與本民族的口傳傳統互動中形成自己的民族文學特色。〔註126〕浙東現代作家的創作充分汲取民間文學這一同類文藝的資源，其管道方式是多方面的，但進入到自己的作品中，需要經過藝術的「改造」，重建民間文學，以與文本的觀念、情感相融合，必然出現民間文學的素材與其原有的旨意之間的差異，形成經典的重述或重釋。陳勤建在考察作家對民間文學的重建時提出了三個方法：衍生複寫、綜合組建和對應錯位。〔註127〕筆者以為從其分析中方法之三似乎偏向於功效，前兩個偏於方式，因此在重構分析中不完全採用此說，而按照其來源做區分。

一、浙東民間文學題材的再利用

現代作家從小生活在民間文化豐厚的滋養中，大人飯後茶餘或者晚間乘涼時講的各種故事、傳說都能深深地影響個人，成為其創作的寶貴資料庫。魯迅回憶長媽媽講的「山海經」故事，不僅使他對於美術有了興趣，還使其一直保留著收集研究民間文藝的習慣，並以此作為考察國民性的重要依據。上文提到王任叔、徐訏以及其他浙東作家大多在回憶兒時的樂趣時提及聽長輩講各種傳說故事，這些故事成為他們一生難以忘懷的童年記憶，也豐富了他們的創作。

1. 複寫利用

在浙東現代作家的創作中，有的作品是通過對民間文學資源的複寫利用，利用方式有直接全部引用和部分間接引用。他們從小聽說、接受的民間文學直接為創作利用，成為自己作品的部分，這種利用方式比較常見的是在散文中，遊記散文就常常利用這些民間故事、傳說為山水增添奇異的色彩，增強情感的感染力。

劉大白的〈龍山夢痕序〉中寫自己對故鄉看似矛盾的情感，先以自己所做的兩首絕句開題，其中有「故鄉多少佳山水，不似西湖浪得名」之句，點明始終戀念故鄉山水之情。後面即以龍山為中心，將白居易到現代文人對於山陰道上風景的讚美一一評說，接著就徐蔚南的龍山夢痕記起自己兒時的回憶，

〔註126〕陳崗龍：《東方民間文學概論·導論》（北京：崑崙出版社，2006年），卷1，頁6。
〔註127〕陳勤建：《文藝民俗學》，頁217～219。

介紹了一則從故鄉去五姑母家經過龍山，望見山頂望海亭和只剩下石柱子的適雨亭時姑母講的一個故事，說這是被孫悟空從王母娘娘蟠桃園裏偷出來的兩座亭子，齊天大聖為抵抗天兵天將，把兩座寶亭放在了龍山和梅山的頂上。禁不起塵世濁氣薰蒸的寶亭漸漸變成凡間樣子。〔註 128〕這個地方風物傳說解說詳細，將望海亭、適雨亭，與婦孺皆知的孫悟空故事聯結起來，對兩座亭子，尤其是其中之一已近廢墟，做了大膽而合理化的想像：交代了其來源，其殘破歸為寶物被龍王覬覦而致。《西遊記》中孫悟空「大鬧天宮」的故事被巧妙地嵌入其中，這與幼時的情境相得益彰。文章將傳說全文記錄當是有充分根據的，傳說中有著濃厚的對地方的熱愛，民眾珍惜鄉土的一切景觀，賦予這一切以美好的「歷史」。這兩個亭子現存的破敗與其美麗的來源是兩個不相稱的圖像，兩者間的聯繫是發展的脈絡；遵循這一思路，文章的情緒就顯得自然了：作者厭惡現實中故鄉城市、社會的腐朽，只有用「兒時所感到的一絲美妙的龍山夢痕，寫下來」，為龍山「解穢」，〔註 129〕酬謝友人的龍山禮讚。現實的腐朽就如同頹敗的亭子一般，但在「我」的回憶中，這一想像的原鄉帶著兒時情感的溫度，永遠是美好的。

　　龍山是紹興的典型「地標」，它出現在許多紹興作家的記憶中。張岱《瑯嬛文集》中秀麗的龍山，明亡後恍如隔世之憶；鄭綠樵〈龍山鴻雪〉中龍山山巔的望海亭又有另一個傳說，說為越王句踐所建，入其亭可以隱隱望見遠處之海。〔註 130〕文章沒有劉大白那麼具體轉述，只提及了相關傳說。從龍山出去的還有柯靈，他的《龍山雜記》系列中也提到望海亭，在該集中柯靈多寫實，是他回到故鄉以龍山為中心的山林、城鎮生活記述，文中有幼時的記憶，更有比較明顯的現實意味。在他看到遠程望海亭時，也看到廣寧橋邊禮拜堂崇高的鐘樓，提醒一個西方勢力存在的殘酷現實。漂泊在異鄉的遊子也在遙思著龍山，吳似鴻〈流浪少女的日記〉中不斷出現的故鄉是「越王臺高聳的故鄉」，「留存著王羲之鵝池的故鄉」，「橫臥著龍山的故鄉」，「深嵌著鑒湖的故鄉」，「山陰道下驢蹄得得的故鄉」，〔註 131〕龍山是故鄉的典型意象，與系列景觀融合為一體，激蕩起生長於浙東的遊子的思鄉情。

〔註 128〕劉大白：〈龍山夢痕序〉，《現代評論·文學週報》1925 年第 190 期，頁 153。
〔註 129〕劉大白：〈龍山夢痕序〉，《現代評論·文學週報》1925 年第 190 期，頁 153。
〔註 130〕鄭綠樵：〈龍山鴻雪〉（上），《紅玫瑰》第 2 卷第 46 期（1926 年 9 月），頁 2。
〔註 131〕吳似鴻：《流浪少女的日記》（上海：現代書局，1934 年），頁 15。

　　傳說、故事的複寫在散文中較多，複寫民間謠諺的現象更普遍，因其簡短精練，引用沒有文體的侷限，多直接引用。胡蘭成的《今生今世》中回憶兒時的生活，都用母親念的一首首兒歌貫穿文章：

> 月亮婆婆的的拜，／拜到明年有世界，／世界大，／殺隻老雄鵝，／請請外婆吃，／外婆勿要吃，／戒廚角頭抗抗咚，／照壁婆娘偷偷吃咚哉，／嘴巴吃得油羅羅，／屁股打得阿唷唷。〔註132〕

夜晚時母親抱我看星，教我念：

> 一顆星，／葛倫登，／兩顆星，／嫁油瓶，／油瓶漏，／好炒豆，／豆花香，／嫁辣醬，／辣醬辣，／嫁水獺，／水獺尾巴烏，／嫁鵓鴣，／鵓鴣耳朵聾，／嫁裁縫，／裁縫手腳慢，／嫁隻雁，／雁會飛，／嫁蜉蟻，／蜉蟻會爬牆。〔註133〕

　　上述是流行於浙東的兒歌，其中部分發音、尾音詞都是吳方言特有的。作者由這個童謠從東到西扯得毫無道理的現象，述及宋人平話從王荊公到蘇小妹也沒有必然的邏輯聯繫，但唱起來就不同了；從語音上，他說一顆星葛倫登是新韻入清聽。童謠念念就動聽，民間各種歌、調都是從念中而來，於是推及並追憶出更多遊戲的童謠，這些童謠簡單平實，上口入耳，「我從小就是受這樣的詩教」，〔註134〕童謠的清新無須理性，支撐起無憂無慮的童年。胡蘭成所說的新韻還與寧紹地區吳語在詞彙、句式上的特點有關。吳語中形容詞、動詞多複詞，以達到加強目的，如黑白紅等表示色彩的形容詞在吳語中有墨墨黑、漆漆黑、雪雪白、血血紅等，蠻忖忖表示簡單想想，隨看看表示隨意看一看，更多如罷罷工、想想看、加加工等；句式多倒裝，動詞後置。吳語的這些特點在王任叔小說〈明日〉中寫工人說話時大量被使用。上述兒歌中「的的拜」「抗抗咚」（藏藏好）「油羅羅」「阿唷唷」等都是典型的表述法；而韻腳同樣合於吳方言，如「聾」與「縫」等。其實這些歌謠未必有多深切的教育意義，有的是利用其方言中的發音特點組建，朗朗上口，可以教孩童認識各種事物。

　　謠諺是關於生產、生活的經驗積累，至少獲得了部分群體的認可，在作品中複寫這些謠諺其意不在於經驗的介紹，而是為了強化這一說法，或者與

〔註132〕胡蘭成：《今生今世》，張愛玲、胡蘭成著：《張愛胡說》（上海：文匯出版社，2003年），頁5。
〔註133〕胡蘭成：《今生今世》，張愛玲、胡蘭成著：《張愛胡說》，頁6。
〔註134〕胡蘭成：《今生今世》，張愛玲、胡蘭成著：《張愛胡說》，頁6。

讀者取得共鳴。許欽文在〈老淚〉中回到松村，將松村的婆媳關係借「出廟門詛咒豆腐，進廟門詛咒兒媳婦」做了說明，對於抱養孩子與母親的關係用「鵝皮和雞皮貼不攏」做譬喻，在「不孝有三，無後為大」的教條下，「借種」、找「補床老」之事通行無阻，而完全棄道德於不顧。〈理想的伴侶〉中引用了俗諺「三年不死老婆大晦氣」，以諷刺男性喜新厭舊的思想，這與市井所傳人生最得意為「陞官發財死老婆」俗語如出一轍，也點出俗世的拜金主義盛行，以及對於女性的歧視。王魯彥在〈屋頂下〉寫本德婆婆內心嫌媳婦不懂事，買了市場價極貴的黃魚，用了「八月才上頭，桂花黃魚，老虎屙」〔註135〕的諺語，極言其金貴，認為媳婦不懂持家之道，會敗光自己辛辛苦苦積累起來的家產。兒媳婦則是一片好心想孝敬婆婆，結果婆媳關係反而因此日益緊張。老年人對於金錢的吝嗇是來自其人生經驗，其語言中經常出現各種經驗積累的俗諺，「積穀防饑」是要有長遠打算，不能浪用錢；〔註136〕生病捨不得花錢，得自己康復，如果老人治療不好，則不用徒勞花費，「年紀本來也到瞭把啦，瓜熟自落。」〔註137〕兒媳婦阿芝嬸則在多次挨了婆婆罵且罵得嚴重後想「上樑不正，下樑錯」，〔註138〕發洩不滿，眾人勸架時則「大事化小事，小事化無事」等等。〔註139〕

　　孫席珍〈失卻的丈夫〉集中於一對鎮上貧賤夫妻，妻子想著自己的幸福和自由，丈夫在南貨鋪當夥計，除了新婚一個月的假期，其他隔三五天才能回家一次。夫妻受到各種誘惑後，生活就出現了各種波折。小說將各自心理特別是新婚妻子先溫柔後倔強，再溫柔的變化寫得十分細膩真實。吵架後用了兒歌：小黃盆，拌生菜，／兩口子打架咱分開，／你分裏，我分外，／你分枕頭，我分鋪蓋，／到夜裏，沒氣沒火地又合起來！〔註140〕這一兒歌中簡潔生動地敘述了夫妻日常生活形態，借用後可以節省筆墨點到結尾。王魯彥〈小小的悲哀〉中少年欽佩的阿成哥唱最熟悉的〈西湖欄杆〉，直接引用其唱詞：「西湖欄杆冷又冷，妹歎第一聲，／在郎哥出門去，一路要小心，／路上鮮花——郎呀少去採⋯⋯」民間小調表達的直接大膽，對於成長於詩書人家的少爺有別樣的吸引

〔註135〕魯彥：〈屋頂下〉，《魯彥經典》，頁169。
〔註136〕魯彥：〈屋頂下〉，《魯彥經典》，頁180。
〔註137〕魯彥：〈屋頂下〉，《魯彥經典》，頁170。
〔註138〕魯彥：〈屋頂下〉，《魯彥經典》，頁182。
〔註139〕魯彥：〈屋頂下〉，《魯彥經典》，頁184。
〔註140〕孫席珍：〈失卻的丈夫〉，《女人的心》（上海：真善美書店，1929年），頁164。

力，「我」因此喜歡上了音樂，這與父輩的經商做個買辦之類的期待是相悖的。「悲哀」既是來自阿成哥的去世，也是自己告別年少時志趣的感傷。小調的引用在小說中是有助於理解少年的悲哀的。他在〈關中瑣記〉中引用少華山的民間傳說諷刺人間眾多李鳳山那樣的守財奴。傳說中「善有善報，惡有惡報」的果報觀，不僅是對於金錢龜的說明和勸善，更是對塵世間現實的譏諷。

有將民間文學全部複寫引用的，也有的只用部分甚至只提及對象。王魯彥回憶在故鄉下雪的清晨，用「雪落啦白洋洋，老虎拖娘娘……」兒歌；孫席珍〈哀愁夫人〉中借用了「鬥鬥蟲，蟲會飛」的兒歌都是部分引用。許欽文〈曬乾鵝肉〉中以兒歌「正月燈／二月鷂／三月上墳船裏看嬌嬌」為開頭，〔註141〕奠定了文章的氛圍。部分引用如只用其題多為普及型民間文學，提及孟姜女讀者都知曉其情節，說到包龍圖民間皆渴慕其清正，講到徐文長必是機智幽默，諸如此類，無須多展開，部分引用或者只需帶及讀者便知其意。可以有氛圍營造的功效，如上文孫悟空的故事增添山水的奇幻色彩；可以故事、謠諺確定強化主題，簡短如孫席珍的〈銀姑日記〉中四叔在七月給姐妹們講呆女婿的故事後，銀姑內地產生的反應：擔心自己的將來，會不會落得遇著呆女婿的不幸婚姻。

上文的全部引用，可以輔助追溯回憶，引導讀者進入到幼時的情境中，並以其中的幻想色彩和瑰麗的情境觸動讀者對於眼前現實情境的想像。也有的不是直接將民間文學作品全部拿來，而是截取部分或者轉換原先的方式。王魯彥在《憤怒的鄉村》中一開始對於傅家橋的夜色描寫中，寫到寧靜的鄉村夜晚景色螢火點點，兒童們樂在其中，用了兒歌：

> 「火螢兒，夜夜來！／一夜勿來，陳家門口搭燈檯！」／「燈檯破，
> 牆門過，陳家嫂嫂請我吃湯果！／湯果生的，碗漏的，筷焦的，／
> 凳子高的，桌子低的，／陳家嫂嫂壞的！」

孩子們在嬉戲打鬧中回到母親身邊時，母親們又以兒歌回應：一粒星，掉落地，／雨粒星，／拖油瓶，／油瓶油，炒豌豆，／豌豆生，加生薑，／生薑辣……孩子們聽著這歌聲，也就一齊跟著唱：蟹腳長，／跳過牆，／蟹腳短，／跳過碗！／碗底滑，／捉隻鶴！／鶴的頭上一個突，／三斗三升血！〔註142〕這兩

〔註141〕許欽文：〈曬乾鵝肉〉，《許欽文散文集》（杭州：浙江文藝出版社，1984年），頁19。
〔註142〕魯彥：《憤怒的鄉村》，頁1。

的傳說，但如這條諺語卻是產生壞影響的。〔註 149〕從內容上，這兩文構成了連續的語義闡述。〈經驗〉較為辯證，〈諺語〉專談其副作用，因此開頭就將這條諺語確立為討論對象。趙景深在 1922 年翻譯契訶夫小說〈樊凱〉（通譯〈萬卡〉）時，將其中的英語 MilkyWay（銀河）誤譯為「牛奶路」，魯迅藉此機會在〈幾條順的翻譯〉〈風牛馬〉等文中做了回擊，尤其是〈風牛馬〉一文中用白話介紹了古希臘神話中關於銀河的神話，於此狠狠酸了趙景深的翻譯。〔註 150〕〈人話〉中鄉下女人無知的笑話為例，證明民間文藝中鮮明的階級界線「是大熱天的正午，一個農婦做事做得正苦，忽而歎道『皇后娘娘真不知道多麼快活。這時還不正在床上睡午覺，醒過來的時候，就叫道太監，拿個柿餅來』」，〔註 151〕這個笑話與「金扁擔」「皇帝的生活」的故事是相似的，說是有個農民每天挑水，一天他忽然想起皇帝用什麼挑水呢？自己接著回答道：一定用金扁擔；還有一個「元寶和人參」的笑話，說是有兩個農民在閒話，一個說，皇帝這麼有錢，這麼舒服，不知怎樣過日子的，另一個農民很有把握地回答：皇帝的生活麼，一隻手元寶 nia nia（捏捏），一隻手人參 jia jia（嚼嚼）——這兩句他用的是紹興話。〔註 152〕魯迅在文章和講話中用這些笑話說明了文學是存在階級性的，也告誡左聯的盟員要深入生活，才能避免產生類似的笑話。

2. 衍生改造

衍生是指作家在其創作中就民間文學的部分，而加以引申發揮，其發揮並不完全符合民間文學原先的面目，是對原民間文學文本的改造，其意在於達成自己的創作主旨。衍生並不在於將原文本講清楚，可以續寫、改寫文本，在衍生中明確自己創作的意圖。衍生的方式可以增加故事原先沒有的情節，或者利用故事的題材改變其框架、部分情節、或者增添人物等等。

楊蔭深的《一陣狂風》是三幕劇，借用了梁山伯與祝英臺的民間傳說。但該劇經作家改造後已跟民間流傳的梁祝傳說有了很大區別。劇作故事沿用了民間文學的架構，其三幕分別以送別、再會與入墓為主要情節，背景地點在杭城外、祝家村和鄞縣西胡橋頭，這也是民間文學中的三個重要情節，現代越劇

〔註 149〕 魯迅：〈經驗〉，《魯迅全集》，卷 4，頁 541。
〔註 150〕 魯迅：〈風牛馬〉，《魯迅全集》，卷 4，頁 347。
〔註 151〕 魯迅：〈「人話」〉，《魯迅全集》，卷 5，頁 74。
〔註 152〕 馮夏熊整理〈馮雪峰談左聯〉，《新文學史料》1980 年第 1 期，頁 1～11；馮乃超：〈革命文學論爭‧魯迅‧左聯——我的一些回憶〉，《新文學史料》1986 年第 3 期，頁 29。

中這三個部分分別為「十八相送」「樓臺會」和「化蝶」。但這個劇本被置於現代社會中，人物完全被塑造成了五四知識分子的形象。時代背景可以從人物的職業中管窺，前兩幕不甚清晰，但第三幕中三個對話的路人中，何貴與李四都是城裏華新工廠裏做工的工人，現在何貴成了馬家的傭人，薪水比做工時多，是近現代出現的工人；劇作中人物的語言及思想反禮教、「生存競爭」「剎那主義」等說法都是五四時代的產物。最主要的是人物形象被挪用改造。劇作中梁山伯保留了民間文學中讀書人的特徵，老實認死理，不知變通。在送別時，祝英臺借吟詩、樵夫砍柴、花中牡丹、土地堂裏金童玉女種種對象加以暗示、比喻，但梁山伯卻總不「開竅」，認為祝英臺將梁祝兩個男人比作夫妻、金童玉女的比喻是奚落自己，拋筶筶時說不喜陰等等都是實在本性使然。但這個老實巴交的讀書人卻是五四知識分子的正面形象，他善良踏實，在勸阻祝英臺不要摘路邊石榴時說：「荒山白有荒山主，山莊亦有山莊人。我們憑著良心做事，不要去摘。」〔註153〕對祝英臺有著關愛之心，要涉水過河時被祝英臺輕易騙回去請教老師，當得知祝英臺是女性時，這種愛心轉化為深情，哪怕只是那麼一「剎那」，他也覺得祝英臺剎那間的愛，猶如洗澡，將其一切的煩惱、苦愁洗卻了；他言而有信，與祝英臺約定一個月後上門提親，就如約前往；他有著鮮明的愛憎，對祝英臺的父母先是尊敬，繼而聽到祝英臺不得不服從於父母之命被許給馬家三公子時，控訴其父母的虛偽；他又是有著博大胸懷的知識分子，在聽說祝英臺為不能與自己結合，幸福被剝奪得痛不欲生時，他勸導說自殺原是快樂的事，因叮逃脫這萬惡的世界，不過個個都這樣的話：

> 那殘暴的舊教制，恐怕愈要殘暴得蔓延無邊了。我們當以身捐於我
> 們的同情者，誓和他們下一決戰……我們切不要為自己而造幸福，
> 我們當為天下和我們一樣的造幸福。〔註154〕

這就完全改變了民間文學中木訥的梁山伯形象，是帶著五四這一代知識分子的觀念，有著對愛情和理想執著追求的現代文化人。祝英臺的丫鬟梅香也從配角中脫穎而出，成為五四轉變後的新女性，她從一開始祝英臺回家後整天悶悶不樂的不理解，對小姐的不滿足用「做人真是千層餅呀！這真是『人心級級高，天高不算高』」來形容。當祝英臺對其吐露了心曲，表達了對幸福的嚮往後，她逐漸改變了自己的看法，成為女性主義的代言人，不僅同情梁祝

〔註153〕楊蔭深：《一陣狂風》（上海：光華書局，1937年），第2版，頁11。
〔註154〕楊蔭深：《一陣狂風》，第2版，頁46～47。

的愛情，還激起了對於舊禮教的強烈憤恨：

> 普天下多少的我們女子，是為父母們所誤了的。唉！這都是些那舊
> 禮教的羈束我們，可惜我們都是弱者，依然的要屈服於他們之下。
> 但是我很希望我們的女同胞們，切切不要看像我們的懦怯。〔註155〕

正是有了這樣的認識，在幫助成全祝英臺和梁山伯的過程中，梅香成了重要的
消息來源和聯絡人。到最後英臺入墓後，她還痛責馬文才，告知他夫妻是兩性
間愛的結晶，正是馬文才的追求害死了祝英臺。馬文才被指責後，也深切反思，
意識到自己二十多年來以父母意為己意，一直是舊教制的獄中囚，最終他表示
要追隨梁祝的光明世界，撞碑而死。這兩個角色在原民間文學中是幾乎沒有聲
音的配角，但在《一陣狂風》中被改編成了新時代的人，馬文才之死是在梁祝
殉情後對舊禮教的又一重控訴。該劇以人物和結局的衍生改造帶入了濃厚的
時代氣息，加深了對禮教殘害、扼殺年輕人幸福的揭示，也有明顯的女性意識。
儘管劇作對於人物觀念的改變過於簡單，有較濃厚的說教意味，但正如徐公美
所說的作者勤於戲劇耕耘，該劇「取材於民間傳說梁山伯與祝英臺的故事，結
構、對話、敘述、體式各方面都不錯；而且還適合舞臺排演。」〔註156〕於戲
劇本身，及其所要傳達的反抗、追求主題，都是有著時代意義的。

　　魯迅的《故事新編》是對民間文學衍生改造的集合。其〈補天〉用了女
媧造人的神話，〈奔月〉結合了「后羿射日」和「嫦娥奔月」兩個神話，《理
水》綜合了大禹治水和鯀羽化為熊的傳說。魯迅對於神話有高度評價，認為
神話為「昔者初民，見天地萬物，變異不常，其諸現象，又出於人力所能以
上，則自造眾說以解釋之。」「神話不特為宗教之萌芽，美術所由起，且實為
文章之淵源。」〔註157〕他自己在對古代神話、傳說資料整理改造的基礎之上，
從一點加以「點染」引申開來，賦予古代民間文學以現代的氣息。如前文所
說，舜禹傳說、禹王廟在浙東十分集中，〈理水〉集中圍繞大禹治水的故事展
開，但這個小說不是簡單復述，是現代版的新大禹治水。小說分四節，前兩
節幾乎與大禹無關，都在寫上下為治水怎麼忙碌，文化山的學者們紛紛發表
見解，民間動用各種方式發起捐款，水利部如何忙碌，官員們怎樣考察采風，
回京後要布置慶功宴會。將民初官場生態做了勾畫後，到第三節大禹才正面

〔註155〕楊蔭深：《一陣狂風》，第 2 版，頁 36。
〔註156〕徐公美：《一陣狂風・序》，頁 4。
〔註157〕魯迅：《中國小說史略》，《魯迅全集》，卷 9，頁 17。

亮相，禹坐下時並不屈膝，不穿襪子的腳底長滿了栗子一般的老繭。〔註158〕
當他向這些大員們提出疏導方法時，官員們先是寂靜，繼而找各種藉口反對，
但大禹不為所動，他已充分調查，「打定主意」，且與「一排黑瘦的乞丐似的
東西」取得了一致意見，他們「不動，不言，不笑，像鐵鑄的一樣。」〔註159〕
到第四節治水成果歸來時百姓的仰望中，看到沒有儀仗，只有一批乞丐似的
隨員，最後的「粗手粗腳的大漢，黑臉黃鬚，腿彎微曲」〔註160〕。跟舜面談
時，他彙報說自己「每天孳孳」，捨自己小家，以民生為重，與民共甘共苦才
治得了水患，天下太平。到這裡為止，基本還是延續了禹一貫的形象，每次
都以乞丐似的形象出現，這是魯迅所強調的為民做主，腳踏實地的實幹作風。
但小說結尾卻一反前面作風，大禹態度改變了：「吃喝不考究，但做起祭祀和
法事來，是闊綽的；衣服很隨便，但上朝和拜客時候的穿著，是要漂亮的。」
〔註161〕且其稱呼從前三節的「禹」進入第四節後變成了「禹爺」，這就消解
了前述對禹的實幹家和平民精神的描寫，終於世俗化了。小說將民間文學中
「大禹治水」的核心做了簡化處理，其「三過家門而不入」的情節是在其老
婆的叫罵中提及的，重點被置換成了考察決策疏導，且作為暗線敘述，明線
是學者們和京城官員的醜態，敘事方式和主要情節的變動就基本改變了民間
文學文本，使之符合作者要將古人寫活，具備現代氣息的創作意圖。

　　比較起來，同樣從民間傳說中來的〈鑄劍〉基本遵循了前述「莫邪干將」
和「三王冢」的民間傳說，在情節和結局沒有做大的改動，變動主要是一方
面充實了細節，將故事過程交代更細緻；另一方面突出了俠客宴之敖的形象。
將傳說中代眉間尺報仇無名無姓的「客」明確，並強化了宴之敖的仔細準備
和決絕的決心。小說用兩節來敘述這個黑衣人的策略，其中還多次歌唱，其
沉著冷靜應對自如，最終以自己的頭顱參與對王的鬥爭，取得了復仇的勝利。
同〈理水〉相似的是小說結尾，熱鬧的出喪落葬，儀仗隊後王后和王妃的車，
她們與百姓對看著，後面的大臣、太監、侏儒等行列亂得不成樣子。〔註162〕
這裡又出現了看／被看的場景，在鬧劇般戲謔化場景中，前述眉間尺和宴之
敖的復仇意蘊弱化甚至被消解了。

〔註158〕魯迅：〈理水〉，《魯迅全集》，卷2，頁380～381。
〔註159〕魯迅：〈理水〉，《魯迅全集》，卷2，頁384。
〔註160〕魯迅：〈理水〉，《魯迅全集》，卷2，頁385。
〔註161〕魯迅：〈理水〉，《魯迅全集》，卷2，頁386。
〔註162〕魯迅：〈鑄劍〉，《魯迅全集》，卷2，頁435～436。

將民間故事入題的還有「九葉詩人」唐湜，在其長篇敘事詩創作中，將原鄉溫州的民間故事第一次寫進了現代詩歌。其實早在他的〈英雄的草原〉中已經將白蛇與許仙的故事匯入其中，但他認為作為史詩式的作品不夠成熟。詩人的探索在風土故事詩〈劃手周鹿之歌〉（原題〈劃手周鹿的愛與死〉）中，終於得到了回報。〈劃手周鹿之歌〉是懷著思鄉之情寫的，「是渴望著拿自己的想像，自己對故鄉風物的懷戀，去撲滅咬噬人的憂傷，在行雲流水似的詩意的抒寫中忘卻一切。」周鹿在傳說中本是個過著漂泊生活的美少年，他是南方水車的製作者，農人裏的多面手，可少女們迷上了他，他的愛情導致了死亡；後來成為「水手們眼中的海神」和「年輕人的愛神」。在詩歌中他為了「可以恢復一些民間牧歌與牧歌人物的質樸、單純的本色」，「挑了他的單純的愛和為了愛的悲劇」，為了凸出這單純的浮雕式的悲劇，還「拿單純的動物象徵來勾描這一對愛人：拿波濤上馬來象徵周鹿的男性美，男性雄健的性格；拿江上飛遊的小翠鳥兒來象徵小孤女的女性美，女性的靈巧、柔和的性格。」〔註163〕該詩「將愛與死這種單純的浪漫主義主題與民間故事的神秘奇幻比較完美地結合起來，抒情與敘事相互滲透，凝合為一，使這首詩歌達到了他所要求的抒情風土詩篇的彩畫似的效果。」〔註164〕此後，他又創作了〈明月與蠻奴〉〈淚瀑〉〈海陵王〉，直到世紀末還為詩壇奉獻出了〈東甌王之歌〉。用史詩書寫浙東故土的故事傳說與歷史故事，也是詩人所尋找到的崇高使命。

3. 綜合組建

綜合組建是其將多種民間文學資料，按照創作的主題、風格需要而組合。絕大多數作家的創作，如果涉及到多種民間文學數據，一般不太會拘泥於一種方式，總是根據創作的需要會將材料做綜合性利用。

魯迅的《朝花夕拾》是回憶之作，集中了記憶中檢抄出來的文章。魯迅自己很看重這些回憶，說「他們也許要哄騙我一生，使我時時反顧。」〔註165〕這個散文集的 10 篇文章中，借用各種民間文學材料並有具體記載的有〈狗·貓·鼠〉〈阿長與《山海經》〉〈二十四孝圖〉〈無常〉〈從百草園到三味書屋〉，〈後記〉中更多無常的故事。這些文章的有直接詳細引用，如〈狗·貓·鼠〉

〔註163〕唐湜：《九葉詩人：「中國新詩」的中興》（上海：上海教育出版社，2003 年），頁 222～223。

〔註164〕唐湜：《九葉詩人：「中國新詩」的中興》，頁 223。

〔註165〕魯迅：〈《朝花夕拾》小引〉，《魯迅全集》，卷 2，頁 230。

中外關於貓與狗的童話、貓的故事、墨猴的故事都是展開了敘述的；也有簡略提及的，如「貓精」「貓鬼」「八戒招贅」「老鼠成親」。而〈無常〉和〈後記〉中笑話、傳說、民間故事、諺語各種都有，對各種材料的處理是據與主題、情緒的關係而定的。

　　〈狗・貓・鼠〉從被人攻擊說起，講到狗和貓結仇的由來，用了德國人覃哈特（Dr.O.Dähnhardt，1870～1915）《自然史底國民童話》中的狗和貓成仇敵的童話，後接著講仇貓，追溯到祖母講貓的故事中，以明確自己對於貓的反感。尤其在後面借著墨猴寫對隱鼠的好感，繼而因隱鼠消失怪罪於貓後，對於貓的敵視達到高潮。文章以記狗與貓及對於貓的態度為線索，對小動物貓狗鼠的感情鮮明自然。其實文中所用到的這些動物的民間文學信息，狗和貓都是正常被敘述的對象，尤其是貓是老虎先生的故事在誇讚貓的高明本領同時，還與民間的「留一手」觀念吻合。但在文章的剪裁組合中，貓不僅具有了幸災樂禍式的脾性，還有著媚態，並因傷及可愛的兔子，成了「我」憎惡的對象。關於貓狗的故事民間資料極為豐富，在文章中有的全部引述，有的簡單提及，有的一筆帶過。其關鍵在於讀者對故事、傳說的熟悉程度，看到題目能產生的聯想及態度。埃德加・愛倫・坡（Edgar Allan Poe, 1809～1849）小說中的黑貓帶過去，日本的「貓婆」、中國的「貓鬼」都簡略提及，因其後面關於貓是虎的先生的故事更普遍且生動，具有更強的民間特徵，全面引用了該故事。關於隱鼠的故事從兩張花紙開始，「老鼠成親」並非是關於該民間故事的內容，而是從自己幼時的想像落筆，結合越地正月十四要辦完「老鼠嫁女」的民俗講究，在追憶中記敘孩童的期待與觀望，充滿了童趣。而後筆觸一轉落到現實中，將隱鼠的死集中於貓，又以洗練熱辣的口吻行文，有著極大的反差。作者似乎將兩套完全不同的行文方式置於同一文本中，卻又能轉換自如，在其筆力之外，還在於對民間文學的高度自如運用，以現實冷靜的態度寫貓妖貓鬼，而寄歡快溫暖於「老鼠成親」中，在對不同的民間文學信息的剪裁運用中，將自己對於小動物的看法，由動物及人的態度逐一點明，這些看似信手拈來的民間故事、童話，是作家傳情達意的重要工具。

　　魯迅的雜文也多綜合性運用，〈新秋雜識（二）〉〔註166〕文章雖短，交錯出現了「天狗吞月」「黃帝戰蚩尤」的傳說，「人無遠慮，必有近憂」的諺語以

〔註166〕文章初發表時是以〈秋夜漫談〉為題，發表於1933年9月13日《申報・自由談》。

及經文等。前兩者是化用其傳說,「天狗吞月」在頭、尾出現,從月蝕現象及民間放鞭炮嚇走月亮過程擇一提及,並與扶乩打醮產生聯結,貫穿全文;「黃帝戰蚩尤」則簡化為「同胞」與「異胞」。這些現象又可以聯想到與現實中槍炮聲、侵略國的族人,由此,作者對被戰患與天災人禍相加的現實於惘然,寄希望與天上陰間的統治者加以辛辣的嘲諷;也暴露了國人的麻木與不覺醒。又〈「滑稽」例解〉中「狸貓換太子」的傳說、「吃不到葡萄說葡萄酸」的寓言故事等。〈無常〉也是綜合了傳說、笑話、民間說唱等民間文學資料,其取用長短不一,風格、主題也不盡與原文本相類,他是藉助無常寫出「鬼而人,理而情,可怖而可愛」〔註167〕的一面。

實際上,許多作家都是通過這種綜合組建的方式,巧妙運用各類民間文學的信息,其在文章中的效用不一而足。文載道的隨筆往往延展開來,其〈從大風歌說起〉便是從劉邦的〈大風歌〉來自於民歌,劉邦渴慕賢能之際,提到劉邦、項羽相爭,項羽提議兩人之間決鬥,以免天下無辜遭殃,而劉邦用外交辭令拒絕。由此引出《西線無戰事》及當前的形勢之論,引用「含淚斬丁公,咬牙封雍齒」的說法,揭其刻薄;結合《西京雜記》的傳說,以「狗抓地毯」的歇後語去詮釋,又轉為俗語「江山易改本性難移」極言其父無賴難改,父子本性如此;又用高祖母夢蛟龍而孕的傳說,對這些所謂的史實加以評論。〔註168〕而在其〈食味小記〉中從《晉書》中張翰秋風起返鄉落筆,想起油炸鬼的傳說、元劇中的油炸鬼等諸種說法,相佐的還有「蝦餃」「海蜇」等,聯繫現實中這種「大眾化」食品難得,既在文思中懷鄉,又是對時局動盪百姓生活之艱苦的感慨,其諺語引用「寧為太平犬,不為亂世民」幾為該文的主題詞了。〔註169〕

上述散文中綜合組建已經不少,在小說中同樣常見。許欽文、王魯彥、王任叔的小說中都能找到各種民間文學信息,尤其是謠諺,綜合組建可以是將其作為一種意象式的資料,起到烘托氛圍的作用;也可以此確定主題,處理完全視作家的需要而定。綜合組建各民間文學的資料,其結果是不一定遵循原文本的意圖或特點,而是經創作成為作品的有機組成部分,具備了自身風格。

〔註167〕魯迅:〈無常〉,《魯迅全集》,卷2,頁272。
〔註168〕文載道:〈從大風歌說起〉,《萬歲》1943年第4期,頁19～23。
〔註169〕文載道:〈食味小記〉,《萬象》1943年第2年第8期,頁116～120。

二、浙東民間文學的仿用

魯迅在文談中提到「舊文學衰頹時，因為攝取民間文學或外國文學而起一個新的轉變，這例子是常見於文學史上的。」〔註170〕鄭振鐸也進一步指出，文人對民間文學的汲取是逐漸發展的，而一旦進入文人作品風行後，「他們漸漸的遠離了民間，而成為正統的文學的一體了。」〔註171〕民間文學的題材不僅成為作家們直接取用的寶庫，其自在的形式多樣化的手段，也啟迪著作家們創作創新的思路。模仿使用民間文學的形式、體例、技巧等，取法民間文學的特長，為己所用，可以使得作品翻陳出新，並適應其所提倡的走向民間的要求，在這點上，仿作也可以說是作家們走向民間的收穫。

1. 仿體例

多姿多彩的民間文學其體例眾多，且個性分明，不少浙東現代作家都曾模仿民間文學的各種體例創作。歌謠因其易懂易記的特點，是民間傳唱普遍的民間文學類型。歌謠有生產生活各種內容的反映，可以達到頌揚、諷刺、揭露等各種目的。周作人稱歌謠為「國民心聲」，是一民族之非意識的而且是全心的表現，但是非到個人意識與民族意識同樣發達的時代，不能得著完全的理解與尊重，但其吸引人之處在於「渾融清澈」〔註172〕。渾融清澈是其語詞、形式與傳情達意的渾然一體，明朗健康，這正是大眾需要的風格。

在「左聯」倡導「大眾化」時，魯迅在1931年底主編了《十字街頭》雙週刊（後改為旬刊），並發表了大眾化創作，其中有四首仿民歌的詩歌〈好東西歌〉〈公民科歌〉〈南京民謠〉和〈「言詞爭執」歌〉。這些詩歌是為工人、店員、市民所做，富有民歌通俗易懂、押韻順口的特色。後三首形式自由又大體整齊，一韻到底。運用口語來刻畫形象，〈好東西歌〉揭露南京國民政府置民族危亡之際不顧，〈公民科歌〉現身說法，歷數教育中「公民科」的內容，揭露其奴才教育之本質；〈「言詞爭執」歌〉諷刺國民黨一中全會上不同派系之間因利害衝突而勾心鬥角，發生所謂「言詞爭執」的種種醜態。〈南京民謠〉僅有四句，「嚴守傳統民謠的規矩，而文詞淺顯，過目即能成誦。」〔註173〕這些仿民歌的新詩將其在雜文中的諷刺運用到詩歌中，又發揮了民歌生動通俗

〔註170〕魯迅：〈門外文談〉，《魯迅全集》，卷6，頁95。
〔註171〕鄭振鐸：《中國俗文學史》（上海：上海書店，1987年），上，頁3。
〔註172〕周作人：〈海外民歌譯序〉，《周作人自編集·談龍集》，頁47。
〔註173〕高信：《北窗書語》（西安：陝西人民出版社，1992），頁203。

的特長，易誦易記，其效不輸雜文。〈我的失戀〉則是早在 1920 年代的創作，其副標題為「擬古的新打油詩」。所謂「擬古」是形式上模仿模擬了〈四愁詩〉，是形似，但其內容、方式上與〈四愁詩〉的「香草美人」的傳統是相悖的；「打油」說明以戲謔的方式書寫，其意象貓頭鷹、冰糖壺盧、發汗藥、赤練蛇粗淺混亂，佳人與「我」的不回應，「我」的情感不斷變化：「心驚」「胡塗」「神經衰弱」到「由她去吧」，都消解了〈四愁詩〉中傳統的愛情追求與回應。這正是孫伏園解讀所說的：怎麼說是「新打油詩」呢，因為他擬的只是外形，詩的內容卻仍是他自己的根本思想。例如「回她什麼」以下的四樣東西，就與張衡原詩「何以報之」以下的四樣東西大不相同，一看似乎很有「打油」意味。〔註 174〕該新打油詩又具有民歌中滑稽歌的特徵，通過有意顛倒或混淆現象、事物間的正常的邏輯聯繫關係，用語鄙俗、淺顯，從而產生荒誕可笑的反傳統效果。

周作人收集兒歌，自己也寫過仿兒歌的《兒歌》：小孩兒，你為什麼哭？／你要泥人兒麼？／你要布老虎麼？／也不要泥人兒，／也不要布老虎；／對面楊柳樹上的三隻黑老鴰。／哇兒哇兒地飛去了。〔註 175〕他認為兒歌可以包括兒童唱的兒歌和母親唱給兒童聽的母歌，因此，其內容上有的淺顯直白，而有的又稍深奧，這則《兒歌》以對答的形式，將幼童哭訴的場景描述出來，模擬了兒童的口吻和其表述方式，生活氣息較濃厚。

竹枝詞原為民歌，後文人仿用之，周作人的竹枝詞創作是比較成規模的。

圖 6-4　豐子愷配圖歲時節俗生活詩〔註 176〕

〔註 174〕 中國社會科學院文學研究所魯迅研究室編：《1913～1983 魯迅研究學術論著資料彙編》（北京：中國文聯出版公司，1985 年），卷 1，頁 105～108。
〔註 175〕 周作人：〈兒歌〉，《新青年》1920 年第 8 卷第 4 號，頁 216。
〔註 176〕 周作人詩，豐子愷繪，鍾叔河箋釋：《兒童雜事詩圖箋釋》（文化藝術出版社，1991 年），封腰正面圖案。

　　《兒童雜事詩》實其於 1940 年代末，身陷囹圄時的仿民歌特別是兒歌的創作，並輯錄成冊，共七十二首詩，分甲、乙、丙三編，分作兒童故事和兒童生活。雖然詩作正式發表是在 1950 年後，但其寫作較早，其中最豐的為「兒童生活詩」，有 1947 年夏日寫得甲編 24 首和 1948 年 3 月補得丙編 24 首。他在《甲編附記》解釋其內容時說，「兒童生活詩」因著文體上是竹枝詞的一種，內容遷就文體，便有了「歲時」「地方」的材料，丙編更納入「名物」。在其生活詩中，將兒童生活的歲時節俗、地方風味及名物各方面一一寫去。周作人對於民俗意象的諳熟和長期積累，也使其能將這些民俗意象轉化為民謠、兒歌的素材，用通俗淺近的語言加以傳達。如對書房小鬼頭的淘氣頑皮的描摹：書房小鬼忒頑皮，掃帚拖來當馬騎。額角撞牆梅子大，揮鞭依舊笑嘻嘻。〔註177〕入塾讀書的小兒貪玩，可以一切當做玩具，玩耍不小心撞到牆上，也不改嬉笑神態，充滿了童趣。兒童經歷各種浙東民俗活動，同樣娓娓道來，頗有情趣，如過立夏：新裝扛秤好秤人，卻喜今年重幾斤。／吃過一株健腳筍，更加蹦跳有精神。〔註178〕立夏時節浙東地方有疰夏之說，孩童稱體重，吃食中要吃「健腳筍」，有快快成長之意。

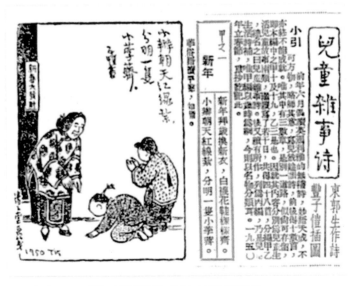

圖 6-5　豐子愷配圖《兒童雜事詩》〔註179〕

〔註177〕周作人：〈甲之十・書房〉，《周作人自編集・老虎橋雜詩》，頁 61。
〔註178〕周作人：〈甲之十二・立夏〉，《周作人自編集・老虎橋雜詩》，頁 62。
〔註179〕周作人詩，豐子愷繪，鍾叔河箋釋：《兒童雜事詩圖箋釋》（北京：中華書局，1999 年），封面畫。

　　周作人的文人趣味是其在創作竹枝詞是比較注重的，他欣賞竹枝詞中百詠類所體現的趣味性，將其喻為「韻文的風土志」，說：百詠之類當初大抵只是簡單的詩集，偶而有點小注或解題，後來注漸增多，不但說明本事，為讀詩所必需，而且差不多成為當然必具的一部分，寫得好的時候往往如讀風土小記，或者比原詩還要覺得有趣味。〔註180〕這就要求在內容大致確定的前提下，語言上能兼及通俗與雅致。周作人的《兒童雜事詩》在語言上選用方言以主，照顧到語言的可讀可聽，體現強烈的地方色彩。對於有些方言中出現的名物可能其他地方的讀者不一定知曉，他又往往加以簽注，在這一點上，該詩集比范寅的《越諺》做得更加細緻。如他〈火螢蟲〉篇先將原文抄錄：階前喜見火螢蟲，拍手齊歌夜夜紅。葉底點燈光碧綠，青燈有味此時同。又注云：越中方言稱螢火為火螢蟲。兒歌云，火螢蟲，夜夜紅。〔註181〕注釋中保留兒歌原文，在詩句裏則汲取兒歌的語言素材，融入七言絕句中。周作人說理想的語言是「雅致的俗語文」，即：

> 以口語為基本，再加上歐化語，古文，方言等分子，雜糅調和，適
> 宜地或各盡地安排起來，有知識與趣味的兩重的統制，才可以造出
> 有雅致的俗語文來。我說雅，這只是說自然，大方的風度，並不要
> 禁忌什麼字句，或者裝出鄉紳的架子。〔註182〕

在其《兒童雜事詩》中數量多的「兒童生活詩」多為口語化的白話詩，簽注則融有文言。可讀性較強。如〈一顆星〉其文為：夏夜星光特地明，兒歌啁喳劇堪聽，爬牆唬蟻尋常有，踏殺綿羊出事情。其〔簽釋〕為《越諺》卷上孩藉孺歌之屬第十七，注云：「相傳嘉慶時，召越人之部書者，外人混稱，輒簡此諺，其真者必笑曰，童習語也，誦之如流。」錄有歌詞全文。簽釋典雅簡練，與兒歌的通俗形成一種有趣的張力。其實兒歌與其中所錄的〈一顆星〉的異文不少，周作人解釋為：「蓋兒歌重在音節，多隨韻接合，義不相貫，如『一顆星』及『天裏一顆星樹裏一隻鷹』『夾雨夾雪凍死老鱉』等，皆然，兒童聞之，但就一二名物，涉想成趣，自感愉悅，不求會通，童謠難解，多以此故。」〔註183〕

〔註180〕周作人：〈關於竹枝詞〉，《周作人自編集・過去的工作》，頁4。
〔註181〕周作人：〈丙之八・火螢蟲〉，《周作人自編集・老虎橋雜詩》，頁76。
〔註182〕周作人：〈《燕知草》跋〉，《周作人自編集・苦雨齋序跋文》，頁135。
〔註183〕周作人：〈兒歌之研究〉，《周作人自編集・兒童文學小論》，頁37。

　　周作人的竹枝詞從類別上是仿民歌，又是對兒歌等民間文學的化用。但其仿作在內容上以民俗生活為主，語言上以白話表述，郎朗上口，接近兒歌的要求，保留了竹枝詞清澈通透的特點。其簽注的書寫多以文人的口吻介紹、解釋，揭示其名物、活動的來龍去脈，使得其內容更加通俗易懂。同時，周族人也以自己的雅趣和對語言的嫻熟運用提升了詩作的品格，簽注的文言趨向也讓竹枝詞整體上，文白交融，雅俗相輔相生。

　　有獨立的仿民歌之作，也有作為部分內容存在於小說等文體中的。如許欽文在〈琲郎〉中對歌謠的仿用，開篇即用了女性出嫁的歌謠：嫁了一個捕魚郎，狂風大雨真難當！／嫁了一個砍柴郎，豺狼虎豹不勝防！／嫁了一個做官郎，半夜五更要審堂！這是常見的婦女生活歌，以描述婦女家庭婚戀生活為主，民歌通過各種平民婦女的婚嫁方式，吐露其婚姻、生活的多艱。這個民歌現在查不到出處，但其表達與婦女生活歌類似。但小說中的婦女在唱出上述狀態後，又緊接著一個大轉變，唱到：

> 寧願嫁個捕魚郎，早出晚歸來同房！／寧願嫁個砍柴郎，到了晚上
> 共一堂！／寧願嫁個做官郎，天天早晨同在床！／寧願有名有聲的
> 做個小孤孀，不願不明不白的守空房！／啊呦，我一天到晚守空房，
> 真真是個活孤孀——！〔註184〕

這後半部分是明顯的仿作，後面加上了個體的心聲。小說中婦女無名無姓，是個普通之至的現代留守者。丈夫在外，只能過年回家。妻子打理照料家中的田產、地租和祭祀等等。作為妻子的日常就像其歌謠中所唱的整天守空房，其痛苦不在於物質的短缺，是在孤寂無聊，缺乏情感的響應。小說為要表現其痛苦，一開始就用了民歌對沒有保障的婦女種種生活狀態做了敘述，而後仿民歌更進一步，道出即使如種種艱難，也勝過自己目前的狀態。這歌謠出自獨守女房東之口，寫活了空虛孤寂的心理，抒發了孤獨落寞情緒。小說在通過這一仿民歌確定女房東的寂寥百無聊賴的狀態後，又將其空白的情感生活跟門房佃戶夫妻生活作為對照，以凸顯其孤單；後續丈夫回家的不和諧，女兒的去世等諸情節，將無處可去無可依託的琲郎推向了空門，其命運響應了民歌中所唱的內容。琲郎的悲劇是女性留守者悲苦的反映，相似於漂泊者的流離，她也是古典詩詞中空守閨房翹首盼望丈夫婦女的現代延續。在現代社會的轉型中，經濟發展的不平衡，上海、杭州、寧波、紹興等城市吸引了大

〔註184〕許欽文：〈琲郎〉，《許欽文小說集》，頁82。

量鄉鎮勞動力和人才，城市化進程伴隨著農村空心化，浙東是較早感受到這一問題的地區，許欽文寫出了變動中女性的另一種悲劇，也是半個世紀後中國大地上中西部地區出現更多留守者的痛苦的預演。

民歌外在形式特徵明顯，仿作一目了然，其他體例的仿作也散見於各類文章中。如王任叔〈逆轉〉中的童話。這是在浙東海濱招寶山下，小學教員沙洛夫與門房一家，這個奇特的一家子有三代人，其祖父張阿土為兒子虎彪的志氣自豪，兒子先在上海的日本船上做水手，後戰爭爆發後毅然離開日本船去參加戰鬥。兒媳婦和寶寶都盼望著家人從上海歸來，「我」與這一家子上下樓，又由她們包飯，因此介入了她們的生活，多次聽到媽媽給孩子講故事：

> 寶寶在夢裏，將會看到爸爸掛著帆兒回來。滿帆的星星，滿帆的珠子，滿帆的花兒……帶給寶寶來玩了。還有那船底下，大大小小千萬條的青魚，星星一樣魚眼睛，浮在船舷旁……魚眼睛也變做了珠子，變做了花……也帶來給寶寶玩了。〔註185〕

> 爸爸回來了，帶你娘和你一淘兒過海去，去到一個國度裏，去到有花有星有月亮的國度裏，去到老爺們不吃金子，小姐們不吃珠子的國度裏去。〔註186〕

這是極富於想像力的故事，以寬廣富饒的大海、各式各樣的船和神奇的星空組成了一幅美麗的畫。在海濱漁民們的想像中，這所有海洋給予的都是瑰寶，都會轉化為珠子和鮮花，在這樸實的故事中，寄託了漁民們的美好想像與願望。這也是理想的童話世界，是沒有了階級壓迫沒有窮苦的世界。小說從一開始沙洛夫收到女友淑雲被羈押審查犧牲的信件，沉浸在悲哀憤懣中；而張阿土家的希望來自於虎彪描繪給妻子聽的理想化世界，她將這一理想轉化為童話再描述給懵懵懂懂的孩童聽。小說中現實的犧牲（包括淑雲與虎彪）與童話世界是兩個極端的世界，童話映襯出現實的殘酷，也是童話的美麗，召喚著讀者，增強要推翻這一世界的決心。當然，從文字上，這幾個童話的仿用並不具有明顯的文體意識，在語言表達上過於書面化，是不太像童話的仿童話。

徐訏《眉毛的故事》其副題為「成人的童話」，更似民間故事之作。該作分四節，第一節寫富有的小姐從小被嬌生慣養，因為玩玻璃杯不慎打碎玻璃，

〔註185〕王任叔：〈逆轉〉，《申報月刊》1934 年第 3 卷第 1 期，頁 128～129。
〔註186〕王任叔：〈逆轉〉，《申報月刊》1934 年第 3 卷第 1 期，頁 129。

眉毛上落下了疤痕，眉毛分了四段；長大後疤痕不消，終日鬱鬱寡歡。第二節在家人開導下，遍訪名醫，卻無結果。第三節女朋友們幫助下，結成社團，為其才女出了〈婦女眉毛四段論〉，掀起了從鄉間到城市的女權運動，但運動響應者不多，且響應者很快又回覆原狀。第四節是寫運動落幕後，父母為其去廟裏求菩薩，得了兩包外搽內用的香灰，不期卻彌補了眉毛；後小姐香灰改為炭條，變成了最美的美人，引領了時尚的潮流；眾人紛紛仿傚，全世界的美容館研究畫眉，化學師研究畫眉膏，故事大團圓結束。最後點出主旨：因為假的真的一樣，這只是服從的表徵。〔註187〕在這個故事的創作中，徐訏遵守了民間文學故事敘述的一般規則，即其結構上分幾個階段，故事的緣起到發展，看醫生不行轉而發起運動，運動轟轟烈烈開展，但又遇到阻塞，到最後巧遇機緣峰迴路轉，這是民間故事常見的情節和結構，到最後點出其中心寓意。其語句的表述也都儘量平實通俗，符合民間文學中故事的基本要求。柯靈散文〈望春花的故事〉也編過望春花的童話故事：少女望春花為了尋找春天而憔悴，第一個向大地傳回春的消息，可自己因勞累而發出最後的慘白的微笑。故事將望春花擬人化為追尋春天的少女，其一路跋涉，對應著寒冬的蕭瑟，當她報出春天的氣息時，大地開始蘇醒過來了，小草冒出了綠色，百花開始開放了，春天欣欣向榮生機勃發之際，卻是望春花凋落之時。童話將花擬人化，抓住其物理屬性，又在時間上突出其特點，這樣就巧妙地仿做了預報春天的望春花童話。文中作者說終究缺乏想像力和勇氣，始終沒有完成童話，其實已經有了關於望春花的童話之作。王魯彥也於1925年創了童話〈小雀兒〉。以上幾篇仿作從結構、語言等方面能扣住這類體例的特點，並較好運用象徵性思維，對於抽象神秘的非經驗加以解釋，使神秘的自然現象和深奧的人生道理，在簡單化故事中容易被理解接受。

　　王季思在《大路週刊》的專欄「聲俗齋隨筆」中還仿用了寓言，做了〈狐與虎〉的寓言。其曰老虎看中狐狸女兒，狐狸猶豫不決，不嫁惹不起，嫁了也麻煩。此時狼過來祝賀道：生個五女三男，便是外公爺了。狐狸回曰：「五女三男非所望，得免臊命是幸。」結尾處，作者說：此狐不但幽默，兼饒風度，所惜的是為了一條臊命，終於屈辱言和，若論識見，實尚出江精衛輩上也。〔註188〕以狐狸與老虎的動物間勢力做譬喻，點出狐狸在選擇上的兩難之境，

〔註187〕徐訏：〈眉毛的故事〉，《人世間》1939年8月創刊號，頁37～41。
〔註188〕季思：〈狐與虎〉，《大路週刊》1939年第32、33合期，頁34。

影射了當時的汪精衛投降主義做法。與一般雜文隨筆相比，仿寓言藉助於故事來說理，生動形象，道理最後明確，有令人豁然之感。這一仿寓言之作對於報刊雜誌的大眾讀者，比起板起臉的嚴肅說教，不失為好方法。

在民間，小戲、說唱有著極大的市場，為迎合讀者的需求，有的雜誌專門設相似欄目吸引文人仿作。《飯後鐘》雜誌就專門設置了各種民間喜聞樂見的樣式，其「小新聞」多以各種「唱新聞」「宣卷」「唱道情調」「五更調」等，對各種社會現象以民間說唱形式採寫，可以飯後茶餘手執一編，「唱唱山歌看看笑話」。〔註189〕「唱新聞」為浙東鄉間普遍的民間說唱。夏天傍晚落日後，村民聚集納涼之際，負鼓的盲翁搭著其妻或子出現了，這原為丐戶一種求乞之道，敲鼓吸引了納涼的眾人，大家付出多至幾百銅錢的代價，就可以唱兩三小時。王魯彥〈童年的悲哀〉中有說鄉間音樂少聞，只有瞎子算命，夏夜有敲著小鑼和竹鼓的瞎子唱新聞，祠堂秋收後敲洋琴唱臺書，二三月間賽會時的鼓圖樂器才比較熱鬧。〔註190〕其開場為「天上星多月弗明，地上山多路不平，朝中官多出姦臣，新聞出在哪一村，就出在……」開場，其內容多才子佳人悲歡離合。〔註191〕為要說唱，其事在題多用對仗，造成前後對應，在對應中一可以設置矛盾，揭露其可笑荒誕不經之處，二可以在聽覺上再繼續加強。「新聞唱出南門外」是以唱新聞的形式，唱了〈小店生引賭搶風米蛀蟲吃煙叫局〉之類的社會現象。〔註192〕

宣卷有唱有和，但在報刊中仿用其體例時，並不嚴格照此。如「文明宣卷罵聲多」中有〈莫怪阿拉翻蛆，但求菩薩保佑〉，說「歪卷初展開，菩薩哈哈說，聽唱新聞頂要緊，那呀那罵佛，迷多佛」為開場，後面對水手販賣煙土、流氓開賭場、教師迷於賭博、田主催租、主筆要稿等現象逐一編入，有的批評有的調侃。其中利用諧音，將原宣卷中的「彌陀佛」的和唱一一嵌入到情境中，分別出現了「糜舵佛」「彌肚佛」「米大佛」「瞇渡佛」「迷賭佛」和「迷大佛」，最後以「那呀那光景，那呀現世寶菩薩」為結。〔註193〕〈小流氓

〔註189〕曼倩：〈飯後鐘贊〉，《飯後鐘》1921年第11期，頁7。

〔註190〕魯彥：〈童年的悲哀〉，《小說月報》1929年第20卷，頁1715。

〔註191〕文載道：〈故鄉的戲文〉，《中藝》1943年第2期，頁7。

〔註192〕風涼：〈小店生引賭搶風米蛀蟲吃煙叫局〉，《飯後鐘》1922年第2卷第3期，頁5～6。

〔註193〕風涼：〈莫怪阿拉翻蛆，但求菩薩保佑〉，《飯後鐘》1922年第2卷第3期，頁5。

之行騙術〉是用了「唱道情調」的形式，其副題為「公子少爺與之交，長衫都要不見了」，正文為小流氓以各種手法引誘少年郎，行敲詐之實，規勸各家年輕人要擦亮眼睛防騙防敲詐。〔註194〕有仿「五更相思調」的〈白苧鄉農之田社〉，其副題為「大吹大擂大吃大喝」，從一更唱到五更，把田社裏鼓手吵鬧，道士做法事、燒紙錠，酒鬼發酒瘋，狗兒大叫，一幅村落中的荒唐可笑的百態化入唱詞中。後面還有「蘇灘」「上海碼頭調」以及「新山歌」等說唱之作。內容上及時事、地方新聞、社會文明等等，用民間文學的形式，是大眾化的一種可行方式。這些仿民間文學之作，多用吳方言，其中有的篇章針對性十足，有相當的警示教育意義；也有繁雜無聊，題材平庸無奇噱頭大以獵豔滿足小市民的口味的；也不免文字粗俗格調低下之作。其作品有文人仿作也有收集之作，內容各異，是社會世情的一個面影。

2. 仿技巧

民間文學種類多，其所用的技巧各有特色，但從總體上看，其口傳的特徵決定了更重視「流動的語言」，常用同音異意的表現法及諧音，是民間文學中是最常見的手法，而在用書面語言具有固定形式的文人創作中極為罕見。〔註195〕這指出了民間文學的語言特別擅長於「聽」與「記」，即能上口入耳，常用的技巧如諧音、押韻、對仗等修辭手法。另外，在言說論理方面，比喻、起興作為民間語言交流中常用的一種策略，將社會的觀察、人生的閱歷等積累傳承下來，是民間語言中的經驗寶庫。

諧音在作家的創作中單獨出現不多見，比較典型的如《紅樓夢》中通過人名的諧音以揭示一定的意義。也有的作家在其作品中名字上做文章的，上述民俗部分中已經提及，浙東起名的風俗以寄託希望的，有賤名求好養的，有補足五行不足的，以此視角來分析，有些作品會獲得不一樣的印象。如王魯彥〈銀變〉中的老闆名趙道生，看似寓意良好，但在浙東吳方言中，道生卻與「盜生」「逃生」同音，是民間常用的詈言，指的是私生子。魯迅在〈離婚〉中愛姑回擊其丈夫時賭咒辯解說：「那個『娘濫十十萬人生』的叫你『逃生子』？」其中「逃生子」作者原注即為「私生兒」。〔註196〕「道生」在方言中是十分明顯的，深深理解原鄉鄉土民情又善於挖掘人物內心的作家不會不明

〔註194〕風涼：〈小流氓之行騙術〉，《飯後鐘》1921 年第 11 期，頁 4。
〔註195〕鍾敬文：〈民間文藝學的建設〉，《藝風月刊》1936 年第 4 卷第 1 期，頁 27。
〔註196〕魯迅：〈離婚〉，《魯迅全集》，卷 2，頁 151。

了其中的方言讀音，他在為這個伺財作亂的老闆命名時，是寓有隱意的，只是普通不諳吳方言的讀者不會深究其中之意。

魯迅〈長明燈〉中出現的孩子們的謎語和兒歌已經有學者有過研究。村人在商量關押「瘋子」時出現了一群孩子，他們猜了個謎：白蓬船，紅劃楫，／搖到對岸歇一歇。／點心吃一些，／戲文唱一齣。孫伏園分析這一用意使得小說充滿了詩意，將這一詩意與瘋子的被關押反抗並置造成了一種強烈的對照，孩子們的猜謎中出現的紅劃輯、航船、唱戲再現了當事人的現場環境。巧妙的是小說結尾處通過諧音，把謎面和瘋子的「放火」、「熄燈」混合串聯在一起，透過孩子們臨時自編的兒歌形成了參差對照：白蓬船，對岸歇一歇。／此刻熄，自己熄。／戲文唱一齣。//我放火！哈哈哈！／火火火，點心吃一些。／戲文唱一齣。〔註197〕孫伏園認為對照的處理使得小說的詩意更加濃鬱，這詩意與殘酷的並置對照還原了社會環境，突出了現實境況，而對於兒歌、謎語的借用無疑增強了這一效果。〔註198〕這一詩意做法與其〈藥〉中文末齣現的花環效果是相似的。

劉大白《賣布謠》吸取了民歌民謠的題材、技巧創作而成。劉大白詩歌有抒情詩、說理詩和社會詩三大類，社會詩集中於《賣布謠》，如〈收成好〉〈田主來〉〈新禽言之群〉等詩作，歌唱勞工神聖，呈現農民之苦，「大白要算是第一人」。〔註199〕《賣布謠》中大量用了比興的手法起頭，特別是《新禽言之群》中，如有〈掛掛紅燈〉兩首，〈渴殺苦〉及〈布穀〉等詩作，其題材從浙東兒歌中來，融入了新的主題。〈掛掛紅燈一〉中以：「掛掛紅燈！掛掛紅燈！」開題，接著「快快天晴！快快天晴！」是農民希求天晴才有可能有好收成的願望的強烈表達，後面再進一步解說為何求天晴要好收成，否則就會餓殺妻小，更有田主逼討。〔註200〕〈掛掛紅燈二〉則唱出了「我要光明」。〔註201〕「掛掛紅燈」從浙東兒歌中來，本為模擬斑鳩的叫聲，農人認為其叫聲可以分辨天氣晴雨。紹興有兒歌〈渴殺鵠〉，《越諺》將之置於「翻譯禽音之

〔註197〕魯迅：〈長明燈〉，《魯迅全集》，卷2，頁66。

〔註198〕孫伏園：〈魯迅先生的小說〉，《魯迅研究月刊》1991年第9期，頁28～29。

〔註199〕張露薇：〈論劉大白的詩〉，蕭斌如編：《中國現代作家選集·劉大白》（香港：三聯書店，1994年），頁251。

〔註200〕劉大白：〈掛掛紅燈一〉，《賣布謠》（上海：開明書店，1929年），頁34～35。

〔註201〕劉大白：〈掛掛紅燈一〉，《賣布謠》，頁36～37。

諺」下，歌內在「渴殺鴣」後注曰：「呼雨」，在「掛掛紅燈」之後注曰：「求晴」，末注：「鳩」。周作人收集的《紹興兒歌集》中，收錄《渴殺鴣》的歌謠：「渴殺鴣，渴殺鴣。掛掛紅燈，掛掛紅燈」後，其小注說明為：「斑鳩俗稱野鵓鴣，兒童聽其鳴聲緩急，以占晴雨。急鳴曰渴殺鴣，或云渴殺者鴣，主雨，稍緩則云掛掛紅燈，主晴。但有時哀呼，又解作『天公公落雨』，意云老天爺下雨吧。」〔註202〕劉大白以「掛掛紅燈」起興，進入農民心聲的表達，重章複沓，又結合頂真的修辭方法，將其心願一層層剝離開來。劉大白作為「白馬湖作家群」詩人，其詩歌能廣泛採納民間文學的資源，其詩在表現對貧民的同情和關切時，其情感是實在而真實的，相當接地氣；又能以深厚的古典詩詞功底加以鍛鍊，詩思具有相當的深意，讀來能令人有所觸動，是雅俗可賞的。

　　直接用大眾白話寫作，當然更能體現其地方色彩。如王任叔詩歌〈女工的歌〉：

> 虛偽的道德家，請你們想一想，／我做工的女兒（家），只有這件事情真心傷，／日裏末，（他）老著臉皮扣起工錢一絲一毫無情讓，／夜裏末，摸摸索索「心頭肉呀，心肝肉呀，讓我的一躺。」／／唉，吸我膏血的固然是這般大流氓，／卻原來，劫我處女的花冠的也是這般「鬼無常」。

這首用方言寫成的詩作發表在李偉森編輯的《少年先鋒》（1926年11月2日）上。詩中他以第一人稱工人階級代言人的身份，通過獨白揭露管理監督工人的那摩溫，日夜兩張嘴臉，白天的無情與夜晚的無賴合在一起，表達了女工的憎恨而無奈之情。王任叔諷刺教書先生做的打油詩也使用方言表達：先生日日坐在房中央，好像一個新嫁娘，聽阿拉講堂當戰場，捫聲也勿響。「捫聲」在寧波話中意為內斂毫無動靜，先生對課堂不管教，無力管教用「捫聲勿響」，方言可謂傳神之至。

　　民間戲曲中的「油滑」，在浙東戲曲藝術中有「二丑」的角色，是利用小配角插科打諢，既有調劑氛圍的作用，也能對現實予以強烈諷刺這在戲曲中比較普遍被使用。魯迅都將其用作《故事新編》中，〈采薇〉中對伯夷叔齊加以諷刺的婢女阿金，〈起死〉中的巡警等人都具有這種二丑的作用。

〔註202〕陳泳超：〈周作人手稿《紹興兒歌集》考述〉，《民間文藝論壇》2012年第6期，頁16。

第三節　民間文學精神的滲透與轉換

　　浙東作家從小在浙東民間文學的環境中成長，如袁可嘉在回憶自己童年時所說，家有一些藏書，「我七歲啟蒙後，就愛看這類書刊，特別是《西遊記》使我入迷，幾乎夜夜夢見孫悟空。」〔註203〕晚年的周作人還說「大頭天話更番說，最愛捕魚十弟兄」。〔註204〕這類「大頭天話」和童話故事，既滿足了作家好奇、愛幻想的天性，也開啟了他們奇特想像的思維能力，進而學習、理解民間文學，從根本上講這正是他們走向民間的起點，也是他們能在創作中，利用民間文學的題材，仿用其形式技巧的前提。這些對民間文學的吸收都是顯性的，更重要的是，民間文學精神滲透進入其思想和創作體系中，他們以轉化完成對民間精神的改造。

一、民間文學精神的吸收

1. 反抗性精神

　　浙東民間文學中表現出的精神，最為突出的要數以句踐臥薪嚐膽故事為代表的反抗性精神。產生於古越國的這種精神到了晚清逐漸演化，在近現代中國受盡列強欺辱的歷史情境中，古越王句踐與吳王夫差的形象，和句踐臥薪嚐膽一雪國恥的故事，被不斷演繹，上升為民族傾覆危亡之際的兩種選擇和命運。句踐臥薪嚐膽的故事與岳飛的故事等成為被普遍言說最富教育意義和啟迪性的範本。柯文（Paul A.Cohen, 1934～ ）對 20 世紀中句踐故事的言說做過具體梳理。圖6-6為市民千字課中的一頁，為成年市民識字之用的教材，圖文結合，生動易懂。圖中句踐形象與當時受盡欺凌的國民對應起來，其教育意義不言而喻。句踐故事可以有多層面多角度的解讀，首先是直面失敗，不畏強敵，勵志圖精，調動一切力量，終能一雪前恥，這也是孕育了現代作家的浙東民風的關鍵。「這種古越之風在代代傳承中凝聚為越人一種特有的文化心理，即當事關民族大義臨難不苟的精神追求。」〔註205〕它與古越初民的任勇善鬥結合在一起，表現出強烈的為雪恥復仇而拼搏圖強，奮勇上進。現

〔註203〕袁可嘉：〈我與現代派〉，《詩探索》2001 年第 2 期，頁 3～4。
〔註204〕「捕魚十弟兄」注解為十兄弟均奇人，有長腳闊嘴大眼等名，長腳入海捕魚，闊嘴一嘗而盡，大眼泣下，遂成洪水，乃悉被沖去云。周作人：《丙編·四故事》，《周作人自編集·兒童雜事詩》，頁 75。
〔註205〕潘起造：〈浙東學術的地域文化淵源及其文化精神〉，《浙江社會科學》2006 年第 4 期，頁 106。

代作家首先在作品中肯定與讚美反抗力量、反抗精神。

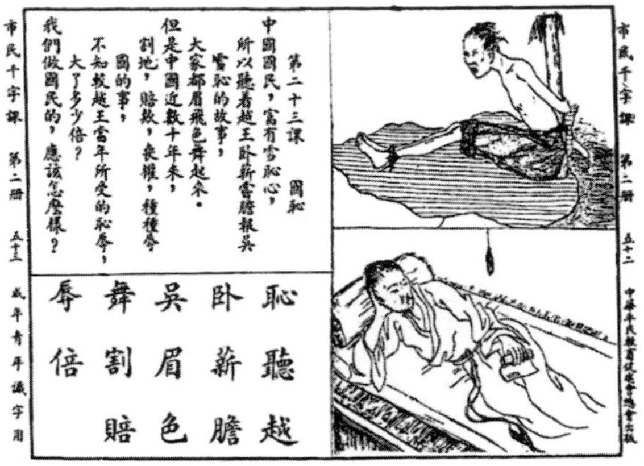

圖 6-6　市民千字課中的句踐故事〔註 206〕

　　魯迅在〈論雷峰塔的倒掉〉中引用祖母在其幼時對其講的西湖白娘子的傳說，說「大約是出於一部彈詞叫做《義妖傳》裏的」。〔註 207〕白蛇傳故事在江浙有許多異文，發展出各種民間文學類型，是家喻戶曉的傳說，也與西湖十景中的「雷鋒夕照」「斷橋殘雪」產生了關聯。在魯迅聽到雷峰塔倒掉後，他認為民意為此是欣喜的，「凡有田夫野老，蠶婦村氓，除了幾個腦子裏有點貴恙的之外，可有誰不為白娘娘抱不平，不怪法海太多事的？」〔註 208〕白蛇傳被列為現代中國四大傳說之一，關於該傳說的由來與演變，學界研究成果非常豐富，一般認為起源於北宋的河南湯陰的許家溝「連眉配犢子」，後演化為話本「白蛇鬧許仙」，到馮夢龍的《警世通言》第二十八卷〈白娘子永鎮雷峰塔〉故事成型。鄭振鐸所收的明末崇禎間彈詞《白蛇傳》為最早的彈唱故事。清初黃圖珌的《雷峰塔》（看山閣本）以白蛇被鎮壓在雷峰塔下為結局。到方成培的《雷峰塔傳奇》（水竹居本）中，從第一卷的《初山》《收青》直到第四卷的《斷橋》到《祭塔》，故事更加完整，該戲劇的本子因被乾隆預覽而傳播廣泛。道光年間出現彈詞《義妖傳》，其在民間風行，又有《後義妖傳》。〔註 209〕白蛇故事從《警世恆言》到彈詞已經發生了極大

〔註 206〕〔美〕柯文：《歷史的言說：句踐的故事在 20 世紀的中國》(*Speakng to History: The Story of King Goujian in Twentieth-century*), (University of California Press, 2009), p.58.

〔註 207〕魯迅：〈論雷鋒塔的倒掉〉，《魯迅全集》，卷 1，頁 172。

〔註 208〕魯迅：〈論雷鋒塔的倒掉〉，《魯迅全集》，卷 1，頁 172。

〔註 209〕申翁：〈南詞彈詞鼓詞沿襲傳奇說〉，《戲劇月刊》1935 年第 4 卷第 6 期，頁 16。

的變化，小說中許仙被度坐化前留下的警句詮釋的是佛家的色空觀。彈詞也有成仙成道得功名的因素，法海法力無邊的形象沒有改變，但白娘娘的人情味已增加，成為一個敢於衝破封建教條的勇敢女性。彈詞深受婦女們喜愛，在其中她們可以充分抒寫自己的情思，發揮其詩才和不平之聲，彈詞雖冗長，卻是婦女們消遣的好讀物。〔註210〕「白蛇傳」傳說中法海作為維持秩序的一方，是站在白娘娘對立面的，白蛇與許仙的幸福家庭生活因遭法海的干預而家破人亡，該傳說「正較好地反映了在封建社會中青年男女追求幸福婚姻的美麗理想，和對封建婚姻制度的頑強的反壓迫精神，這些是近代大多數此型傳說的總的思想情緒」，〔註211〕也是魯迅所說的民意對白娘娘的同情所在。他還以吳越「蟹和尚」民間風物傳說為印證，浙東民間有種蟹為和尚蟹，其殼形圓而光滑，掀開蟹殼，殼內有形似羅漢臉的一面，民間傳說中以為這就是「水漫金山」後玉皇大帝要捉拿只好躲在其中的法海和尚。〔註212〕這兩個傳說聯繫在一起，可以確認民間對法海的嫌惡之情，他們以為法海需要被正義力量懲戒，正是源於對白娘子和許仙的同情，對平靜幸福家庭生活的嚮往。魯迅引用白蛇傳討論並明確對爭取愛情自主的白娘娘的同情，這種對民間反抗力量的支持也充分表現在其他作品中，雜文尤其明顯，在對各種時事現象、社會文化批評時，他總是站在弱者的一方，為他們受迫害壓制而發聲。

「白蛇傳」是對反抗的同情，楊蔭深所寫的梁祝傳說表達的是同樣的態度。在梁祝傳說中化蝶所體現的變形神話來源之一，「韓憑」妻子的化蝶就讚美了夫婦堅貞愛情，該梁祝故事中的反抗可以有兩個層面的表現。其一是祝英臺為首的女性對既定世俗規範的反抗。作為女性祝英臺在傳統的倫理規範中只需要守「女誡」，求知就是挑戰「女子無才便是德」的陳規，更無須提外出求學。可是祝英臺偏偏不遵循這一世俗的觀念，她改裝易服外出求學，與男同學結拜金蘭，同吃住，還能嚴守婦女的貞潔。向培良評此劇的祝英臺是「婦女運動的健將」。該劇因易於上演而被學生社團多次搬上舞臺。〔註213〕祝英臺還影響了其丫鬟梅香，後者逐步認識到加於女性之上的種種規範的不

〔註210〕鄭振鐸：《中國俗文學史》，頁454～455。
〔註211〕 譚達先：〈白蛇傳〉，《中國四大傳說新論》（臺北：貫雅文化視野有限公司，1993年），頁151。
〔註212〕魯迅：〈論雷鋒塔的倒掉〉，《魯迅全集》，卷1，頁172。
〔註213〕鄭績《浙江現代文壇點將錄》，頁55。

合理，她們身上反抗世俗對女性的約束是強烈的。其二是梁祝對自主愛情的追求。梁祝愛情是建立在自由戀愛基礎之上的，祝英臺讚賞梁山伯才乾和人品，才自願以身相許，並希望通過父母之命媒妁之言得到正式認可，只是在父母的干預下落空了，祝英臺最後只能殉情來反抗。

　　四大傳說以外，魯迅〈奔月〉也寓有讚美反抗之意，該小說將「后羿射日」與「嫦娥奔月」兩個神話合二為一，題材上「射日是抗暴的象徵，奔月是爭自由的象徵」，「射日與奔月的傳說並不是無稽的神話，而是幾千年來從正義的人民的生活經驗裏留下來的歷史上的真實的教訓」。〔註 214〕魯迅在小說中賦予這一理想女性以人的正常欲望和思想，小說中的嫦娥天天吃「麻將麵」，看同樣的人和事，整天唉聲歎氣，對后羿沒有好臉色，厭倦了日常世俗生活。當可以改變現實時，嫦娥自是不會錯失機會，因此，偷吃仙丹奔月是她嚮往新生活之舉，也是對既定社會和家庭秩序的背離。此後嫦娥這一形象就被賦予了敢於抗爭的精神。譚正璧（1901～1991）的〈奔月之後〉則將嫦娥塑造成具有女性主義色彩的人物，她在跟后羿的對談中說：「一個人如果不改變他的生活，僅僅延長他的生命，這對他有什麼意思？」〔註 215〕從魯迅〈奔月〉得到啟示的吳祖光（1917～2003）對魯迅在小說中的結構、描寫和對話都高度評價，甚至採用了其中的部分進入到其第二幕的後半部分中，他希望能以此來詮釋民間「抗暴」「爭自由」的真理。〔註 216〕

　　反抗是顯性的，對於反抗的認同主要在於對抗爭動機的認可，句踐故事中主要為復仇，也即王思任所說浙東「乃報仇雪恥之鄉，非藏污納垢之地」，周氏兄弟都提及王思任等浙東遺民的復仇反抗行動。魯迅〈鑄劍〉關於「干將莫邪」的鑄劍描述值得重視。劍是越地尚勇的象徵，小說中對劍色彩的描述與魯迅在〈自言自語〉〈死火〉中的描述、情感投射有著連貫性，小說在「亦火亦冰，亦冷亦熱」的雙重筆墨下，渲染出正義復仇的觀念，〔註 217〕是受著迫害的人民必然採取的反抗行動。他在小說中對復仇的眉間尺和宴之敖予以同情，讓復仇最終獲得成功，都是以認同民間自有其強烈的反抗精神為基礎。魯迅在〈女弔〉中說紹興人在戲劇上創造了一個帶復仇性的，比別的鬼魂更

〔註 214〕吳祖光：〈奔月題記〉，《人世間》復刊，1947 年第 3 期，頁 15。
〔註 215〕譚正璧：〈奔月之後〉，《雜誌月刊》1943 年第 3 期第 12 號，頁 126。
〔註 216〕吳祖光：〈奔月題記〉，《人世間》復刊，1947 年第 3 期，頁 14。
〔註 217〕楊義：〈古越精神與現代理性的審美錯綜——魯迅〈鑄劍〉新解〉，《紹興師專學報》1991 年第 3 期，頁 10。

美更強的鬼魂,這就是紹興特色的「女弔」。〔註218〕「女弔」出場時穿著是大紅衫子,黑色長背心,長髮蓬鬆;石灰般白的圓臉,漆黑的濃眉,烏黑的眼眶,猩紅的嘴唇。〔註219〕在戲文中穿紅的就只有「女弔」,魯迅以為其意即為投繯之際,準備作厲鬼以復仇,紅色較有陽氣,易於和生人接近之故,當然,他認為不宜取之處在於她是「討替代」。魯迅對陶元慶以女弔為原型的「大紅袍」畫非常喜愛,將其擇為許欽文第一部小說集《故鄉》的封面。〔註220〕〈離婚〉中愛姑並不為錢財和名分,其責罵圖的是復仇。〈孤獨者〉中魏連殳投靠師長後的「風光」,顯示出「置身『荒原』的『孤獨者』對於落後群眾和傳統倫理的精神『復仇』」〔註221〕。魯迅這些文字中的復仇之意不僅來自民間,也有學術上的傳承。以微言大義經世的今文學家對復仇思想持有贊同之意,《公羊傳》對《春秋》經文「經紀侯大去其國」的闡釋為(國仇)雖九世可也。〔註222〕春秋之後,漢唐歷代都曾對復仇進行立法,對報父兄之仇的正當性進行過規定。惜復仇中體現的生命力和任俠之氣,卻在宋以後逐漸消散,崖山以後無中華是極端之說,可也說明隨著理學的加強,中華文化中剛勇之氣的弱化。這種背景下,浙東遺民的反抗才愈顯悲壯和可貴。上文章太炎對張蒼水抗清的擊節,周氏兄弟對王思任的讚揚都在於此。魯迅在其創作中認同這種復仇,〔註223〕如孫伏園所說「魯迅先生的復仇觀念最強烈,在日本時每於謀餘習些武藝,目的就在復仇。幼年被人蔑視與欺壓,精神上銘刻著傷痕,發展而為復仇的觀念。」〔註224〕他對鄭振鐸說:「我現在得了妙法,是謠言不辯,誣衊不洗,只管自己做事,而順便中,則偶刺之。他們橫豎就要消滅

〔註218〕 魯迅:〈女弔〉,《魯迅全集》,卷6,頁614。

〔註219〕 魯迅:〈女弔〉,《魯迅全集》,卷6,頁618。

〔註220〕 許欽文:《老虎尾巴的魯迅先生》(上海:上海文化出版社,2007年),頁4。

〔註221〕 汪暉:《反抗絕望:魯迅及其文學世界》(北京:三聯書店,2008),頁228。

〔註222〕 《公羊傳》對《春秋經》中「紀侯大去其國」做了詳細的解說,闡發了國君雖九世之仇可報的大意。「紀侯大去其國。大去者何?滅也。孰滅之?齊滅之。……何賢乎襄公?復讎也。何讎爾?遠祖也。哀公亨乎周,紀侯譖之。……遠祖者幾世乎?九世矣。九世猶可以復讎乎?雖百世可也。家亦可乎?曰:不可。國何以可?國君一體也;先君之恥猶今君之恥也,今君之恥猶先君之恥也。」〔漢〕公羊壽傳,〔漢〕何休解詁,〔唐〕徐彥疏,浦衛忠整理,楊向奎審定,《春秋公羊傳注疏》(北京:北京大學出版社,2000年),上冊,頁142。

〔註223〕 〔日〕藤井省三:《魯迅比較研究》,頁102~133。

〔註224〕 孫伏園:〈往事〉,《孫氏兄弟談魯迅》,頁99。

的，然而刺之者，所以偶使不舒服，亦略有報復之意云爾。」〔註225〕直至生命終了之際，還以「睚眥必報」的態度在〈死〉中留下，對於那些交戰的對手：一個都不原諒的鮮明立場。〔註226〕

　　反抗精神其次在於對弱者的同情，以此表達對當局者的不滿與反抗。作家們眼裏的弱者首先是社會底層的平民，且是占絕大多數的農民。現代文學中魯迅開創的農民題材，經左翼作家再到延安時期，一直是主要的創作題材。但也暴露出許多走向民間卻與平民特別是農民隔膜的知識分子，在寫作中難以寫出農民的生活狀態，更把握不住農民的思想情感。這也是沙汀、艾蕪向魯迅求教的主要問題。魯迅自己也非農民出身，但他對農民問題的洞察顯然有著社會學家的深度，他說：

> 但我母親的母家是農村，使我能夠間或和許多農民相親近，逐漸知道他們是畢生受著壓迫，很多苦痛，和花鳥並不一樣了。……後來我看到一些外國的小說，尤其是俄國，波蘭和巴爾幹諸小國的，才明白了世界上也有這許多和我們的勞苦大眾同一運命的人，而有些作家正在為此而呼號，而戰鬥。而歷來所見的農村之類的景況，也更加分明地再現於我的眼前。〔註227〕

在他的筆下，閏土、阿 Q、七斤等未莊的農民，因襲著沉重的精神負擔，面對苛捐雜稅、天災人禍，生活舉步維艱，卻還在擔心辮子帶來的問題，成為「無主名無意識的殺人團」。〔註228〕魯迅透過這些農民剖析了落後的國民性，抒發了「哀其不幸怒其不爭」的複雜之感。王魯彥、王任叔、許欽文、魏金枝、許傑、潘訓等聚焦於浙東村鎮，書寫浙東農民的社會、經濟生活，試圖探討其心理、思想狀態，來思考農民問題的解決途徑，他們立場不同，但有一致的民間關懷，只是對於農民問題的考察受制於其自身的思想，有的作品有先入為主之見，探索的深度有限。

　　第二是對婦女的同情。民間對於女性壓制更甚。在父權社會中，她們在家庭中從屬於夫父的，歷來不被社會所接納。在家庭、家族、神權等的壓制下，婦女們從出生開始就注定要接受悲劇的命運，浙東作家作品中不約而

〔註225〕魯迅：〈致鄭振鐸〉，《魯迅全集》，卷 12，頁 456。

〔註226〕魯迅：〈死〉，《魯迅全集》，卷 6，頁 612。

〔註227〕魯迅：〈英譯本《短篇小說選集》自序〉，《集外集拾遺》，《魯迅全集》，卷 7，頁 389。

〔註228〕唐俟（魯迅）：〈我之節烈觀〉，《魯迅全集》，卷 1，頁 124。

同出現「瘋婦」形象，並非偶然。她們中有的是失去了生活的依靠，許欽文的〈石宕〉中生活完全依賴做石匠的丈夫、兒子，當世故發生，石匠被壓被埋毫無生還希望時，村裏的三八太娘、長生太娘和貴太娘只能哭嚎發洩對親人的悲傷以及對未來的絕望。邵荃麟〈欺騙〉同樣是敲石頭的何奶奶，在唯一相依為命的兒子被抓壯丁杳無音信後幾近瘋癲。許傑〈慘霧〉中死了丈夫和弟弟的香桂姐該怎樣繼續生活；王任叔〈逆轉〉中丈夫虎彪的犧牲，公公出門無果後，帶著孩子的兒媳婦會遭遇更嚴重的生活問題。有的是在風俗習見的壓制下試圖反抗，魯迅〈祝福〉中祥林嫂為著自己的命運抗爭但終究在祝福中死了，〈傷逝〉中的子君勇敢地走出來了，可是最終還是回到叔叔的家中死去；許欽文的〈瘋婦〉中雙喜兒媳婦在婆婆揣度逼迫下發瘋後死，〈鼻涕阿二〉中菊花生命史就是一部松村風俗史，在這樣的環境中，女性就只能向菊花那樣生那樣死。僥倖留得性命的也被逼得無路可走，許欽文的〈琲郎〉中遁入空門的琲郎；柔石的〈人鬼和他底妻〉中人鬼妻被謠言和丈夫的折磨而死，〈為奴隸的母親〉中被典後回到家的春寶娘，和許傑的〈賭徒吉順〉中剛被典的吉順老婆都不知何去何從；孫席珍〈阿娥〉是戀愛受阻被遺棄後墮落報復社會；魏金枝〈復仇〉中殺死兒子的師太就是活著也是在瘋婦的邊緣；鄭振鐸的《家庭的故事》中被賣的春蘭秋菊，十七嫂結婚三年就守著活寡；徐訏《鬼戀》中則是過著鬼一般生活的女性，小說誠然是要營造奇情的效果，可終究無奈只能夜晚出來游蕩，完全沒有正常生活的悲劇。

與其他地域的女性比，浙東婦女是較早開始現代轉型的，她們開始走出家門，有了靠自己過日子的選擇時，依然遭遇各種性別帶來的尷尬。孫席珍的〈鳳仙姑娘〉中被設計與工頭戀愛，又被設計驅離工會、工廠，是青年女性缺乏對人情世故的瞭解，更不懂政治的爾虞我詐；柯靈〈蘇珍〉中蘇珍自由戀愛多次被譏為不檢點，她說「除非你死心塌地地做奴隸，受宰割；如果你要想存一點自由的心，那就非受社會無情的指責和誹謗不可。」〔註229〕女性書寫女性可以融入自身的經驗，吳似鴻〈還鄉記〉中女性求學、職場都容易被當做主要的整頓目標，有她自己的上海求學和在南國社時的經歷；蘇青《結婚十年》及《歧路佳人》中，蘇懷青的困惑都是女性在職場的典型遭遇。

─────────────

〔註229〕柯靈:《蘇珍》,《藝風》1933 年第 1 卷第 10 期，頁 26。

　　從家庭到社會，女性在現實中受到壓制，是失語的群體，家庭中如此，文化記憶也不例外，「只要進入文化記憶的條件時英雄式的偉大和被規定為經典文本，女性就會系統性地被歸入文化遺忘之中。」〔註230〕實際上，中國歷代都有才能不輸於男性的傑出女性，在寧波生活十年的英國人丁韙良說「從倫理道德上來講，婦女是中國更好的那一半人口——她們謙卑、優雅和優秀。在智力上，她們並不愚笨，而是無知。由於不能上學，她們只能在若明若暗的狀態中長大成人。她們的潛質，可以由以下的事實來進行推測，即在詩人、歷史學家和統治者的名人堂裏仍可以找到不少婦女」，〔註231〕從「他者」的眼裏做出的對中國女性的評價應該是客觀的。就浙東婦女來說，她們的「好」在於她們是有性格敢於反抗的浙東婦女。魯迅在《吶喊》《徬徨》中的農家婦女多是幹練決斷，個性潑辣而不失細膩。〈風波〉中當眾辱罵丈夫、嘲弄八斤嫂的七斤嫂，可以從七爺的頭髮中觀察時事的變動。〈離婚〉中敢於罵丈夫、公公，糾集娘家人倒了施家的灶，在慰老爺堂上敢於發表己見，其出言不遜，粗俗不堪的村姑潑婦相恰照出了慰老爺、七大人們的淫威。儘管她們的反抗最終被壓制了，可是其言行與命運是浙東婦女具有張力的代表。

　　浙東婦女的「好」還在於她們盡其一生都在為他人而奉獻犧牲。王魯彥的〈阿長賊骨頭〉中的阿長是個鄉村無賴，從小偷盜成性，一次次被村人、親人原諒包容後，還是賊性不改。對阿長這樣的兒子，阿長母親窮盡一生養育、包容著，小說中對這個母親後半生的概述，可謂寫盡了浙東母親的絕大多數。〔註232〕這是勤勞能幹的浙東婦女代表，其存在的價值似乎就是為了奉獻。在王魯彥作品中，這樣的母親數不勝數，本德婆婆、陳老奶、菊英的娘等等，都是同一類型：她們嘔心瀝血，為了家人操勞困苦一生，自己沒有更多的奢求；對她們來說，現世的壓抑，除了決絕的反抗之外，只能轉而追求來世，祈求來世不要為女人，或者來世有個好出身。這也是現代作品中老年婦女拜觀音求佛保佑的重要原因，她們在現世沒有反抗能力，只能求得來世的幸福。許傑的〈出世〉是受到魯迅啟發的，〔註233〕但他對於婦女的同情真正發自內心，

〔註230〕〔德〕阿萊達・阿斯曼著，潘璐譯：《回憶空間——文化記憶的形式和變遷》，頁61。
〔註231〕〔美〕丁韙良著，沈弘譯：《花甲憶記》，頁51。
〔註232〕魯彥：〈阿長賊骨頭〉，《魯彥文集》（北京：線裝書局，2009年），頁135。
〔註233〕許傑說：我在西湖善福底時，房裏曾經來過一個紹興的瘋女人，老師太與小師太接待她，讓她住下來。當年我剛剛看過魯迅在《婦女雜誌》上發表的《祝

他的〈慘霧〉〈賭徒吉順〉都真實而生動地寫出了浙東婦女身不由己的無奈與悲哀。

　　弱者還包括兒童，浙東作家大多從翻譯兒童文學入手，對傳統的兒童觀念進行了反思。周作人是其中用力最深者，他從 1913 年發表〈童話略論〉起，寫過大量論童話的論文，收集了大量兒歌童謠，關於兒童的見解是其「人的文學」的重要組成部分。周作人認為婦孺的文明為文明的標誌，他說：「相傳謂自人類學成立而『人』之事始漸明，性的研究與兒童學成立而婦人小兒之事始漸明，是為新文明之曙光。」〔註 234〕他的〈兒童的文學〉與〈聖書與中國文學〉〈新文學的要求〉稱為「三大文學講演」〔註 235〕。在講演中周作人把兒童當做「人」，是未成年的人，由此提出其兒童教育的主張是「兒童本位主義」，這與魯迅倡導「幼者本位主義」是一致的。周作人關切婦女兒童議題，他的兒童學（paidology）相關的理論體系中，基礎就是將兒童看作兒童，承認兒童是「完全的人」，他們的生活「也自有獨立的意義與價值」。其次是探尋這種生活的特徵，兒童與原人處於相似的時期，思想表達中多有野蠻或荒唐的成分，還有些神秘，成人世界的道德與常識對他們無用，甚至可鄙。〔註 236〕他於 1922 年譯日本柳澤健原《兒童的世界（論童謠）》時就說：「大人所見的兒童的世界必不會是兒童所見的兒童的世界。這樣的純粹的兒童的世界的事情，只一切交與兒童的睿智與靈性便好了；大人沒有侵入其間的必要，也沒有這個資格。」〔註 237〕在〈讀《各省童謠集》〉（1923 年）中他說「中國家庭舊教育的弊病在於不能理解兒童……到了現代，改了學校了，那些『少年老成』主義也就侵入裏面去，在那裡依法炮製，便是一首歌謠也還不讓好好的唱，一定要撒上什麼愛國保種的胡椒末，花樣是時式的，但在那些兒童可是夠受了。」〔註 238〕將兒童視為獨立的個體，周作人就必然對傳統將兒童當做

福》，腦子裏留下了祥林嫂的形象。我把這個瘋女人同祥林嫂的形象聯繫起來，寫了一篇小說〈出世〉。這篇小說收在我的短篇小說集裏，寫得不成功，人物的原型就是這個紹興瘋女人。許傑：《坎坷道路上的足跡》（上海：華東師範大學出版社，1997 年），頁 77～78。

〔註 234〕周作人：〈女學一席話〉，《周作人自編集》，頁 71。
〔註 235〕錢理群：《周作人傳》，頁 189～190。
〔註 236〕周旻：〈周作人的兒童生活詩〉，《新京報書評週刊》2017 年 6 月 14 日。
〔註 237〕〔日〕柳澤健原著，周作人譯：《兒童的世界（論童謠）》，《詩》第 1 卷第 1 號（1922 年 1 月）頁 51。
〔註 238〕周作人：〈讀《各省童謠集》〉，《周作人自編集・談龍集》，頁 197。

成人教育的做法提出質疑。關於兒歌、童謠的功能，明代以前有三種主張：
〔註239〕其一為王充的《論衡》為代表的認為童謠不知所自；〔註240〕其二《左傳》為代表的以鑒戒說；〔註241〕其三有晚唐官方主張童謠為野心家所造，必須嚴懲。〔註242〕王陽明非常注重音樂文學教育，主張「誘之以歌詩，以發其志意」〔註243〕。抱持此類觀點的不在少數，形成文本的以呂近溪、呂坤父子的《小兒語》《續小兒語》《演小兒語》，重視「蒙以養正」的幼兒教育。《演小兒語》為據梁、宋間童謠改編，周作人考察認為至少最初兩句，都是原語。雖然有的頭巾氣太重，也不乏文詞圓潤自然的。〔註244〕對於五四以來研究童謠的，周作人講其歸為三派，其一是從民俗學角度，認定歌謠是民族心理的表現；其二是從教育角度的；其三是偏重於文藝的，曉得俗歌裏有可供取法的風格與方法。〔註245〕正是要將兒童回歸為兒童，周作人與當時文藝界的不少作家志趣相異，〔註246〕他對安徒生童話貼近兒童心理更偏愛，安徒生童話的特點倘是「小兒說話一樣的文體」，則王爾德是「非小兒說話一樣的文體」，因此認定其童話是「詩人」的，而非兒童的文學。〔註247〕

　　周作人對兒童的重視在研究兒童文學外，還做了大量的收集整理工作。他對《童謠大觀》所持的「五行志」童謠觀不滿，〔註248〕且認為其所收的〈狸〉

〔註239〕龔顯宗：《中國童謠史》，頁125。

〔註240〕〔漢〕王充：〈紀妖〉，《論衡》卷21，頁347。

〔註241〕《左傳·莊公》五年：其言或中或否，博鑒之士、能懼思之人，兼而志之，以為鑒戒。〔東周〕左丘明撰，〔晉〕杜預注：《春秋左傳集解》（上海：上海古籍出版社，1998年），頁257。

〔註242〕《唐僖宗南郊敕文》中有：奸險之徒，多造無名文狀，或張懸文榜，或譌造童謠。〔清〕董誥輯：《全唐文》（清嘉慶內府刻本），卷89，頁2222。

〔註243〕〔明〕王守仁：〈訓蒙大意示教讀劉伯頌等〉，《傳習錄》（北京：中國華僑出版社，2016年），頁239～240。

〔註244〕周作人：〈呂坤的演小兒語〉，《周作人自編集·兒童文學小論》，71～74。

〔註245〕周作人：〈讀童謠大觀〉，《周作人自編集·談龍集》，頁186。

〔註246〕陳平原認為安徒生的童話較王爾德的更接近兒童心理，可是大多數五四作家更偏愛王爾德的童話，其原因就在於從文學角度把童話當小說，「五四」作家實際上著眼的正是其於以兒童心理為主體外，「大抵與詩流露出來的」詩趣。陳平原：《中國小說敘事模式的轉變》（北京：北京大學出版社，2010年），頁213。

〔註247〕周作人：《王爾德童話》，《周作人自編集·自己的園地》，頁79。

〔註248〕周作人把《左傳》童謠可以「以為鑒戒」，與《晉書》以童謠告知大眾之說，稱為五行志，以為並非童謠主要來源，也違反了童謠應有價值。周作人：〈讀童謠大觀〉，《周作人自編集·兒童文學小論》，頁76～77。

並非現代紹興童謠。他依據為《大觀》中的二十首紹興童謠，除〈狸〉與另兩首外，其餘內容包括批註、用字皆與范寅《越諺》一般；〈狸〉據《古謠諺》所引及《靜志居詩話》中所提，《古今風謠》載元至正燕京童謠有此歌。可見該童謠古代自北而南都在流行，形式有所不同。〔註249〕《越諺》中不收，而周作人在《兒歌之研究》中所收集的該兒歌為抉擇歌：鐵腳斑斑，斑過南山。南山裏曲，裏曲彎彎。新官上任，舊官請出。〔註250〕為兒童遊戲時所唱，已佚其意，《大觀》中以為紹興兒歌是為不當。對於收集到的兒歌，他還做了細緻的簽注說明，如兒歌〈大雷響〉：大雷口宮口宮響，背著老娘踏（沓）踏（沓）蹌（整）。周作人注云：「此兒童聞雷時語，言老人畏雷，負之而走。蹌疾走也，踏踏形容奔走之狀。」只是生活情景的描摹，沒有教諭色彩，而范寅卻是要有所引申的，他說：「此孝子故事，教之孝也。」兩者用心分明不同。「不過周作人總是因為敬佩范寅，對他的這些小毛病，也就迴避過去自說自話算了。」〔註251〕當時正在搜集越地童話、兒歌的周作人對范寅超越時代限制的眼光給予了高度評價，讚賞「《越諺》中之童謠可五十章，重要者大旨已具，且信口記述，不加改飾，至為有識，賢於呂氏之《演小兒語》遠矣」。〔註252〕周作人《紹興兒歌集》中收錄的如：「先頭領路狗，當中軋殺狗，後頭太公太婆慢慢走。」周氏加小注曰：「三個孩子一同走路，走了後邊的一個孩子所唱，若走在前邊的唱乃是：『當中軋殺狗，後頭吃屁狗，前頭太公太婆慢慢走。』走在中間的唱：『前頭領路狗，後頭吃屁狗，當中太公太婆慢慢走。』」當真是胡鬧之極，也有趣之極。周作人回憶自己 12 歲讀書，依舊學的是《中庸》，讀得雲裏霧裏，引用了一首兒歌說盡了四書對孩子們學習帶來的壓力和緊張感：「大學大學／屁股打得爛落！／中庸中庸，／屁股打得好種蔥！」〔註253〕形象風趣，有合理的比擬，卻又沒有必然的邏輯性，這就是周作人對於兒童文學的應有之義的理解。

　　魯迅先生也深切關愛兒童，從〈狂人日記〉提出「救救孩子」，他的事業目標都注於此，被視為「兒童教育最偉大的人物」〔註254〕。從早期發表

〔註249〕周作人：〈讀童謠大觀〉，《周作人自編集・兒童文學小論》，頁 78～80。
〔註250〕周作人：〈讀童謠大觀〉，《周作人自編集・兒童文學小論》，頁 79。
〔註251〕陳泳超：〈周作人手稿《紹興兒歌集》考述〉，《民間文藝論壇》2012 年第 6 期，頁 17。
〔註252〕啟明（周作人）：〈范嘯風〉，《周作人散文全集》，卷 1，頁 404。
〔註253〕周作人：《知堂回想錄》（上），《周作人自編集》，頁 33～34。
〔註254〕柳亞子：《我的兒童教育觀》，博引白崖石簡：〈深沉的悲哀與誠的懺悔——

〈儗播布美術意見書〉，譯介上野陽一的三篇論文，籌辦兒童藝術展覽會，是當時兒童美育的重要舉措。他不僅關注兒童教育問題，在論述成人問題時，也引入兒童的視角，以反思兒時經驗，〔註255〕他在〈我的兄弟〉和〈風箏〉中對兒童的精神虐殺的悔恨，在〈二十四孝圖〉中「詛咒一切反對白話，妨害白話者」，〔註256〕就是為的兒童讀物。直到臨死前，憤於《申報·兒童專刊》的謬說，作〈立此存照〉七：「真的要救救孩子。」〔註257〕他也關注兒童讀物，翻譯了《愛羅先珂童話集》等作，高度評價葉紹鈞的〈稻草人〉，〔註258〕對於兒童看的畫本，也有嚴正的指示。〔註259〕但魯迅是理性的，他一方面要關愛兒童，同時也指出不要極端，從「為兒孫做牛馬」走向「任兒孫做牛馬」。〔註260〕

　　其他浙東作家也都致力推動兒童文學的創作，熱心譯介西方兒童文學。胡愈之說為兒童文學是文化的未來發展中最要緊的，要培養沒有受過思想毒害的孩子們的心靈之花和生命之火，是作家創作兒童文學的重要任務。〔註261〕夏丏尊譯《俄國的童話文學》、趙景深譯《安徒生童話》、鄭振鐸譯《萊森寓言》、王魯彥譯《給海蘭的童話》等等，將西方優秀的兒童文學經典介紹進來。還在作品中寄予了對兒童的關愛和希望，王魯彥在〈小小的心〉中對被騙賣到泉州的寧波孩童阿品的真切同情；〈祝福〉中經歷過戰爭流落到都市上海的陳允才對這個社會到處施以詛咒，可看到兒童時，他停止了，希望代替了絕望，他祝願他們應該生活在不詛咒別人，也不被詛咒的世界。〔註262〕那幸福的世界也是作家們自己所期待的。

　　　　〈風箏〉與〈悲哀的玩具〉〈成年〉的分析〉，《濱州師專學報》1997年第13卷第3期，頁21。
〔註255〕陳潔：〈魯迅在教育部的兒童美育工作與〈風箏〉的改寫〉，《中國現代文學研究叢刊》2016年第1期，頁89。
〔註256〕魯迅：〈二十四孝圖〉，《魯迅全集》，卷2，頁251。
〔註257〕魯迅：〈立此存照（七）〉，《魯迅全集》，卷6，頁635。
〔註258〕魯迅：〈表·譯者的話〉，朱正編：《魯迅書話》（長沙：湖南教育出版社，2007年），頁465。
〔註259〕許壽裳：《魯迅傳》，頁76～77。
〔註260〕魯迅：〈上海的兒童〉，《魯迅全集》，卷4，頁566。
〔註261〕胡愈之：〈童話與神異故事〉，《文學旬刊》，1921年6月30日第6號雜譚，頁20。
〔註262〕魯彥：〈祝福〉，《小說月報》1930年第21卷第1、2、3、4、5、6號合集，頁367。

2. 諧莊成趣的風格

民間文學是集體創作，體現集體的審美情趣，提供娛樂性是第一要義，而能長期流傳，必然於娛樂之中有所得，插科打諢嬉笑怒罵都是民間文學常見的寓教於樂的方式，讓大眾能聽到看到有趣的東西，從習見的事件現象中重新發現可笑可歎之處，這是民間文學的高明所在，也是能長期吸引群體欣賞的主要原因。浙東作家將民間文學的幽默轉化為面對現實的精神，並在作品中能寓熱辣諷刺於諧趣中。

諧趣首在其有令人發笑之娛樂功能。民間笑話廣受民間喜愛，但在文人中，笑話卻被長期輕視，直到近現代以乾隆間張南莊的《何典》為首的民間笑話被文學界推廣，文人群起應和，到了 1930 年代林語堂提倡幽默之時，笑話的語境有所改變。周作人輯錄、校訂過《苦茶庵笑話選》和《明清笑話四種》，他對於《何典》及民間笑話給予客觀的評說，他在評《何典》與落魄道人著《常言道》時，認為它們乾嘉之際諧文興衰的時代，後者如《豈有此理》中的〈諧富〉〈良心〉等書文對富翁極盡嬉笑怒罵之致之作，有引導之功。時人稱其「莊不勝諧，雅不化俗」為可惜之意，但在保存吳中俚語俗語自有其功。此類俗語體小說價值在於滑稽諷刺，又具有天然有行雲流水之妙。〔註 263〕他在《笑贊》中評價明趙南星（1550～1627）《清都散客二種》的小引寫得好。〔註 264〕又跋云：「《笑贊》之作，非所以供諧謔之資，而贊故刺之謂也。」〔註265〕笑話要能在笑之後有令人理解或反省。

民間文學的詼諧常來自對生活、社會的嘲弄和自嘲。將種種社會現象編成說唱內容、穿插入戲曲中，加以揭示恣意說笑，冷嘲熱諷，令人笑過後還有點餘留，這是流行於浙東寧紹地區的目連戲、鸚哥戲、寶卷及民間說唱等民間文學及俗文學的特色。諧趣有直接來自於各種民間說唱、俗文學的內容，因諧謔性是民間戲劇尤其是目連戲的重要風格。徐渭〔註266〕的《南詞敘錄》中對於諢的解釋為「於唱白之際，出一可笑之語以誘坐客，如水之渾

〔註263〕周作人：〈常言道〉，《周作人自編集·瓜豆集》，頁 105～111。

〔註264〕周作人：〈笑贊〉，《周作人自編集·立春以前》，頁 104。

〔註265〕周作人：〈笑贊〉，《周作人自編集·立春以前》，頁 104～107。

〔註266〕〔明〕徐渭，字文長，號青藤老人。民間故事中的徐文長故事，是以徐渭為原型，但民間文學中的徐文長為「箭垛」人物，是經過民眾創作集體加工過的民間文學形象。學界普遍認為徐文長故事中的徐文長不等於明代文人學者徐渭。本文開此把兩者分開，故事中的還是徐文長，而學者為徐渭。

渾也」。〔註267〕角色上宋雜劇的副淨、副末，到早期南戲中的淨、末、丑，以及後期的淨、丑，都強調滑稽唱念。完全是民間農漁人自發而結為臨時班子流行在寧波鄉下的「串客」，其戲中到處都是滑稽的言辭、動作，並佐以使人發笑的插科，其意不在於故事本身，而以能達成使觀眾發笑目的為上〔註268〕。浙東民間文學、俗文學中的諧趣在文學中，比較集中提及的是魯迅所說的浙東「二花臉」戲。二花臉是紹興亂彈中的角色行當，其戲路廣，有重唱功的如《五龍會》中的郭彥威，有捧打戲如《倭袍》中的唐元豹；還有「泛白戲」，飾演的為酒鬼、賭徒、江湖流浪漢、相府教習、破腳骨之類的角色，魯迅所提的二丑指的是泛白戲。〔註269〕泛白戲特點即為全以紹興方言道白，語言來自行業語言，生活化氣息濃厚，地方色彩重，幽默風趣酣暢淋漓。魯迅〈社戲〉中所看到紅衫小丑被綁著鞭打，據考證為二花臉的「泛白戲」代表作《五美圖‧遊園弔打》。該戲講的是惡少宰相公子盧廷寶被小丑丁奉唆使調戲朱家小姐，被誣告而遭滿門抄斬隻身脫逃的將門之子金文明上前保護痛打盧廷寶，小丑見勢不妙連忙躺倒裝死，曰「虧得裝假死，少打八百幾」，兩人被打後只得寫下服狀（悔過書），這一過程在舞臺上通過兩人的對話來表現：

　　丁奉：伢寫！伢寫！（我寫）

　　盧廷寶：立服狀，盧廷寶，

　　丁奉：為趨奉，起禍苗。

　　盧廷寶：見色起淫搶姣姣，

　　丁奉：不遵皇法與律條。

　　盧廷寶：泰山頭上來動土，

　　丁奉：老虎嘴裏來拔毛。

　　盧廷寶：愛酒色，

　　丁奉：現世報，

　　盧廷寶：起邪心，

〔註267〕〔明〕徐渭：《南詞敍錄》，《中國古代戲曲論著集成》（北京：中國戲劇出版社，1982 年），第三集，頁 246。

〔註268〕子欽：《寧波灘簧》，陳益民主編：《民國名家隨筆叢書——小曲好唱》（天津：天津人民出版社，2011 年），頁 94～98。

〔註269〕嚴新民：〈魯迅〈二丑藝術〉與紹興「泛白戲」〉，壽永明、裘士雄主編：《魯迅與社戲》，頁 135～140。

丁奉：該倒灶。

盧廷寶：弔在廊簷下，

丁奉：打得來討饒。

盧廷寶：舉筆寫服狀，

丁奉：出醜在今朝。

盧廷寶：求公爺來饒恕，

丁奉：哀求公爺饒伢頭一遭。

盧廷寶：若下次再來搶，

丁奉：變豬變狗變隻貓。

雖然現場低頭寫了服狀，可一轉身二丑丁奉還要公子到「相爺跟前哭訴，加點油鹽醬醋」。這就是戲劇舞臺上這類「二丑」，為了目的不擇手段，將「一張臉孔會哭又會笑，一張嘴巴會騙又會造（說謊）」的這類生活變色龍形象扮演得惟妙惟肖。〔註270〕魯迅雜文中有著名的「叭兒狗」「領頭羊」之譬喻，這些譬喻可謂「二丑」式人物在現實舞臺上的再現。

浙東鬼戲也有「活潑而詼諧」的一面。鬼戲體現了浙東越地民俗文化的風情，其大量的內容以對各種社會現象的揭示並加以嘲弄，給人耳目一新之感，是充分表現了民間智慧的。如社戲中無常「一出臺就須打一百零八個嚏，同時也放一百零八個屁」，〔註271〕「四歎」唱詞對「官、財、文、色」的揭示，〔註272〕對這個現實陽間的譏諷，超越了常人的怒罵，其蔑視權貴，富有人情的做法真正反映了民間普通勞動者的願望。目連戲和大戲都是紹興的地方戲，但前者來自民間，戲班的組成多為來自民間的農夫匠人，閒餘之際臨時組織中元節表演，到秋風起時各自散去從事自己的職業；後者是專門戲班。〔註273〕兩者演《目連救母》內容繁簡不一，開場和收場，以及鬼魂的出現相同〔註274〕。

鬼戲以外，能以人的視角對社會的種種不公現象以嬉笑怒罵的首推徐文

〔註270〕嚴新民：〈魯迅〈二丑藝術〉與紹興「泛白戲」〉，壽永明、裘士雄主編：《魯迅與社戲》，頁135～140。

〔註271〕魯迅：〈無常〉，《魯迅全集》，卷2，頁271。

〔註272〕《跳無常》（浙江省紹劇團演出本），壽永明、裘士雄主編：《魯迅與社戲》，頁319～324。

〔註273〕范寅：《越諺》，中卷。

〔註274〕壽永明、裘士雄主編：《女弔》，注2，《魯迅與社戲》（南昌：江西人民出版社，2005年），頁36。

長，民間故事的創作者將智慧、自尊等集中於這個「箭垛」人物身上，故事往往詼諧幽默的方式博得大眾的認同。徐文長的故事多表現其機智，但也有不少是賣弄小聰明捉弄人。徐文長的故事嘲弄一切失敗者、愚笨者、落後者，而不以階級的、出身的為區分，在嘲弄中獲得勝利者的快感。

　　浙東民間文學的諧趣更多的還在那些穿插在俗文學、說唱中的情節，魯迅說鬼戲裏的穿插實在有許多的幽默味，如武松打虎之類的目連戲，「用目連巡行為線索，來描寫世故人情，用語極奇警」。〔註275〕目連戲本是勸善的，但紹興目連戲吸引人之處在於占其七八的穿插戲，這些多是這些走南闖北的業餘演員們將其所見所聞之事記錄整理而成的穿插戲，有「泥水作打牆」「張蠻打爹」等，都是「戲劇化的笑話，社會家庭的諷刺畫」〔註276〕。婁子匡在其收集紹興民間故事中有則講目連戲中小丑阿興的自述，以詼諧的語氣自述最終成為「三次回淘豆腐乾」故事。〔註277〕阿興是以簡單純粹的心理去處理複雜多變的世態人情，其不適應恰巧可以看出阿興的不通世故之變。學理髮時以刨冬瓜的方式對待癩痢頭，做泥水匠時以在廟裏以為小姐有意去挑弄小姐；做裁縫時以為郎中動手術時用右手多給裁短些，跑動多前片短些，都可以看出其單純之心理。前面尚有人情之慮，而後面的兩則遭遇則看到人心之自私。「阿興阿王」本是浙東對於智力一般者的統稱，故事是阿興自嘲到社會就業的諸種不適應，聽來令人發笑。然細考該自述中阿興的不適應，並非主要因其懶惰、愚笨，而是不通所謂世態人情，這就在發笑過後留下令人思考的問題。目連戲中「背瘋婦」「泥水作打牆」等穿插的記錄，不僅有其戲劇性的一面，更有其對社會、家庭倫理的諷刺性。如「張蠻打爹」中被打的爹說「從前我們打爹的時候，爹逃了就算了，現在呢，爹逃了還是要追著打！」周作人說「這正是常見的『世道衰微，人心不古』兩句話的最妙的通俗解釋。」〔註278〕

　　需要注意的是，民間文學中的諧謔中也有其內容猥褻格調低俗的一面，這也往往為人所詬病，周作人甚至將其作為「民眾的滑稽趣味的特色」〔註279〕。

〔註275〕魯迅：〈致徐訏〉，《魯迅全集》，卷13，頁265。
〔註276〕周作人：《知堂集外文・四九年以後・關於目連戲》，頁137～138。
〔註277〕婁子匡：〈目蓮戲中小丑的自白：王阿興的自述〉，《文學週報》1929年第7卷，頁814。
〔註278〕周作人：〈談目連戲〉，《周作人自編集・談龍集》頁89～91。
〔註279〕周作人：〈談目連戲〉，《周作人自編集・談龍集》，頁89～92。

如徐文長以其人之道治其人之身教人吃糞的故事，在顯示其聰明過人時透著「力就是理」的民間道德，〔註280〕缺乏對失敗者的同情；教訓婦女不站門口的故事還幾近猥褻，可周作人認為百姓笑話的粗俗「至少還是壯健的，與早熟或老衰的那種病的佻蕩不同。」〔註281〕目連戲還有穿插戲中有色情意味的內容，民間笑話、說唱及戲曲表演淺俗，「帶著反對者所謂的『下流俾劣』『淫亂污藝』，然這正是其流傳之廣與入人之深了！」〔註282〕浙東還有「寧波灘簧」又稱「四明文戲」，鄉人稱為「花鼓戲」，吸引大眾，一為其原始，多為牧歌和山歌的衍流，有性的描寫而遭禁止，其結果是越禁越有人想看；其二是有強烈的性感的挑撥，「大膽貼切，粗獷樸拙」，未經洋場才子的手筆，雖猥褻而多風情。〔註283〕對於此類現象，就如猥褻歌謠的道理一般，由於長期對人慾的壓抑，性成為社會言說的禁區，但社會心理往往有逆動的特點，越禁越有市場，何況是正常的人慾。在民間文學中，表現「性」與「女人」，是出於人的生理心理的本能需要，應從文化意義上理解、疏導，〔註284〕而不是以有色就否認其價值。

　　民間文學中的這些主要內容或穿插能帶人到社會世情、風俗習性乃至人性深處，於人所習以為常之中，點出其令人啞然、欣然、振然之矛盾所在，發人所未發之語，給人以豁然之感，並有餘留的熱刺。對於作家們，其所學習的不只是技巧和方法，更在於精神上的傳承。周作人非常推崇王思任晚年自號「謔庵」，他以嬉笑調侃的態度為文，自我評價道：「曾入帝王之門，曾踏萬峰之頂，曾到齊晉雲間欺官之署，曾走狹邪非禮亡賴之處；而不曾投刺於東林魏黨，乞食墦間，沽名井上。所以然者，腳底有文，腳心有骨。」〔註285〕周作人敬佩王思任的為人，評其以臣非君之行徑，以刻責仵俗，都是可佩服之處；〔註286〕認為在王思任的諧謔中有些「乃是怒罵的變相，即所謂我欲怒之而笑

〔註280〕周作人：〈苦茶庵笑話選序〉，《周作人自編集·苦雨齋序跋文》，頁98。

〔註281〕周作人：〈苦茶庵笑話選序〉，《周作人自編集·苦雨齋序跋文》，頁98。

〔註282〕薛英：〈紹興的鸚哥戲宣卷等〉，《文學週報》第7卷（1929年1月），頁118。

〔註283〕文載道：〈故鄉的戲文〉，《中藝》，頁7～8。

〔註284〕劉禎：《中國民間目連文化》（北京：時代華文書局，2015年），頁108～109。
　　　　汪志勇：〈漫談民間文學中的偽品與糟粕〉，《中國通俗文學、民間文學學術研討會論文集》（臺北：國立政治大學中文系，1994年），頁14～21。

〔註285〕王思任：〈腳板贊〉，李鳴選注：《王季重小品》（北京：文化藝術出版社，1996年），頁26。

〔註286〕周作人：〈關於王謔庵〉，《周作人自編集·風雨談》，頁88。

啞兮也。但是有時候也不能再笑啞了，乃轉為齒齬，而謔也簡直是罵了。」〔註287〕所謂嬉笑怒罵皆成文章，諧謔是用生命的熱度所製造的。這種諧謔的品格需要有晚明士人的「狂」相佐，在周作人五四時期的雜文中有其諧謔之風的張揚，到了 1930 年代文章轉入蒼勁老辣，反而失卻了這種熱絡。倒是其兄魯迅，秉承浙東王思任到張宗子的諧謔之風，終其一生戰鬥，義氣奮發直到生命終了，都未改其熱辣犀利的文風。在其後，更有王任叔、徐懋庸、唐弢、周木齋等繼續高舉「魯迅風」雜文的旗幟，堅持浙東熱辣又不失幽默的風格，發揮其戰鬥精神，在 1940 年代「孤島文學」中亮出了浙東地方的特色。

二、民間文學的轉化

在浙東現代作家的創作中，將民間文學的技巧、精神轉化，在作品中比較明顯的有兩個方面，其一為以鬼的世界說現實，這個人鬼顛倒的故事成為現實鬼魅魍魎橫行的寓言；其二是以民間關懷的精神，吸取民間文學中清新自然的氣息，使作品呈現明朗健康的風貌。

1. 人鬼世界的顛倒

唐代以前社會上「陰陽殊途」「幽明道隔」的觀念盛行，民間多認為人死之後靈魂不滅，稱之為鬼。古代典籍中也有很多與鬼相關的記載，《禮記》中說「大凡生於天地之間皆曰命。其萬物死皆曰折。人死曰鬼」，〔註 288〕又有「眾生必死，死必歸土，此之謂鬼。」〔註 289〕王充《論衡・訂鬼篇》說：「鬼，陽氣也，時藏時見。陽氣赤，故世人盡見鬼，其色純朱。」〔註 290〕《說文》有「人所歸為鬼。從人，象鬼頭。」〔註 291〕《呂氏春秋》等典籍中都有關於鬼的記載。〔註 292〕總括各種關於鬼的說法，約有三種：一是人終有一死，人死形魄歸地，而魂氣化為鬼；二是鬼同「歸」，即人死則終，宿命所歸也；三

〔註 287〕周作人：〈關於〈謔庵悔謔〉〉，《周作人自編集・瓜豆集》，頁 226。

〔註 288〕〔漢〕鄭玄注，〔唐〕陸德明音義：《祭法》，《禮記》（景上海涵芬樓藏宋刊本），卷 14，頁 273。

〔註 289〕〔漢〕鄭玄注，〔唐〕陸德明音義：《祭法》，《禮記》（景上海涵芬樓藏宋刊本），卷 14，頁 280。

〔註 290〕〔漢〕王充：〈訂鬼篇〉，《論衡》，卷 22，頁 351。

〔註 291〕〔漢〕許慎撰，徐鉉等校定：〈鬼部〉，《說文解字》（景宋重刊本），第九篇上，頁 323。

〔註 292〕《呂氏春秋・順民》中說：「使上帝鬼神傷民之命。」高誘注：「天神曰神，人神曰鬼。」〔漢〕高誘注《呂氏春秋》（景上海涵芬樓藏明刊本），卷 9，頁 103。

是年歲過長的生物為「精」為「鬼」。〔註293〕在神仙思想、道教思想、佛教思想以及巫鬼思想的共同作用下，人們對鬼怪世界的想像充滿了神秘感和恐懼感。鬼魂具備有超人的本領，有善惡之分，有保佑和作祟雙重職能。〔註294〕直到近現代鬼怪之說仍舊充斥社會各界，錢穆在〈孔子與心教〉一文中指出：「人生最大問題，其實並不在生的問題，而實是死的問題。」〔註295〕龔鵬程從氣化說提出，鬼神與之結合於一體，神不滅，則鬼神將永存，〔註296〕民間持此說的更普遍。浙東所在的越地信鬼神好巫覡，《史記》有「越人俗信鬼，而其祠皆見鬼，數有效。」〔註297〕《搜神記》中的50餘則鬼故事，有21則出自吳越楚民俗圈，其中18則來自干寶任職所在地吳越一帶，〔註298〕蘊藏豐富的民間鬼故事滋潤了作家的創作想像。

民間文學中的鬼往往是醜陋可怖的。民間傳說、民間故事中如《作洛搓羅》中鬼有吃人的習慣。恐懼是產生鬼觀念的依據之一，鬼的形象之醜恰是恐懼心的體現。其醜陋之一是有異於常人，鬼故事中的鬼一般有生活裏不常見的一些外部特點，如無頭、缺胳膊少腿、舌拖三尺、面部血淋淋等；之二是演化為刺激性較強的特別形象，特別是惡鬼如青面獠牙，或者眼睛凸出，頭髮幾乎覆蓋全部的面孔等。〔註299〕出於對惡鬼的恐怖，專門吃鬼的鍾馗就成了民間所信賴的鬼神。

鬼的世界在文人筆下歷來是陰森的，李賀詩中墓地閃爍磷火為「鬼燈」，〔註300〕冷雨為「鬼雨」，〔註301〕幽暗清冷有別於現實世界。文學中《搜神記》到《聊齋誌異》的鬼世界，在相當程度上與社會現實相參照；紀昀《閱微草堂筆記》的談狐說鬼還有勸善懲惡之意，魯迅認為該筆記小說為「測鬼神之形狀，發人間之幽微，託狐鬼以抒己見者，雋思妙語，時足解頤；間考雜辨，亦

〔註293〕 高菲：〈中國鬼文化與魑魅魍魎〉，《文化學刊》2016年第9期，頁47。
〔註294〕 徐華龍：《鬼》（上海：上海辭書出版社，2014年），頁12。
〔註295〕 錢穆：《靈魂與心》（桂林：廣西師範大學出版社，2004年），頁16。
〔註296〕 龔鵬程：〈理性與非理性〉，《近代思潮與人物》（北京：中華書局，2007年），頁136。
〔註297〕 〔漢〕司馬遷撰：《史記》，卷12，478。
〔註298〕 李劍鋒：〈《搜神記》中的鬼故事〉，《民俗研究》，1999年第4期，頁39～42。
〔註299〕 徐華龍：《鬼》，頁30。
〔註300〕 李賀《南山田中行》中有「石脈水流泉滴沙，鬼燈如漆點松花」之句，〔唐〕李賀撰，〔清〕王琦匯解：《李長吉歌詩》（乾隆二十五年刊本），卷2，頁56。
〔註301〕 李賀〈感諷其三〉有「南山何其悲，鬼雨撒空草」之句。〔唐〕李賀撰，〔清〕王琦匯解：《李長吉歌詩》，卷2，頁68。

有灼見。」〔註302〕魯迅對該筆記的評說是中肯的，託狐鬼以抒己見是專制時代文人不得已而為之之舉，魯迅這代浙東作家鬼話連篇又何嘗不是處於同樣的語境下。

不過在浙東作家筆下，鬼的形象被改變了。浙東作家好談鬼，從俞曲園到周作人等都興味不減。但在他們的創作中，鬼一反陰森的鬼魅之氣，變得有生氣而人情味十足。魯迅說紹興的鬼有兩種有特色的：一是死而無怨的「無常」，二是「女弔」。〈無常〉中無常有個世俗的家庭，無常嫂帶著「阿領」，且是前夫的孩子；無常出場時的打扮：「頭戴方巾三尺，身穿麻布一匹，腳踏騰雲草鞋兩隻，手拿蒲扇一把。」其身在陽間吃食，魂在陰間值日。這個「鬼而人，理而情，可怖又可愛」的無常，借著出入陰陽兩界的非常視角，遊走於陰陽之間，看透人世的荒唐無情。在魯迅的描述中，無常「粉面朱唇，眉黑如漆，蹙著」，自述他的履歷：

> 大王出了牌票，叫我去拿隔壁的癩子。／問了起來呢，原來是我堂房的阿侄。／生的是什麼病？傷寒，還帶痢疾。／看的是什麼郎中？下方橋的陳念義 la 兒子。／開的是怎樣的藥方？附子、肉桂，外加牛膝。／第一煎吃下去，冷汗發出；／第二煎吃下去，兩腳筆直。／我道 nga 阿嫂哭得悲傷，暫放他還陽半刻。／大王道我是得錢買放，就將我捆打四十！〔註303〕

用寧紹吳方言道來，幽默風趣，而難得的是無常真正懂得母子深情，以暫放半刻還陽來續人間情誼，但這一行為被閻王判定為是得了賄賂而遭懲罰。魯迅在寫無常被罰後切齒髮誓：「難是弗放者個／那怕你，銅牆鐵壁。那怕你，皇親國戚」。魯迅不僅為他畫了像，還充滿感情地寫道：「一切鬼眾中，就是他有點人情，我們不變鬼則已，如果要變鬼，自然就只有他可以比較的相親近。」〔註304〕女弔則是「大紅衫子，黑色長背心，長髮蓬鬆，頸掛兩條紙錠，垂頭，垂手」，在舞臺上「兩肩微聳，四顧，傾聽，似驚，似喜，似怒，終於發出悲哀的聲音，慢慢地唱道：『奴奴本身楊家女，呵呀，苦呀，天哪！』」〔註305〕接著寫到女弔被賣為童養媳，受不了王婆虐待自縊，看到有女的正在

〔註302〕魯迅：《中國小說史略》，《魯迅全集》卷9，頁213。
〔註303〕魯迅：〈無常〉，《魯迅全集》，卷2，頁271。
〔註304〕魯迅：〈無常〉，《魯迅全集》，卷2，頁272。
〔註305〕魯迅：〈女弔〉，《魯迅全集》，卷6，頁618。

哀泣要上弔，喜極欲趕去討替代，遇到男弔被阻，幸而王靈官主持「女權」將男弔打死，以後就只有女弔。言語之間，活脫脫一幅人間百態圖。

　　周作人有「街頭終日聽談鬼」之聯自況，認為自己內心住著兩個鬼，喜讀鬼怪書籍，好聽鬼神故事，有〈河水鬼〉〈鬼的生長〉〈說鬼〉〈水裏的東西〉〈談鬼論〉等專文討論，其他涉及各種鬼怪之說的文字更不勝枚舉。周作人在文章中談鬼的思想，他說知道鬼的情狀與生活，「為的可以瞭解一點平常不易知道的人情，換句話說就是為了鬼裏邊的人。反過來說，則人間的鬼怪伎倆也值得注意，為的可以認識人裏面的鬼吧」〔註306〕。他對鬼故事的興趣在於文學和歷史兩方面，前者只要文章簡潔有力，不以題材設限，鬼怪之文如《閱微草堂筆記》《酉陽雜記》均有值得一讀之文；後者可以從民俗學上做搜求，可以更瞭解人情。〔註307〕因此，他評價俞曲園的《右仙臺筆記》一書為「自是高人一等」〔註308〕；並認為其中考據乃「輕妙與莊重相和，有滑稽之趣」，能令玄怪之風有變，甚為不易，而俞曲園之態度則如樂天與放翁，「更無些子火氣，則自愈見醇淨矣。」〔註309〕關於鬼的習俗講究，周作人對收集的《寄龕四志》雖有好言報應輪迴之缺點，但其特色在於其附帶說及的民俗資料不少，時時談及紹興民間的風俗名物，主要為關係鬼事和俗語。他歎自己「雖途徑能知，而缺少努力，且離鄉村已久，流滯都會中，見聞日隘，不能有所成就」，且以「東郭生」為署名，〔註310〕盡顯其珍惜民俗資料記載之意。又在其收集到方曉卿的《蠱存》中提及水鬼「鬼作紙灰氣，惟水鬼作羊膻氣，如人在船中聞羊膻氣，急向空寫囂字，則不為害。」〔註311〕蓋水鬼在江南水鄉，為鄉人尤所重視。對於此類記載鬼怪神異之作，周作人辯證指出其中類方技之處，似非科學，但其「保存好些舊傳承或是民俗的好資料」〔註312〕，也是值得一觀的。

　　不獨自己勤於收集鬼怪相關習俗文獻，周氏兄弟還公開徵集做學理的討論。在《語絲》第68期上討論「花煞」時，名為「順風」的讀者告知紹興關於新娘在轎子中自殺，《花煞卷》是紹興地區常見的宣卷，並由此留下新娘戴

〔註306〕周作人：〈談鬼論〉，《周作人自編集・瓜豆集》，頁14～22。
〔註307〕周作人：〈談鬼論〉，《周作人自編集・瓜豆集》，頁14～22。
〔註308〕周作人：〈右仙臺館筆記〉，《周作人自編集・藥堂語錄》，頁96、97。
〔註309〕周作人：〈右仙臺館筆記〉，《周作人自編集・藥堂語錄》，頁96、97。
〔註310〕周作人：〈寄龕四志〉，《周作人自編集・・立春以前》，頁96～102。
〔註311〕周作人：〈方曉卿蠱存〉，《周作人自編集・藥堂語錄》，頁98、99。
〔註312〕周作人：〈方曉卿蠱存〉，《周作人自編集・藥堂語錄》，頁99。

花冠的紙帽，認為與目連戲中的鬼王、無常所戴相似，而穿的紅綠大袖又與女弔的相似。又有地方借穿「壽衣」，請道士做法的習俗，為原始巫術的遺留。周作人認為新娘的裝束或扮死人的做法是以邪辟邪，他將紹興風俗與古希臘的風俗對比，做了初步考證，古希臘的思想為將死與結婚合為一處，以為此世的死即是彼世的結婚，但對紹興的結婚與死的關聯未做確切的落實。〔註313〕周作人寫鬼時亦是筆帶溫情，如提到討替代，說弔死鬼以色誘，河水鬼則以利，描述它們絲毫沒有可怖之色，他聯想到翻譯芥川龍之介作品中的「河伯」應為「河童」，柳田國男在《山島民譚集》、岡田建文的《動物界靈異志》都講到河童，日本還有兒童髮式作「河童髮」。從河伯到河童的名稱變化，是年輕化，也將一個溺水而亡的鬼神轉變為一個天真的孩童模樣。

　　鬼故事不好說。《論語》1932年第92期組織了鬼故事專號，許欽文〈美麗的弔死鬼〉〈鬼的世界〉是文學創作，趙景深〈一篇傳遍歐洲的鬼故事〉是民俗學角度對鬼故事的分析，周作人〈說畏天憫人〉說文章多報應。編輯邵洵美的〈編輯隨筆〉中說了談鬼故事需要的五個技巧，孫福熙〈談鬼〉說鬼故事的五種現象。都說明談鬼說鬼寫鬼的多，但未必能說得動人。鬼故事寫得最多影響最大的是徐訏，他的小說以「奇情」為特色，其奇之一便在其非同凡響的鬼氣、鬼戀。〈歌樂山的笑容〉中，香港人看到妻子以前從未出現過的「淒豔幽冷」的笑容，酷似他以前多次看到的溺死女鬼的笑容；〈客自他鄉來〉寫過世多年的祖父借體還魂與兒孫見面；〈園內〉中李采楓在深夜的花園裏看到已病死半年的女友粱小姐；〈時間的變形〉我看望的殷三姑相談甚歡，後被告知三姑已經去世兩年。聲名最著的〈鬼戀〉反而是與以鬼自喻的「女鬼」戀愛，是延續魏晉南北朝以來「人鬼戀」傳統故事模式。〔註314〕其結構、敘事方面都吸取了古代人鬼戀的人物和敘事模式，對傳統文化的道魔鬥法做了藝術變形處理，形成了獨具風格的雅俗結合的現代小說〔註315〕。

　　浙東作家談鬼寫鬼，是以鬼寫現實。王任叔對於鄉間社會談狐說鬼現象時說：「他們的話裏，大都是狐和鬼。他們構想出一個很有道德很守一切人類

〔註313〕周作人：〈十四花煞·附結婚與死〉，《周作人自編集·自己的園地》，頁208～214。

〔註314〕鍾林斌：〈論魏晉六朝志怪中的人鬼之戀小說〉，《社會科學輯刊》，1997年第3期，頁141～148。

〔註315〕宗先鴻：〈徐訏〈鬼戀〉原型解析〉，《長春大學學報》2005年第5期，頁64～66。

禮節的狐鬼社會通過他們那種原始的野蠻性，又把某一種狐鬼的作惡行為，著上很濃的色彩。他們就那麼陶醉在超現實的快樂裏，彷彿自己正在狐鬼社會裏。」〔註316〕而許欽文〈鬼的世界〉也就是以鬼來寫上海大都市。他從剛從鄉下來到上海的鄉人角度，將都市上海用鬼的世界來形容，東西貴得跟陰間一般，新票紙像極了紙洋錢；大街上全是各式鬼：蓬頭的河水鬼，胭脂、嘴唇像流血的弔死鬼，高聳兩肩的活無常，臉孔刷白細細黑眉毛的女財神，用拐杖的直腳鬼；不止都市，鄉村也是鬼遍地，看得見的活無常抓種地的年輕人，有了那麼多的吸血鬼，這個世上的窮人越發難以活下去了。以對鬼的認識來描寫現實的世界，將都市中形形色色的各類怪異裝扮、行為以各類鬼來描摹，形象而新穎地說明了人鬼世界的顛倒。王西彥的〈魚鬼〉中擅長打魚的「魚鬼」，是棄嬰，加之長相醜陋，被視為妖魔換了靈魂的怪物，受盡歧視。柔石〈人鬼與他底妻〉中「人鬼」長相、行為醜陋，受到鎮里人的歧視，其妻子都遭受迫害而死。浙東現代小說以人鬼來寫前現代社會，對處於變化過程中的「國民」的「生命過程」做出理性的解釋，鬼文化的生態環境下，對現代的人「構成巨大異己力量，潛在地影響鄉民的思維和行為方式，阻遏著人性覺醒，成為封建統治風俗和習慣的後援。」〔註317〕

　　魯迅的觀察中，各種各樣的鬼見容於中國人的鬼文化中，這反映了中國國民性沒有堅信只有盲從的部分特點。他指出上古周末的所謂聖賢之書「根底在巫」，至秦漢「稍變為『鬼道』」，使「中國人至今未脫原始思想」。〔註318〕魯迅創作中的鬼與他所熟悉的三類紹興戲有關〔註319〕。古越巫鬼文化盛行，「鬼戲」是紹興人演戲的主要內容。在張岱的記載中當時的演出盛況是「選徽州旌陽戲子，剽輕精悍，能相撲打者三四十人，搬演《目連》，凡三日三夜」。〔註320〕紹興城鄉各種鬼戲娛神娛鬼也娛人，從組織者到群眾對

〔註316〕　王任叔：《捉鬼篇》。
〔註317〕　肖嚮明：〈論「鬼」文化與中國現代作家的文學想像〉，廣州：《中山大學學報》2007 年第 2 期，頁 9。
〔註318〕　魯迅：〈250315 致梁繩繹〉，《魯迅全集》，卷 11，頁 438。
〔註319〕　丸尾常喜分析魯迅熟悉的紹興戲主要為三類，分別為謝神、娛神而演出的「廟會戲」；旨在超度祖靈與亡魂的「目連戲」；鎮撫給村鎮帶來災禍與疫病的怨鬼的「大戲」。〔日〕丸尾常喜著，秦弓譯：《「人」與「鬼」的糾葛——魯迅小說論析》（北京：人民文學出版社，2006 年），頁 26。
〔註320〕　〔明〕張岱著，蔡鎮楚注譯：《陶庵夢憶·目連戲》（長沙：嶽麓書社，2003 年）卷六，頁 204。

此都津津樂道，積極參與。魯迅回憶曾經自告奮勇地充當了一個小「鬼卒」，在「鬼王」的率領下跑到野外的許多無主孤墳去招「孤魂」「厲鬼」，來共同看戲。這個請神的過程應為流行紹興的弋陽腔的目連戲，其特點就是演出時請「五猖神」。「五猖」是江南民間供奉的瘟神，在《弋陽腔目連救母》中，第二本開始每夜演出前要請五猖神，以用來驅鬼壓邪。〔註 321〕少年時代的看戲、「演戲」經歷使魯迅內心深處有著對「鬼魂」的「秘密愛戀」，所以魯迅筆下的女弔和無常才會散發出惑人的美麗。〔註 322〕魯迅以「鬼」寫民間社會，也借「鬼」論時事，他在人世看到「地獄」，將這「地獄」揭示於國民，他的打鬼，「是通過跟構成亞洲歷史最下層的『深暗地層』的民眾的死以及還活著的彷徨著的孤魂野鬼『對坐』而獲得的。」〔註 323〕他將自己與現世中呻吟的無數「鬼」結為一體，以向死而生的勇氣，探求著「鬼」變成「真的人」的「翻身」之路。他批駁民間的鬼魂觀念，不求不朽，說「不信人死而魂存，亦無求於後嗣」。〔註 324〕他的〈失掉的好地獄〉〈墓碣文〉接連出現了「魔鬼」與「遊魂」的形象，這裡顛覆式的表述正是對固定模式的沖決，表達的是一種嚴格的自我拷問的意識。〔註 325〕魯迅也慣於借鬼表達對人和事的情感，他痛罵那些「山中厲鬼」「搗鬼」「鬼氣」等用「鬼喊的手段」和「鬼打牆」伎倆等；在他的筆下，紹興戲中的各類鬼都一一現身，活無常，死有分，閻羅大王，牛首阿旁等等，這些想像中的鬼活躍在現實世界中，魯迅在這些魑魅魍魎中看到了國民的劣根性，也告誡革命者文化改革之任重道遠。

　　浙東作家談鬼說狐來寫現實，到抗戰時期，堅持戰鬥風格的左翼作家對此種做法提出異議，王任叔認為這固然是某些作家的無奈，但會將文藝導引至失去戰鬥力。他評 1938 年的周作人時，從其為「五四」時期的戰鬥者，到 1927 年「談龍談虎」顯出反抗，當這屠殺是對於青年世代的摧殘，「吃苦茶談充去了，但他還要從鬼中見人性，要從茶裏辨世詠這是周作人先生的無可奈

〔註 321〕劉禎：《中國民間目連文化》（北京：時代華文書局，2015 年），頁 161～164。
〔註 322〕樂黛雲編：《國外魯迅研究論集》（北京：北京大學出版社，1981 年），頁 375。
〔註 323〕〔日〕伊藤虎丸（1927～2003）：〈魯迅的「生命」與「鬼」〉，《文學評論》，2000 年第 1 期，頁 135～141。
〔註 324〕魯迅：〈310306 致李秉中〉，《魯迅全集》，卷 12，頁 41～42。
〔註 325〕肖嬋明：〈論五四文學中「鬼」文化的功能演變〉，《浙江學刊》2006 年第 2 期，頁 132。

何。」〔註326〕他倡導「魯迅風雜文」，反對「抗戰無關論」，他認為自己「寫得多了，自然也增多了火氣，究竟還是年輕，談鬼說狐的『沖淡』得要命的雜文是寫不出來的。」〔註327〕自然，談鬼說狐作為題材和寫作方式不能決定其風格，但在當時的環境下，王任叔強調文藝的戰鬥性有其合理性。

徐訏的〈鬼戀〉是借鬼闡述人生哲學與思考，「鬼是一種對於人事都已厭倦的生存，而戀愛則是一件極其幼稚的人事」，是現代人對於人生、社會的思考。〈離魂〉寫「我」憑弔歸來遇到女鬼，實是亡妻的魂靈。陰陽相隔，人鬼一路相遇相伴，雖然較為平實，卻能以情動人。〈園內〉開篇引用李賀詩「原攜漢戟招魂鬼，休令恨骨填篙里」為小說定下基調。「現代書生」李採楓與養病的梁小姐曾經邂逅而生相思之念，再次相遇居然陰陽兩個世界。〈歌樂山的笑容〉中的林學儀太太泛起的笑容，是曾經見到的女鬼的幻影。〈幻覺〉是「奇人」墨龍講述與地美的愛情悲劇。徐訏寫鬼有來自傳統人鬼戀人神戀的故事，但他不管是與人還是與鬼神都注重心靈層面的交融與契合，注重人鬼之間的精神之戀。在其筆下，人與鬼神之間，可以心靈相通，出入自如，絲毫不存在陰陽之別，其鬼戀小說的奇，也是對兩情相悅的愛情的追求。

2. 剛健自然的融入

民間文學是大眾最赤裸真誠的心聲反映，從《詩經》起民間文學的創作者們歌其所思所想，心口合一，質樸大膽，自然流露。以歌謠徵集為始的民俗學運動中對民間文學的關注，影響文人創作是多面的，但作家創作接受的影響並非是諸如「新詩歌謠化」〔註328〕那樣單一直接的形式改變，更多是接受民間文學健康自然的精神，鄭振鐸謂其為「真率」和「質樸」，〔註329〕在文人的雅致中融入明朗剛健的一面，使之改變陽春白雪的單一審美，具備走向大眾的可能。

浙東現代文學的創作對民間文學的精神轉化，首先是眼光向下，開始關

〔註326〕屈軼：〈餘議之餘議〉，《上海「孤島」文學作品選》（上海：上海社會科學院出版社，1987年），頁321。

〔註327〕王任叔：〈關於《邊鼓集》〉，《文匯報・世紀風》1938年11月26日。

〔註328〕李怡對於新詩與民間歌謠互動關係的分析大致是客觀的，可冠以「新詩歌謠化」或「歌謠化新詩」都不免有簡約化嫌疑，排斥了新詩從民間文學學習互動的其他可能。李怡：《中國新詩的傳統與現代》（臺北：秀威信息科技出版，2006年），頁150～155。

〔註329〕鄭振鐸：〈《雪朝》短序〉，陳紹偉編：《中國新詩序跋選》（長沙：湖南文藝出版社，1986年），頁69。

注、研究民間，創作的題材走向民間，出現了農村農民，城鎮工人、小市民等
形象。前述已經提到浙東鄉土文學在魯迅的開拓下，出現了各類農民，對農
村生活的描寫給現代小說開闢了新的天地。其次，引入新的題材後，這些生
活在社會底層的農工市民，承受著各種生活的壓力，可是其身上卻有著文弱
的知識分子所缺乏的強健的生命力，他們的審美也完全迥異於文人的雅致，
是自然而明朗的。而浙東作家在其作品中利用、重構民間文學，也是在利用
這種群體性的審美，試圖創新作家文學的新形式，現代白話小說、新詩都可
算做是新形式的創造，當然，這些新形式不能說是由民間文學影響而來，確
是在與民間文學的互動中產生發展的。

　　劉復是第一個用方言寫現代新詩的詩人，他說民歌的長處就在於用自然
的語言和自然的聲調表達自然的情感。〔註330〕劉大白對劉復的語言研究頗有
些意見，可他對新詩發展中民歌的價值也持很高的評價。他以〈樵夫苦娘〉
為例，說樵夫想起死去的娘所苦的歌，是「自然流露的愛的音樂」，從心底發
出的聲音，就像從寂寂空山、沉沉綠陰裏飛出的哭聲，自然的伐木給他和樂，
這觸口成章的詩就是最真的詩歌。〔註331〕他從杭州車站邊四美泰酒店的橫幅
詩中，看到一切資本家養工人、男人養女人、軍閥養士兵的階級豢養的背景
和實質。〔註332〕他還試圖顛覆各種來自民間的抒情詩歌，推翻禮教加諸於其
上「託男女以寓君臣」的成見，從古墓中挖出抒情詩來。〔註333〕他對管夫人
寫給丈夫趙孟頫的詞〈我儂詞〉給了極高的評價，說其中「將一塊泥兒：捏一
個你；塑一個我」的深情，「我身子裏也有了你，你身子裏也有了我」的靈肉
合一，其自由的形式，白話的表達，是「自由的白話詩的破天荒」。〔註334〕劉
大白認為新詩要緊的是從「鬼話」中解放出來，講「人話」，實現從毛詩到楚
辭自由化再到佛教偈頌影響下無韻類型的現代轉變。他對舊詩的評說不拘於
舊說，而是以美的生命、肌肉和骨架來品評。〔註335〕對於新詩的要求也是一
樣，他認為新詩的自由並非是完全放任，也不是一點韻律都不講，美的生命

〔註330〕劉復：《半農雜文二集》（上海：良友圖書印刷公司，1935年），頁13。
〔註331〕劉大白：〈樵夫苦娘〉，《舊詩新話》（上海：開明書店，1928年），頁4～
　　　　5。
〔註332〕劉大白：〈畫雞橫幅詩〉，《舊詩新話》，頁51。
〔註333〕劉大白：〈從古墓中挖出抒情詩來〉，《舊詩新話》，頁54～55。
〔註334〕劉大白：〈管夫人和我儂詞（一）〉，《舊詩新話》，頁45～47。
〔註335〕劉大白：〈從舊詩到新詩〉，《當代詩文》1929年創刊號，頁9～11。

有美的裝飾自是更理想，外形要與內容相協調。〔註336〕因此，他研究古詩的韻律，也是為新詩提供思路。他自己的新詩如上文就有仿民歌的《賣布謠》等，還有寫民生勞工的，其語言真實自然，真正出自口中。其他寫浙東題材的詩作如〈白馬湖之夜〉〈紅樹〉，是白馬湖作家群中對白馬湖情感表達的唯一兩首新詩。〔註337〕特別是後詩，有舊體詩痕跡，確是新詩中的佳作，被稱為「用辭最工，一字不苟……用韻也異常穩貼入微」〔註338〕。又如〈不住的住〉中的哲理性，〈土饅頭〉中以詩句入詩，古詩「城外多少土饅頭，城中都是饅頭餡」，詩人加以引申，指向當下「土越貴，餡越賤了！」並預見土饅頭日漸增添，發出「將來拿什麼養活那饅頭餡」〔註339〕的預警，在關心民生疾苦中又表現出深遠的憂思。

在新詩出現了新的自然的因素，隨著浙東鄉土作家先後崛起於文壇，小說中也出現了鄉土的憂鬱。魯迅、王任叔、許欽文、王魯彥等小說中利用民間文學的資料，書寫浙東民間生活，並推及更廣大區域的民生，小說中出現了新的題材和主題。王任叔深入寧波底層社會，大力表現民間疾苦，他的小說常取材自鄉間生活，有的只是生活中的一個斷面，但以其對鄉村生活的熟習，他總能在剪裁上切中肯綮，讓讀者看到其本質。除了小說，他又有746行的長詩〈烘爐〉成稿於1922年七、八月間，1924年又作修訂。比1926年朱湘發表的長詩〈王嬌〉要早兩三年。主人公鐵兒是一個只有「一間茅舍、一橢破屋」「一座竹山、幾丘田畈」，終日勞苦的青年農民。官匪混戰、土豪盤剝，鐵兒一家「生活雖是勞碌」，因為尚有「父母妻妹團聚的歡愉」，生活勉強得過。但鐵兒的牛踏了鄉紳的馬，「禍事」從此不絕如縷：田地被抽掉了，妻子上弔死了，鐵兒被逼得走投無路。〔註340〕〈烘爐〉一如既往地延續了王任叔小說的題材，但用詩筆來寫作，駱寒超評之「我們在〈烘爐〉裏聽到了五四文學的最強音。」〔註341〕

劉大白在浙一師時，他所指導的學生中有馮雪峰、潘漠華、汪靜之，以

〔註336〕劉大白：〈從舊詩到新詩〉，《當代詩文》1929年創刊號，頁15。
〔註337〕張堂錡：〈劉大白與白馬湖〉，《嬗變中的光影——現代中文文學研究論叢》（臺北：文史哲出版社，2008年），頁169。
〔註338〕王夫凡：〈龍山雜憶〉，《劉大白研究資料》，頁306。
〔註339〕劉大白：〈土饅頭〉，《秋之淚》（上海：開明書店，1930年），頁38。
〔註340〕王欣榮：《王任叔巴人論》，頁26。
〔註341〕駱寒超：〈論巴人的〈烘爐〉及其在中國現代敘事詩上的地位〉，《文藝理論與批評》1987年第4期，頁79～87。

及上海的應修人，後來四人合出了詩集《湖畔》，這一詩人群體被詩壇稱為「湖畔詩人」。《湖畔》詩以情詩為主，其清爽純淨的詩風在當時偽浪漫主義盛行的詩壇好似一股清泉，遠在異國留學的宗白華也著文稱讚他們的詩是「自自然然地寫出來的」，這天然流露的詩，如同鳥的鷗，花的開，泉水的流，〔註342〕十分清新、自然、質樸。馮文炳認為湖畔詩比胡適《嘗試集》和康白情的《草兒》更具有「解放」的意義：他們的新詩可以說是最不成熟，可是當時誰也沒有他們的新鮮，他們寫詩的文字在他們以前是沒有人寫過的，他們寫來是活潑自由的白話文字。〔註343〕這些詩評都充分肯定他們善於運用自由的白話，表達真情實意。

湖畔詩人主要大量寫的是江南風情中少年人的情思。應修人情詩多以鄉村小兒女的生活為主要對象，帶著山水泥土的清新。如〈村裏〉兩個少男少女的形象：「斜帶著竺兒，踞著身兒，／執著鞭兒，拈著野花兒，／一樣地披著布短衫。」他們之間純潔的情感交流：「只隔著澄靜的水，笑喊著妹妹哥哥。」在廣為人所稱道的〈妹妹你是水〉中，將妹妹比作「清溪裏的水」，是「無愁」「率真」；又比作「溫泉裏的水」，顯其熱情；又比作「荷塘裏的水」，希望能「借荷葉做船兒，／借荷梗做篙兒，／妹妹我要到荷花深處來。」水的柔，與女性的溫婉相應，貼切地喻為所愛的女性，把愛的天真活潑、熱切炙人與纏綿執著，通過對水的詠唱十分大膽地表現了出來。〔註344〕這種情感的直接表達，所借的喻體是生活中常見的意象，與民歌中的情歌是類似的。

馮雪峰也有〈山裏的小詩〉那般清靈的詩作，但他更關注人的命運，他在詩作中或讚美生命不止抗爭不息的精神，或表現出對農民的同情，筆端流露出來的是與土地、與農民緊緊擁合在一起的情致。如《雨後的蚯蚓》描寫蚯蚓在艱難的處境中「不息地動著」，讓讀者驚歎於生命的力量；長達70餘行的〈睡歌〉，「展示了一位貧苦農婦充滿愛心的情感世界，其感人的力量可與艾青的〈大堰河——我的保姆〉相比擬」。〔註345〕膠著於人的命運，馮雪峰下筆總是較沉鬱，這大概也決定了他後來從人的社會性的關注更多轉到政治上。

〔註342〕宗白華：〈《蕙的風》的讚揚者〉，《時事新報・學燈》，1923年1月13日。

〔註343〕馮文炳：〈湖畔〉，《談新詩》（北京：人民文學出版社，1984年），頁111、113。

〔註344〕龍泉明（1951～2004）：《中國新詩流變論：1917～1949》，頁135～136。

〔註345〕王嘉良：〈論地域文化視閾中的「湖畔」詩人群〉，《浙江學刊》2009年第6期，頁77。

應修人表示湖畔詩人想要自由做自己的詩,做一個純粹的詩人的願望,他認為情思應該是自由的、無限制的,但若需要用到韻,也不反對。〔註346〕他們後來發現舊體詩也有美的存在,可以採認,認為「中國字是單音,單音終也有單音底長處,我們要採取西洋音補長而發揮我們固有的以和成一種較好的詩體」,創造具有「中國原有的詩或俗話底風格」〔註347〕的詩體。湖畔詩人的詩歌題材多鄉間民生,語言質樸,形式自由自然,被認為1920年代老老實實寫情詩的少年的代表。

在詩作中歌唱民生之艱的還有鄭振鐸,作為文學研究會的主要發起人,他認為「輓歌般的歌聲,較之『朦朧夢境之希望來得響亮得多』」,〔註348〕其詩作往往以沉重的詩風唱出「人世間的黑暗和悲慘」。這是怎樣的世界呵,鄭振鐸的「悲鳴之鳥」唱著「小孩被惡狼吞噬,窮人被富人絞死,百姓被軍閥槍殺……」悲鳴之鳥「悲歎現在的『人』的血都冷了」,「悲歎在現在寂沉的世間,連一個為自己的生命與權利與自由而奮鬥的人也沒有了。」〔註349〕他的〈侮辱〉同樣是為「被侮辱的人」哀傷,可是詩人又充滿信心地鼓勵到:「被侮辱的人,不要哭吧?/讓我們做太陽,/讓我們做太陽光的一線。/只要我們把無數的太陽光集在一起,/就可以把黑霧散開了。」他的〈成人之哭〉〈社會〉〈本性〉等詩作也都充滿了對被侮辱者的同情,但與湖畔詩社的詩作寫作旨趣完全迥異,鄭振鐸希望從某一角度對人生進行理性的探索,是詩壇「試圖從理性的角度通過形象描寫與意象表現,去探究和表現社會現實的努力」,〔註350〕其詩作往往具有哲學思索的意味,有的詩作也具有較強的藝術性。徐雉的《酸果》雖是各種題材的集合,形式多樣恰是其特色,在〈曙光〉中對工農形象的讚美;在〈送給上帝的禮物〉中將小孩、工人、窮人、詩人送入了天堂;〈沖喜〉則以詩句「一粒星嵌在天際」的起興重複,引領每一節的開頭,敘述了女性短短幾天內從出嫁到丈夫的死亡,對沒有婚戀自主權的女性從新娘變成寡婦的可悲命運充滿了同情。正是對於民間民生百態的關切,讓詩人們不再執著於小我的孤芳自賞,打開了向各群體的打量眼光,詩作增

〔註346〕〈修人書簡〉,《新文學史料》1981年第11期,頁5。

〔註347〕〈修人書簡〉,《新文學史料》1981年第11期,頁5。

〔註348〕西諦(鄭振鐸):〈將來之花園・卷頭語〉,徐諾玉:《將來之花園》(上海:商務印書館,1922年),頁2。

〔註349〕鄭振鐸:〈悲鳴之鳥〉,《文學旬刊》1922年第36期,頁2。

〔註350〕龍泉明:《中國新詩流變史》,頁80~85。

添了自然的氣息。也許其技巧還顯得稚嫩，但探索的詩行中已流露出博大的胸懷與力量。

　　民間文學的傳情達意是大膽直接，完全用口語。浙東作家在通過各種方式將民間文學引入作品，題材上向更廣泛的社會開掘，為要更自然地表現現實，在作品中重視方言、口語的使用，在這點上，不同創作觀念和風格的作家都對此持有的觀點是相似的。魯迅對於紹興「煉話」的推崇，周作人對於范寅的《越諺》的高度評價都有這一對方言的保存使用的考慮。在浙東作家筆下的口語多用其生活中常見的事物現象，魯迅的〈社戲〉中的「羅漢豆」指蠶豆，而把豌豆稱作「蠶豆」，是浙東一帶的稱呼。在〈祝福〉中用「回頭人」稱祥林嫂，是紹興對於丈夫死後再嫁者的稱呼。「大腳色」「破腳骨」都是浙東方言口語中使用的，前者指負有盛名的大人物，後者專指潑皮流氓。周氏兄弟用這些方言口語用詞，表達極其簡練傳神，且又富有地方風情。其他寫實主義作品中使用方言也比較突出，王任叔小說中大量用了只在吳方言的浙東寧紹小片區中才使用的詞彙，如「小娘」「沙頭」「瞎眼地鼠」等等，這些在不熟悉吳語的讀者讀來會有點生澀的詞彙，也有別於與小說整體的敘述方式以及作品中其他知識分子說話使用的書面語體，但從來自社會底層沒有接受過正式教育的工人口裏說出來，是恰如其分的，既扣住了人物的身份，也加強了小說中民間底層的現實感。

　　提倡「感性革命」的中國新詩派認為詩歌「現代詩歌是現實、象徵、玄學的新的綜合傳統」，〔註351〕詩作以「關注社會的與心理的現實為生命」，〔註352〕但要從生活經驗中抽離，上升到文學經驗。他們也重視使用方言口語，看重其中所蘊藏的巨大可變性，有利於「戲劇化」的呈現。袁可嘉說「民間語言與日常語言的好處都在他們儲藏豐富，彈性大，變化多，與生活密切相關而產生的生動，戲劇意味濃。」〔註353〕他的詩歌創作就善於運用民間語言，以再現從生活經驗中來的生活場景，如〈冬夜〉中「身邊天邊確都無以安慰，／這陣子人見面都歡見鬼；／阿狗阿毛都像臨危者抓空氣，／東一把，西一把，卻越抓越稀。」短短四行詩句中，「見鬼」「阿狗阿毛」「東一把，西一把」這

〔註351〕袁可嘉：〈新詩現代化──新傳統的尋求〉，《大公報・星期文藝》1947 年 3 月 30 日。

〔註352〕孫玉石（1935～）：《中國現代主義詩潮史論》（北京：北京大學出版社，1999 年），頁 332。

〔註353〕袁可嘉：〈對於詩的迷信〉，《文學雜誌》第 2 卷 11 期，頁 12。

類浙東民間常用的口語，形象地表達了人們所面臨的苦難，以及面對苦難的惶惑。其〈號外二章〉中說「掉的不會是雪花——只是一二把爛稻草！」，這「一二把爛稻草」是寧紹平原農村用來形容那些無用醜陋事物的，詩句中將潔白的雪花與散發出黴味的爛稻草對列，強化了人們對於戰爭所帶來的創傷與毀滅的憎惡。

袁可嘉也瞭解資本主義文明的流弊容易把人推向原始，厭惡城市的不安和工業的不和諧，人們懷念自然和淳樸，「到民間歌舞裏尋找新鮮的情致，有力的表現，」但他反對以原始的來改造，「原始的傾向雖然有消極矯正的意義，卻不足以積極解決現代文化的難題」，〔註 354〕現代詩需要關注現實，但要「超越一切在狹小地面上爬行的經驗」，〔註 355〕藝術的情緒已經與真實的生活情緒有了變化，從生活中來的原始粗糙材料需要被「溶冶」，才能被提升為藝術。〔註 356〕因此，現代詩不能迷信於民間語言，要兼顧地方色彩與全國性，口頭的與書面的。他自己的詩歌創作堅持將地方性與通用性結合，從西方現代詩歌中吸取營養，也不忽視古典詩歌，他告誡後學詩歌創作「盡可以從民歌、民謠、民間舞蹈獲取一些矯健的活力，必需的粗野，但我們顯然不能停止於活力與粗野上面，文化進展的壓力將逼迫我們放棄單純的願望，而大踏步走向現代。」〔註 357〕現代作品必須首先關注個體和民族的現實，師法多重資源獲得更豐富的表現手段，不可迷信新鮮有力的民間文學的原始性，但富有表現力和多變性的民間語言可以有助於實現「新詩戲劇化」。

小結

與民間文學的互動，開闊了浙東現代作家的創作視野，讓他們將目光不僅僅停留在知識分子的小圈子，而是走向民間，去描寫新的形象新的題材新的主題。當他們的作品指向民間社會，民間的各種人物也就自然需要民間文學的加入；而這些新的形象又是有別於文人的柔弱纖細的，他們身上表現出

〔註 354〕 袁可嘉：〈詩與民主——五論新詩現代化〉，《大公報·星期文藝》1948 年 10 月 30 日。

〔註 355〕 唐湜：〈論《中國新詩》——給我們的友人與我們自己〉，《華美晚報》1948 年 9 月 13 日。

〔註 356〕 袁可嘉：〈對於詩的迷信〉，《文學雜誌》第 2 卷 11 期，頁 9～10。

〔註 357〕 袁可嘉：〈對於詩的迷信〉，《文學雜誌》第 2 卷 11 期，頁 9～10。

原始的自然的力量，會感染、撼動讀者，也賦予作品以剛健的風貌；他們的
群體性審美，以及在民間文學中的直觀性形象思維，又會反過來引導作者去
探索創造符合其身份特點的表達方式與形式，白話、口語的採用是必然的。
這就推動了歌謠化新詩、新的情詩、鄉土文學等新的形式、題材的產生，也
促使作家深入思考如何融合民間，為創作所用的問題。浙東作家向民間文學
借鏡，引入民間文學的資源，完成了對某些經典民間文學的重述或重釋。他
們努力在其創作中嘗試新的形式，也許有些方面還不太成熟，但他們利用、
吸收民間文學的健康自然的風貌，為己所用，使創作改變單一文人審美傾向，
呈現出多種審美交融的特點，並加入到現代文學的整體中，成為其重要的組
成部分。

結　論

　　通過分析，本書認為現代文學史上浙東作家所刮起的「浙東風」是值得深入探討的現象，這一以浙東地域命名的群體，不只是一個具有同一籍貫的鄉誼聯結，而是存在著具有鮮明地域色彩表現出多方面共通性的作家群體。此一群體隊伍龐大，組成較複雜，觀念也多樣化；其創作題旨宏大攸關國民性討論，細微到關懷人的俗世欲望，既有現代派創作，也包含通俗文學，各種風格類型並存；他們在新文化運動中鵲起，很快就以「浙東風」成為鄉土文學、左翼文學等文學熱潮的中堅力量，他們發起或參與成立的文學研究會、語絲社、「左聯」等社團，成為中國現代文學史上的主力。

　　浙東作家的成才是地方客觀環境、民性民風、學術傳統及歷史變動的際遇合力促成的。他們共同扎根於浙東民間社會艱苦卓絕的環境下，有著驚人的耐勞吃苦精神，又從浙東民間自古以來的抗爭活動中鑄成了錚錚鐵骨，面海的開闊給予他們外向的視野。大禹、句踐等所張揚的切實為民、自苦節用的作風，浙東學派重實致用的學風，切於民用、功利實用、工商皆本的主張，融合進浙東現代作家的思想資源寶庫中，引導他們重視民間。當外來力量觸動沉靜而封閉的社會，開始掀起波瀾之際，他們勇於跑異地走異路。在異文化圈身份認同的邊緣化過程中，獲得另一種眼光看待原鄉社會，率先用文學創作描寫社會和人生，並從關注民間入手探討種種社會問題。

　　浙東現代作家基本上是離開原鄉後成為作家的。周氏兄弟特別是魯迅為他們的領軍人物，他們在上海、北京等地開展文學活動，從事文學創作，以魯迅為中心的人際互動也是帶動這一群體的重要因素，他們有的受魯迅等的影響，有的在其指導下成長，有的長期追隨魯迅，在文學觀念、技巧上逐漸

靠攏。浙東脾性總是能讓他們以敏銳眼光和犀利言辭，找到社會的、文化的問題，切中肯綮，將國民性問題等討論引向深入，或者以投槍匕首般的雜文，形成鮮明的「浙東風」，從 1920 年代的語絲社到 1940 年代「魯迅風」爭論，都可見到浙東人「師爺氣」的習性。可以說，是浙東人的民間精神氣質賦予他們成就自己和群體的可能；也是這種抗爭不服輸的浙東脾性，讓這些作家很難在大時代的車輪下全身而退。

浙東現代作家的文學創作是中國現代文學史的重要組成部分，其中個體作家為中國現代文學所作的貢獻，在現代文學史、各作家研究中已有詳細介紹和深入討論；作為整體，浙東現代作家對轉變中的浙東民間文化書寫，至少有幾方面的意義。第一是在文學史的轉變中首先亮出了浙東的旗幟，走上了現代文學的歷史舞臺。在文學史由古向現代文學轉變的過程中，白話文運動的興起是充分借鑒了其庶民語言的個性的，在這場運動中，以周氏兄弟為首的浙東作家是最早參與其中的，他們的民俗學活動打開了文學走向民間的道路，並以其創作實績成就了白話文學的興起，真正賦予這種新文學以現代的品格。浙東地區是最早感受到歐風美雨衝擊，經濟、社會、文化開始近現代化的區域之一。浙東現代作家也是最早開始接受西學的那批知識分子，他們大多有著同樣的經歷，在學識上學貫中西，「越境」的經歷使他們的文化視野具有了超越一般的寬廣和深度。民間是他們思考國民性的對象，也是創作的重要來源。因此，當時機來臨，這些浙東現代作家能充分展現他們對於民間和社會的思考，他們對浙東原鄉民間文化的書寫是自覺的，他們在創作中從民間社會的方方面面，探討國民性的問題，達成啟蒙或者利用民間大眾的力量來探索救亡之路。他們諳熟浙東民間社會，可以利用民間文化各個方面的內容，作為創作的素材，運用他們的點睛之筆來審視浙東民間，打開深入瞭解、理解浙東民間的窗口。也許不同風格的作家，個性、立場有異，所使用的技巧各有特色，但其創作都有共同的浙東民間文化內容，或帶有浙東民間文化的生活經驗，或是以浙東經驗為基礎。

第二是文獻的保存價值。浙東現代作家的創作不管在哪種立場，其目的大多用以考察民間社會，討論國民性問題，實現啟蒙；或引導利用大眾實現革命任務，都強調文學的社會教化作用，帶有較強的功利的文學社會學企圖。這一群體的成就與浙東特殊的時空條件密不可分。「變化」是中國近現代歷史的關鍵詞，也是浙東現代作家書寫浙東民間文化的關鍵。浙東處於近現代社

會轉變的最前沿，轉變是該區域在特定歷史階段的動態表現，商業經濟的發展、政治制度變化，促成了一體化社會的解體，導致人們的社會心理、家國觀念、人際往來都開始現代轉變，文學開始隨之現代轉向，在觀念的呈現，技巧的使用，塑造的人物等方面脫離傳統表現方式，具備現代品格。反映在民俗中，是在浙東傳統民間審美基礎上長期積澱形成的民俗，也在移風易俗中更替變動，從物質到觀念、心理的無不如此。且早於其他區域開始變化。浙東現代作家感受並把握住了這種變化，他們的作品中表現處於變動的人們的心理、觀念和精神面貌，表現變化中的經濟形態和社會結構，改變中的民俗和鮮明地域特色的民間文學。在客觀上，浙東現代作家的民間文化書寫既是以自己的記憶與想像結合完成的創作，其對浙東社會的記憶，也是有關浙東地方的文化記憶，具有特定歷史時期社會生活記錄的價值，展示了近現代浙東、浙江乃至全國生產、生活等各方面的狀況。

　　第三是豐富了文學創作。浙東現代作家對於浙東地方文化的書寫，在現代文學史上未曾間斷，這也印證了作家創作轉向之際，總是向民間汲取營養的論斷。對於浙東現代作家，原鄉民間社會是他們的出發點，從小在民間文化中得到滋養，培養出來的興趣、知識，都成為以民間為切入點思考諸多問題的先決條件。在他們的創作中，浙東豐富的民間文化資源是他們取之不盡用之不竭的天然良礦；民間文學的諸多可資借鑒的技巧、精神，又給予他們有別於創作傳統的啟發，浙東現代作家正是在對民間文化的批判性學習中，完成了對民間文化的審視，自己創作上的提升或轉變。作家們以文學的手法完成對民間文化的利用，成功的作品也是對作家文學創作上審美題材、技巧的拓展。民間文學與作家文學不是簡單的高下優劣之分，也存在一定的互生關係。作家文學的發展可以從民間文化得到啟示，作為自我更新的動力源泉；也可以反哺民間文學，使其被傳播得更廣泛。優秀的作家不會拒絕民間文化，置於地方的環境下，其人物、作品會散發出真實自然的魅力。〔註 1〕

　　最後也擴大了浙江文化的影響。浙東現代作家對原鄉民間文化的書寫，不是矮化了他們的成就，而進一步證明地方的也是民族的。他們以多樣化的技巧，再現浙東地方的社會習俗，還原了生活的真實。其中的民俗文化以固

〔註 1〕黃修己：〈趙樹理創作與晉東南地理〉，陳荒煤等著，《趙樹理研究文集》（上），《近二十年趙樹理研究選萃》（北京：中國文聯出版公司，1998 年），頁 183～185。

有的心態、民俗的思考原型，操縱人的行動，對於民俗文化的書寫，是更深刻地觸及到民俗文化長期型塑下浙東人的社會心理、思維慣性的。茅盾認為王魯彥小說成功之處就在於對「鄉村小資產階級的心理，和鄉村的原始式的冷酷」〔註2〕的深刻揭示與成功刻畫；蘇雪林評王魯彥「寫寧波民族氣質的澆薄勢利，極為深刻」〔註3〕，都是指出對地方環境中人物的深層次心理揭示的作用。在典型人物中，這些深層次心理更多具有普遍性，正是在這點上，浙東現代作家的國民性問題探討才具有了超越地方的深度和廣度。他們作品中的浙東民間書寫，浙東民間文化隨著作品傳播而傳到各地，也對外擴大了該地的文化影響力。

本文將對浙東現代作家的下限在 1949 年，對於這些浙東現代作家此後的活動不作探討。事實是，分析 1949 年後浙東現代作家的創作活動，可以透過其命運做觀察。1949 年後留在大陸的這些作家命運大概可分成兩類人物，中國共產黨的文藝戰線的領導者和被領導者，前者基本上因社會活動終止了創作，後者則被迫放下手中的筆，開始了不同的命運，但 1966 年後又殊途同歸，在鬥爭、運動中遭受非人的磨難，有的早就已經進入各地高校從事學術研究工作，同樣逃不過被批鬥的命運。大部分作家都於這個時間段離世，即使僥倖逃過了文革的摧殘幸存下來了，也少有再繼續創作者。1949 年後的歷次政治運動到文革走向極致，對於從不屈服硬氣的浙東人，無疑是莫大的災難。周海嬰的《我與魯迅七十年》中有情節顯示，1957 年有人提出假如魯迅活著，現在會是怎樣的假設性命題，據其說毛給出兩種答案：要麼在獄中，要麼識大體停筆。〔註4〕該著發表後，對此情節的真實性各界討論爭論很多，學者認為對此可以持「漸信之」態度。〔註5〕撇開情節真實性不提，該問題雖然是假設的，答案卻道出了絕大多數浙東現代作家在 1949 年後的命運。在一浪高過一浪的政治運動中，有著浙東人硬氣的老作家遭受種種迫害已然不可能正常創作；而地方環境進入到新的更加嚴密的一體化社會結構中，這樣的土壤是難以孕育出具有浙東民間精神氣質的現代作家的。這大概也是 1949 年以後，

〔註2〕茅盾：《王魯彥論》，曾華鵬，蔣明玳編：《王魯彥研究資料》（北京：知識產權出版社，2010 年），頁 142。

〔註3〕蘇雪林：〈王魯彥和許欽文〉，《王魯彥研究資料》，頁 147。

〔註4〕周海嬰：《我與魯迅七十年》（海口：南海出版社，2001 年），頁 371。

〔註5〕黃修己：〈披露「毛羅對話」史實的啟示〉，《文藝爭鳴》2003 年第 2 期，頁 12～14。

原先稱文學大省的浙江一下子萎縮的歷史原因之一。相形之下，另一部分離
開大陸的作家就顯得幸運，他們在海外繼續或開始了關於浙東民間的創作，
徐訏、於梨華、劉以鬯的小說，琦君的散文等在港澳臺繼續著浙東作家的創
作風貌，但其成就已無法與此前的群體性影響相比。

　　浙東現代作家人數眾多，作品數量更是數不勝數，本書只能以寧紹地區
代表性作家為例，兼及其他大浙東區域內的現代作家，選取他們對於民間文
化表現突出的代表性作品，展開分析。民間文化是個龐雜的抽象概念，收錄
其中的內容歷來見仁見智。主要章節的民間文化類別分析涉及到不同立場、
風格的作家創作，也為了集中於民間文化本身，對文本多面上討論。對於浙
東現代作家的研究，本文只是一個開始，大致梳理了浙東風的整體狀況，後
續可以開展的工作很多。僅從文藝民俗學的角度就可以做作家、作品多方面
的拓展。誠如專家所言，浙東作家在浙東地域文化創寫中所反映出的對農事
和人事的關注，其間是有著明顯的差異，各類民俗、民性、民風的內容中需
要細分辨明的工作還很多。筆者希望能在此基礎上，今後希望能拓寬範圍，
將時間前推至 1840 年的近代開端。在文學上，近代文學處於尷尬的境地，古
代文學和現代文學涉獵都有限。而對「浙東區域」近代這個交織著屈辱和希
望的歷史階段，文人創作、民間社會如何因應，各種資料散溢，尤其是隨著
西人源源不斷進入，他們以「他者」視角的文字記載散見各地，如以帶海洋
特點的民俗為對象，梳理彙編具體資料，考察其近代以來的演變脈絡，及其
文學作品中的創寫，應能更清晰地反映民俗的發展，民間文學與作家文學的
互動。在現代作家利用民間文學資料上，還可再具體深入，對照《民間文學
集成》叢書，及近年各地採集整理的民間文學作品集，將作家作品中涉及到
的浙東民間文學類別一一檢視，應該可以發現更多採擷、改變線索，從中可
以討論作家怎樣利用如何利用等文學方面的問題；如果把作家創作視為文獻
資料的一類，經過對照，也可以發現某些文本的發展變化的脈絡，探討導致
變動的原因等；在某些具體類別上，會突破浙東的侷限，可以討論這些類別
的民間文學傳播，民間文學與作家創作的互動等。民間文學種類眾多，每個
類別都各有自己的特點，目前在大陸因各自受制於不同的學科，兩廂交叉的
研究還不多見，相信這些方向的研究都還可以有所作為。

徵引文獻

一、古籍（按版本年代排序）

1. 〔漢〕劉向撰，向宗魯校正：《說苑校正》，北京：中華書局，1987 年。

2. 〔漢〕許慎撰：《說文解字》，上海：商務印書館，1935 年。

3. 〔東漢〕袁康撰：《越絕書》，上海：商務印書館，1937 年。

4. 〔東漢〕趙曄撰：《吳越春秋》，上海：商務印書館，1937 年。

5. 〔東漢〕王充著，陳蒲清點校：《論衡》，長沙：嶽麓書社，1991 年。

6. 〔漢〕劉向集錄，〔東漢〕高誘注：《戰國策》，上海：商務印書館，1934 年。

7. 〔東漢〕高誘注：《呂氏春秋》，上海：掃葉山房書局，1926 年。

8. 〔吳〕韋昭解：《國語》，上海：商務印書館，1937 年。

9. 〔晉〕杜預注：《春秋左傳集解》，上海：上海古籍出版社，1988 年。

10. 〔晉〕郭璞傳：《山海經》，據江安傅氏雙鑑樓藏明成化庚寅刊本影印。

11. 〔晉〕干寶：《搜神記》，鄭州：中州古籍出版社，2010 年。

12. 〔梁〕任昉：《述異記》，武漢：崇文書局，1875 年。

13. 〔漢〕孔安國傳，〔唐〕陸德明音義：《尚書》，相臺岳氏家塾本。

14. 〔漢〕鄭玄注，〔唐〕陸德明音義：《禮記》，景上海涵芬樓藏宋刊本。

15. 〔唐〕房玄齡等撰：〈天文志〉，《晉書》，北京：中華書局，1997 年。

16. 〔戰國〕荀子撰，〔唐〕楊倞注：《荀子》，上海：商務印書館，1936 年。

17. 〔唐〕孔穎達等撰：《春秋正義》，海鹽張氏涉園藏日本覆印景鈔正宗寺本。

18.〔漢〕司馬遷,〔宋〕裴駰集解,〔唐〕司馬貞撰:《史記》,北京:中華書局,縮印版,1997 年。

19.〔漢〕公羊壽傳,〔漢〕何休解詁,〔唐〕徐彥疏,浦衛忠整理,楊向奎審定,《春秋公羊傳注疏》,北京:北京大學出版社,2000 年。

20.〔唐〕李賀撰,〔清〕王琦彙解:《李長吉歌詩》,乾隆二十五年刊本。

21.〔宋〕李昉撰:《太平御覽》,北京:中華書局影印,1998 年。

22.〔隋〕王通撰,〔宋〕阮逸注:《中說》,景常熟瞿氏鐵琴銅劍樓藏宋刊本。

23.〔宋〕吉天保編:《孫子集注》,景江南圖書館藏明嘉靖乙卯刊本。

24.〔宋〕呂祖謙撰:《左氏傳說》,上海:商務印書館,1937 年。

25.〔宋〕朱熹撰:《孟子集注》,濟南:齊魯書社,1991 年。

26.〔宋〕周輝撰:《清波雜誌》,常熟瞿氏鐵琴銅劍樓藏宋刊本)。

27.〔宋〕葉適著:《習學紀言序目(上)》,北京:中華書局,1977 年。

28.〔宋〕黎靖德編:《朱子語類》,北京:中華書局,1986 年。

29.〔晉〕張華撰,〔宋〕周日用注:《博物志》,士禮居本。

30.〔元〕脫脫等撰:《宋史·陳亮傳》,《二十四史》,微縮版,北京:中華書局,1997 年。

31.〔元〕陶宗儀撰:《南村輟耕錄》,吳潘氏滂憙齋藏元刊本。

32.〔明〕王陽明:〈節菴方公墓表〉,《王陽明全集》,上海:上海古籍出版社,1992 年。

33.〔明〕徐渭:《南詞敘錄》,《中國古代戲曲論著集成》,北京:中國戲劇出版社,1982 年。

34.〔明〕王士性:《廣志繹》,上海:古籍出版社,1993 年。

35.〔明〕王思任,李鳴選注:《王季重小品》,北京:文化藝術出版社,1996 年。

36.〔明〕張岱:《夜航船》,北京:中華書局,2015 年。

37.〔明〕張岱:《陶庵夢憶》,上海:商務印書館,1939 年。

38.〔明〕張岱,公戶夏點校:《張岱全集·三不朽圖贊》,杭州:浙江古籍出版社,2017 年。

39.〔明〕黃宗羲:《黃宗羲全集》(第 1、2、10 冊),杭州:浙江古籍出版社,2005 年。

40. 〔清〕聞性道撰：《康熙鄞縣志》，清康熙二十五年刻本，卷8；卷9；卷24中。

41. 〔清〕沈翼機編纂，嵇曾筠監修：《雍正浙江通志・風俗（上）》，卷99，文淵閣四庫全書本。

42. 〔清〕全祖望：《鮚埼亭集》，臺北：華世出版社，1977年，外編。

43. 〔清〕全祖望：《全祖望集彙校集注》，上海：上海古籍出版社，1999年。

44. 〔清〕章學誠：《文史通義》（卷五），光緒三年貴陽刻本。

45. 〈唐僖宗南郊敕文〉〔清〕董誥輯：《全唐文》，清嘉慶內府刻本。

46. 〔明〕黃宗羲著，〔清〕黃百家輯，〔清〕全祖望修定，〔清〕王梓材等校定：《四朝學案》，上海：世界書局，1936年，第1冊、第2冊。

47. 〔清〕畢沅校注：《墨子》，上海：上海古籍出版社，2014年。

48. 〔清〕范寅：《越諺》，谷應山房版。

49. 〔清〕郭慶藩集釋：《莊子集釋》，上海：世界書局，1935年。

50. 〔清〕孫詒讓著，孫怡楷點校：《墨子閒詁・墨子後語》（新編諸子集成第1輯）北京：中華書局，1986年。

二、專書（按姓氏筆劃排序）

（一）中文專書

1. 《上海婦女志》編纂委員會：《上海婦女志》，上海：上海社會科學院出版社，2000年。

2. 《浙江辛亥革命史料集》，杭州：浙江古籍出版社，1999年，卷8。

3. 《浙江省文學誌》，北京：中華書局2001年。

4. 《浙江潮》1903年第1～9期，中國國民黨黨史史料編撰委員會藏本，1968年影印。

5. 丁世良、趙放主編：《中國地方志民俗資料彙編》（北京：書目文獻出版社，1995年），華東卷。

6. 巴人：《女工秋菊》，哈爾濱：北方文藝出版社，1986年。

7. 巴人：《龍厄》，哈爾濱：黑龍江人民出版社1983年。

8. 巴人：《莽秀才造反記》，北京：人民文學出版社，1984年。

9. 巴人：《窄門集》，香港：海燕出版社，1940年。

10. 車錫倫：《中國寶卷研究論集》，臺北：學海出版社 1997 年。

11. 方同義、陳新來、李包庚著：《浙東學術》，寧波：寧波出版社，2006。

12. 六齡童：《取經路上六十年》，上海：上海文藝出版社，1988 年。

13. 毛澤東：《在延安文藝座談會上的講話》，北京：華北社，1950 年。

14. 王夫子（王治國）：《殯葬文化：死亡文化的全方位解讀》（北京：中國社會出版社，1998 年）

15. 王光東：《民間的意義》，吉林出版集團有限責任公司，2009 年。

16. 王光東：《現代·浪漫·民間——20 世紀中國文學專題研究》，上海：上海人民出版社，2001 年。

17. 王光東等：《20 世紀中國文學與民間文化》，上海：復旦大學出版社，2007 年。

18. 王任叔：《鄉長先生》，上海：良友圖書公司，1936 年。

19. 王先明：《近代紳士——一個封建階層的歷史命運》，天津：天津人民出版社，1997 年。

20. 王泛森：《章太炎的思想——兼論其對儒學傳統的衝擊》，上海：上海人民出版社，2012 年。

21. 王欣榮：《王任叔巴人論》，北京：文化藝術出版社 1991 年。

22. 王彪，馮健主編；羅小令，馬志友，王雷，沈瑩編著：《紹興宣卷》，杭州：浙江攝影出版社，2012 年。

23. 王魯彥：《王魯彥文集》，北京：線裝書局，2009 年。

24. 王魯彥：《王魯彥經典》，北京：京華出版社，2001 年。

25. 王魯彥：《寂寞集》，北京：青年出版社，1995 年。

26. 王嘉良：《地域視域的文學話語》，北京：中國文史出版社，2007 年。

27. 中國社會科學院文學研究所魯迅研究室編：《1913～1983 魯迅研究學術論著資料彙編》，北京：中國文聯出版公司，卷 1，1985 年。

28. 中國實學研究會編：《浙東學術與中國實學——浙東學派與中國實學研討會論文集》，寧波：寧波出版社，2007 年。

29. 包偉民：《江南市鎮及其近代命運（1840～1949）》，北京：知識出版社，1998 年。

30. 包亞明主編：《現代性與空間生產》，上海：上海教育出版社，2003 年。

31. 馮爾康：《馮爾康文集》，天津：天津人民出版社，2019 年。

32. 樂黛雲編：《國外魯迅研究論集》，北京：北京大學出版社，1981 年。

33. 寧波市教育委員會編：《寧波市教育志》，杭州：浙江人民出版社，1994 年。

34. 寧波市鄞州區檔案館編：《近代鄞縣——史料輯錄（上）》，天津：天津古籍出版社，2013 年。

35. 葉崗、陳民鎮、王海雷：《越文化發展論》，北京：中華書局，2015 年。

36. 畢桪主編：《民間文學概論》，北京：民族出版社，2004 年。

37. 劉大白：《舊詩新話》，上海：開明書店，1928 年。

38. 劉大白：《賣布謠》，上海：開明書店，1929 年。

39. 劉大白：《秋之淚》，上海：開明書店，1930 年。

40. 劉明逵：《中國工人階級歷史狀況（1840～1949 年）》，北京：中共中央黨校出版社，1985 年，第一冊。

41. 劉復：《半農雜文二集》，上海：良友圖書印刷公司，1935 年。

42. 劉禎：《中國民間目連文化》，北京：時代華文書局，2015 年。

43. 劉錫誠：《二十世紀中國民間文學學術史》，北京：中國文聯出版社，2014 年。

44. 祁連休、程薔主編：《中華民間文學史》，石家莊：河北教育出版社，1999 年。

45. 孫玉石：《中國現代主義詩潮史論》，北京：北京大學出版社，1999 年。

46. 孫伏園、孫福熙著：《孫氏兄弟談魯迅》，北京：新星出版社，2006 年。

47. 孫郁、黃喬生主編：《回憶魯迅》，石家莊：河北教育出版社，2000 年。

48. 孫席珍：《女人的心》，上海：真善美書店，1929 年。

49. 西諦（鄭振鐸）：〈將來之花園・卷頭語〉，徐諾玉：《將來之花園》，上海：商務印書館，1922 年。

50. 許紀霖：《中國知識分子十論》，上海：復旦大學出版社，2015 年。

51. 許紀霖：《啟蒙如何起死回生：現代中國知識分子的思想困境》，北京：北京大學出版社，2011 年。

52. 許紀霖：《家國天下：現代中國的個人、國家與世界認同》，上海：上海人民出版社，2017 年。

53. 許紀霖編：《20 世紀中國知識分子史論》，北京：新星出版社，2005 年。

54. 許壽裳：《亡友魯迅印象記》，北京：人民文學出版社，1981 年。

55. 許壽裳：《魯迅傳》，長春：吉林人民出版社，2014 年。

56. 許傑：《坎坷道路上的足跡》，上海：華東師範大學出版社，1997 年。

57. 許欽文：《許欽文小說集》，杭州，浙江文藝出版社，1984 年。

58. 許倬雲：《我者與他者——中國歷史上的內外分際》，香港：中文大學出版社，2009 年。

59. 許道明：《海派文學論》，上海：復旦大學出版社，1999 年。

60. 朱幫興、胡林閣、徐聲：《上海產業與上海職工》，上海：上海人民出版社，1984 年。

61. 朱海濱：《近世浙江文化地理研究》，上海：復旦大學出版社，2011 年。

62. 朱曉進：《歷史轉換期文化啟示錄——文化視角與魯迅研究》，瀋陽：遼寧教育出版社，1992 年。

63. 竹潛民主編：《浙江電影史》，杭州：杭州出版社，2011 年。

64. 陳方競：《魯迅與浙東文化》，長春：吉林大學出版社，1999 年。

65. 陳東原：《中國婦女生活史》，北京：商務印書館，2015 年。

66. 陳平原：《中國小說敘事模式的轉變》，北京：北京大學出版社，2010 年。

67. 陳崗龍：《東方民間文學概論・導論》，北京：崑崙出版社，2006 年。

68. 陳國燦：《浙江城鎮發展史》，杭州：杭州出版社，2008 年。

69. 陳荒煤等著：《趙樹理研究文集》（上），《近二十年趙樹理研究選萃》，北京：中國文聯出版公司，1998 年。

70. 陳思和、李振聲等：《理解九十年代》，北京：人民文學出版社，1996 年。

71. 陳思和：《陳思和自選集》，桂林：廣西師範大學出版社，1997 年。

72. 陳思和：《新文學的民間傳統——「五四」至抗戰前的文學與「民間」關係的一種思考》，濟南：山東教育出版社，2010 年。

73. 陳祥源、龔烈沸編著：《四明南詞》，杭州：浙江攝影出版社，2014 年。

74. 陳銓亞：《中國本土商業銀行的截面：寧波錢莊》，杭州：浙江大學出版社，2010 年。

75. 陳越主編：《越文化視野中的魯迅》，南昌：百花洲文藝出版社，2004 年。

76. 陳勤建：《文藝民俗學》，上海：上海文化出版社，2009 年。

77. 陳勤建：《中國民俗學》，上海：上海人民出版社，2017 年。

78. 陳勤建主編:《東方的羅密歐與朱麗葉:梁祝口頭遺產文化空間》,哈爾濱:黑龍江人民出版社,2005 年。

79. 何炳松:《浙東學派溯源》,桂林:廣西師範大學出版社,2004 年。

80. 何彬《江浙漢族喪葬文化》,北京:中央民族大學出版社,1995 年。

81. 何新:《中國文化史新論》,哈爾濱:黑龍江人民出版社,1987 年。

82. 李慶真:《社會變遷中的鄉村精英與鄉村社會》,杭州:浙江大學出版社,2017 年。

83. 李歐梵:《中國現代文學與現代性十講》,上海:復旦大學出版社,2002 年。

84. 李歐梵:《現代性的追求》,北京:生活‧讀書‧新知三聯書店,2000 年。

85. 李怡:《中國新詩的傳統與現代》,臺北:秀威信息科技出版,2006 年。

86. 李怡:《東遊的魔羅:日本體驗與中國現代文學的發生》,南京:江蘇鳳凰文藝出版社,2018 年。

87. 李洪華:《上海文化與現代派文學》,南昌:江西人民出版社,2010 年。

88. 李道和:《干將莫邪傳說研究》,香港:香港大學饒宗頤學術館,2009 年。

89. 李慕寒等著:《文化地理學引論》,徐州:中國礦業大學出版社,1995 年。

90. 勵成龍主編:《四明南詞傳統作品精選》,寧波:寧波出版社,2016 年。

91. 沈弘編譯:《遺失在西方的中國史:〈倫敦新聞畫報〉記錄的晚清(上)》,北京:北京時代華文書局,2014 年。

92. 沈善洪主編:《浙江文化史》,杭州:浙江大學出版社,2009 年,下冊。

93. 壽永明、裘士雄主編:《魯迅與社戲》,南昌:江西人民出版社,2005 年。

94. 蘇鳳捷、程梅花:《平民精神——〈墨子〉與中國文化》,開封:河南大學出版社,2005 年。

95. 蘇精:《上帝的人馬——十九世紀在華傳教士的作為》,香港:基督教中國文化出版社,2005 年。

96. 吳義勤、王素霞:《我心彷徨——徐訏傳》,上海:三聯書店,2008 年。

97. 吳中傑:《魯迅傳》,上海:復旦大學出版社,2008 年。

98. 吳中傑:《魯迅畫傳》,上海:復旦大學出版社,2005 年。

99. 吳似鴻:《流浪少女的日記》,上海:現代書局,1934 年。

100. 楊義:《文學地理學會通》,北京:中國社會科學出版社,2013 年。

101. 楊義:《中國現代小說史》,北京:人民文學出版社,1998 年。

102. 楊伯峻譯注：《論語譯注》，北京：中華書局，1980 年。

103. 楊蔭深：《一陣狂風》，上海：光華書局，1937 年。

104. 楊蔭深：《中國民間文學概說》，上海：華通書局，1930 年。

105. 余連祥：《魯迅畫傳》，南昌：江西人民出版社，2009 年。

106. 余英時：《士與中國文化》，上海：上海人民出版社，2003 年、2006 年再版。

107. 張夢陽主編：《中國魯迅學通史》（第一卷），廣州：廣東教育出版社，2001 年。

108. 張紫晨：《中國民俗與民俗學》，臺北：南天書局，1995。

109. 鄒濤：《敘事、記憶與自我》，成都：電子科技大學出版社，2017 年。

110. 杭州大學語言文學研究室編輯：《孫詒讓研究》，杭州：杭州大學出版社，1963 年。

111. 金觀濤、劉青峰：《開放中的變遷：再論中國社會超穩定結構》，北京：法律出版社，2011 年。

112. 金觀濤、劉青峰：《興盛與危機：論中國社會超穩定結構（增訂本）》，北京：法律出版社，2011 年。

113. 金宏達：《魯迅文化思想探索》，北京：北京師範大學出版社，1986 年。

114. 金普森、陳剩勇主編：《浙江通史》，杭州：浙江人民出版社，2005 年。

115. 金雅主編：《中國現代美學名家文叢·蔡元培卷》，杭州：浙江大學出版社，2009 年。

116. 金耀基：《中國文明的現代轉型》，廣州：廣東人民出版社、南方出版傳媒，2016 年。

117. 林蘭編：《徐文長故事》，上海：北新書局，1929 年。

118. 林蘭編：《徐文長故事外集》，上海：北新書局，1930 年，中冊。

119. 林非：《魯迅和中國文化》，北京：學苑出版社，1992 年。

120. 林海音編：《中國近代作家與作品》，臺北：純文學出版有限公司，1981 年。

121. 林祥主編：《世紀老人的話：施蟄存卷》，瀋陽：遼寧教育出版社，2003 年。

122. 羅蘇文：《女性與近代中國社會》，上海人民出版社，1996 年。

123. 郁達夫：《過去集·五六年來創作生活的回顧》，上海：北新書局，1931 年。

124. 苑利主編：《二十世紀中國民俗學經典》，北京：社會科學文獻出版社，2002 年。

125. 鄭永福、呂美頤著：《中國婦女通史・民國卷》，杭州：杭州出版社，2011 年。

126. 鄭欣淼：《魯迅與宗教文化》，北京：中國社會科學出版社，2004 年。

127. 鄭擇魁主編：《吳越文化與中國現代文學》，杭州：杭州大學出版社，1998 年。

128. 鄭振鐸：《中國俗文學史》，上海：上海書店，1987 年。

129. 鄭振鐸：《鄭振鐸文集》，北京：人民文學出版社，1988 年。

130. 鄭振鐸：《家庭的故事》，上海：遠東圖書公司，1928 年。

131. 鄭績：《浙江現代文壇點將錄》，北京：海豚出版社，2014 年。

132. 周作人著，止菴校訂：《周作人自編集》，北京：北京出版集團公司、北京十月文藝出版社，2012 年。

133. 周建人：《魯迅故家的敗落》，長沙：湖南人民出版社，1984 年。

134. 周海嬰：《我與魯迅七十年》，海口：南海出版社，2001 年。

135. 周蜀溪編：《蔡元培講教育》，北京：新華出版社，2005 年。

136. 宗力、劉群：《中國民間諸神》，石家莊：河北人民出版社，1987 年，丙編。

137. 費孝通：《鄉土中國・鄉土重建》，北京：北京聯合出版公司，2018 年。

138. 費孝通：《鄉土中國》，上海：上海人民出版社，2013 年。

139. 費孝通著，惠海鳴譯：《中國士紳》，北京：中國社會科學出版社，2006 年。

140. 胡蘭成：《今生今世》，張愛玲、胡蘭成著：《張愛胡說》，上海：文匯出版社，2003 年。

141. 胡蘭成：《中國文學史話》，上海：社會科學院出版社，2004 年。

142. 胡適：《中國新文學文庫・建設理論集》，上海：良友圖書印刷公司，1935 年。

143. 胡新建：《寧波商會組織發展變遷史研究》，杭州：浙江大學出版社，2016 年。

144. 柯靈：《掠影集》，上海：世界書局，1939 年。

145. 柯靈：《望春草》，上海：珠林書店，1939 年。

146. 婁子匡、朱亦凡：《五十年來的中國俗文學》，臺北：中正書局，1963 年。

147. 柔石：《二月》，廣州：花城出版社，2009 年。

148. 柔石：《柔石文集》，北京：線裝書局，2009 年。

149. 適夷：《第三時期‧都市的脈搏》，上海：湖風書局，1932 年。

150. 姚辛：《左聯詞典》，北京：光明日報出版社，1994 年。

151. 俞海福主編：《寧波市志》，北京：中華書局，1995 年。

152. 俞福海：《寧波市志外編》，北京：中華書局，1998 年，第 2 輯。

153. 趙世瑜編：《小歷史與大歷史：區域社會史的理念、方法與實踐》，北京：北京大學出版社，2017 年。

154. 趙德利：《民間文化批評的理論與方法》，北京：商務印書館，2016 年。

155. 鍾宗憲：《民間文學與民間文化采風》，臺北：里仁書局，2006 年。

156. 鍾敬文主編：《民間文學概論》，北京：高等教育出版社，2010 年。

157. 鍾敬文主編：《民俗學概論》，上海：上海文藝出版社，2009 年。

158. 郜元寶、張舟舟編：《賈平凹研究資料》，天津：天津人民出版社，2005 年。

159. 高國藩：《中國民間文學》，臺北：臺灣學生書局，1999 年。

160. 高信：《北窗書語》，西安：陝西人民出版社，1992。

161. 耿雲志：《近代中國文化轉型研究》，成都：四川人民出版社，2008 年。

162. 聶振斌選注：《文明的呼喚：蔡元培文選》，天津：百花文藝出版社，2002 年。

163. 錢南揚等著：《名家談梁山伯與祝英臺》，北京：文化藝術出版社，2006 年。

164. 錢基博：《中國文學史》，武漢：華中師範大學出版社，2011 年。

165. 錢穆：《靈魂與心》，桂林：廣西師範大學出版社，2004 年。

166. 唐弢：《識小錄》，上海：上海出版公司，1947 年。

167. 唐湜著：《九葉詩人：「中國新詩」的中興》，上海：上海教育出版社，2003 年。

168. 徐華龍：《鬼》，上海：上海辭書出版社，2014 年。

169. 徐和雍等：《浙江近代史》，杭州：浙江人民出版社，1982 年。

170. 徐劍藝：《中國人的鄉土情結》，上海：上海文化出版社，1993 年。

171. 徐訏：《徐訏全集》，臺北：正中書局，1967 年，卷 9、10。

172. 徐雉：《酸果》，上海：光華書局，1929 年。

173. 徐蔚南：《民間文學》，上海：世界書局，1927 年。

174. 袁可嘉：《歐美現代派文學概論》，桂林：廣西師範大學出版社，2003 年。

175. 浙江民俗學會編：《浙江風俗簡志》，杭州：浙江人民出版社，1985 年。

176. 浙江省文學學會編（陳堅主編）：《浙江現代文學百家》，杭州：浙江人民出版社，1988 年。

177. 曹屯裕主編：《浙東文化概論》，寧波：寧波出版社，1997 年。

178. 曹聚仁：《我與我的社會》，北京：生活·讀書·新知三聯書店，2011 年。

179. 曹聚仁：《魯迅評傳》，上海：復旦大學出版社，2006 年。

180. 崔清田：《顯學重光》，任繼愈主編：《墨子大全》第 3 編第 85 冊，北京：北京圖書館出版社，2002 年。

181. 龔顯宗：《中國童謠史》，新北：花木蘭文化出版社，2015 年。

182. 龔鵬程：《近代思潮與人物》，北京：中華書局，2007 年。

183. 黃永林：《中國民間文化與新時期小說》，北京：人民出版社，2007 年。

184. 黃宗智主編：《中國研究的範式問題討論》，北京：社會科學文獻出版社，2003 年。

185. 黃修己、劉衛國：《中國現代文學研究史》，廣州：廣東人民出版社，2008 年。

186. 梁啟超：《梁啟超全集》，北京：北京出版社，1985 年，卷 14、15。

187. 梁景和等著：《現代中國社會文化嬗變研究（1919～1949）——以婚姻·家庭·婦女·性倫·娛樂為中心》，北京：社會科學文獻出版社，2013 年。

188. 梅新林、葛永海：《文學地理學原理》（上卷），北京：中國社會科學出版社，2017 年。

189. 盤劍：《選擇、互動與整合——海派文化語境中的電影及其與文學的關係》，杭州：浙江大學出版社，2006 年。

190. 商金林：《孫伏園散文選集》，北京：百花文藝出版社，1991 年。

191. 蕭一山：《清代通史》，臺北：商務印書館，1963 年。

192. 蕭紅：《生死場—蕭紅名作精選》，臺北：聯合文學出版社，2015 年。

193. 章開沅等編：《中國近代史上的官紳商學》，武漢：湖北人民出版社，2000年。

194. 章太炎：《諸子學略說》，桂林：廣西師範大學出版社，2010年。

195. 董曉萍等著：《跨文化民俗志——鍾敬文留日個案研究之二》，北京：中國大百科全書出版社，2017年。

196. 董鼎山：《回憶與瑣記：鼎山回憶錄》，天津：百花文藝出版社，2012年。

197. 傅斯年：《老北大講義‧中國古代文學史講義》，長春：時代文藝出版社，2009年。

198. 傅璇琮主編；王慕民、沈松平、王萬盈著：《寧波通史》，寧波：寧波出版社，2009年。

199. 蔣夢麟：《西潮》，昆明：雲南人民出版社，2016年。

200. 魯迅：《魯迅全集》，北京：人民文學出版社，1998年。

201. 彭澤益：《中國工商行會史料集》，北京：中華書局，1995年。

202. 彭澤益主編：《中國社會經濟變遷》，北京：中國財政經濟出版社，1990年。

203. 彭澤益編：《中國近代手工史料1840～1949》（第2卷），北京：生活‧讀書‧新知書店，1957年。

204. 彭曉豐、舒建華：《S會館與五四新文學的起源》，長沙：湖南教育出版社，1995年。

205. 舒蘭編：《浙江兒歌》，臺北：渤海堂文化公司，1989年，《中國地方歌謠集成》，第35冊。

206. 溫儒敏、李憲瑜、賀桂梅、姜濤等：《中國現當代文學學科概要》，北京：北京大學出版社，2005年。

207. 謝選駿：《神話與民族精神：幾個文化圈的比較》，濟南：山東文藝出版社，1982年。

208. 游友基：《中國現代詩潮與詩派》，桂林：廣西師範大學出版社，1993年。

209. 曾大興，夏漢寧，海村惟一主編：《文學地理學——中國文學地理學會第五屆年會論文集》，廣州：中山大學出版社，2016年。

210. 曾華鵬，蔣明玳編：《王魯彥研究資料》，北京：知識產權出版社，2010年。

211. 琦君：《琦君散文精選》，武漢：長江文藝出版社，2015 年。

212. 蔡元培：《蔡元培全集》，北京：中華書局，1984 年。

213. 譚達先：《中國四大傳說新論》，臺北：貫雅文化視野有限公司，1993 年。

214. 譚達先：《中國傳說概述》，臺北：貫雅文化視野有限公司，1993 年。

215. 熊月之：《西學東漸與晚清社會》，上海：上海人民出版社，1994 年。

216. 滕復等編：《浙江文化史》，杭州：浙江人民出版社，1992 年。

217. 薛柏成：《墨子講讀》，上海；華東師範大學出版社，2011 年。

218. 戴光中：《巴人之路》，上海：華東師範大學出版社，1996 年。

219. 魏金枝：《白旗手》，上海：現代書局，1933 年。

（二）外文專書

1. 〔英〕貝思飛著，徐有威等譯：《民國時期的土匪》，上海：上海人民出版社，2010 年。

2. 〔德〕馬克斯・韋伯：《經濟・社會・宗教》，上海：上海社會科學出版社，1997 年。

3. 〔法〕愛彌兒・涂爾幹，馬賽爾・莫斯著：《原始分類・結論》，北京：商務印書館，2011 年。

4. 〔法〕米歇爾・于松著，潘革平譯：《資本主義十講》，北京：社會科學文獻出版社，2013 年。

5. 〔法〕莫里斯・哈布瓦赫著，畢然，郭金華譯，《論集體記憶》，上海：上海人民出版社，2002 年。

6. 〔加〕卜正民主編，〔美〕羅威廉著，李仁淵、張遠譯：《最後的中華帝國：大清》（《哈佛中國史》卷 6），北京：中信出版集團股份有限公司，2016 年。

7. 〔美〕洪長泰著，董曉萍譯：《到民間去——中國知識分子與民間文學 1918～1937》，北京：中國人民大學出版社，2015 年。

8. 〔美〕愛德華・W・薩義德：《知識分子論》，北京：生活・讀書・新知三聯書店，2016 年。

9. 〔美〕本尼迪特克・安德森著，吳叡人譯：《想像的共同體——民族主義的起源與散佈》，上海：上海人民出版社，2005 年。

10. 〔美〕卜凱主編：《中國土地利用》，成都：成城出版社，1941 年。

11. 〔美〕戴維・理斯曼等著，劉翔平譯：《孤獨的人群——美國人性格變動之研究》，瀋陽：遼寧人民出版社，1989 年。

12. 〔美〕丁乃通編著，鄭建威、李倞、商孟可、段寶林譯：《中國民間故事類型索引》，武漢：華中師範大學出版社，2008 年。

13. 〔美〕丁韙良著，沈弘等譯，《花甲憶記》（又為《中國六十年記》A Cycle of Cathay），桂林：廣西師範大學出版社，2004 年。

14. 〔美〕費正清：《劍橋中華民國史》，北京：中國社會科學出版社，1993 年。

15. 〔美〕富蘭克林・H・金，程存旺、石嫣譯：《四千年農夫——中國、朝鮮和日本的永續農業》，北京：東方出版社，2016 年。

16. 〔美〕海倫・倪維思，〔美〕溫時幸，李國慶譯，《在華歲月》，北京：國家圖書館出版社，2015 年。

17. 〔美〕黃宗智主編，楊念群等譯：《中國研究的範式問題討論》，北京：社會科學文獻出版社，2003 年。

18. 〔美〕柯文：《歷史的言說:句踐的故事在 20 世紀的中國》(*Speakng to History: The Story of King Goujian in Twentieth-century*), University of California Press，2009 年。

19. 〔美〕克利福德・格爾茨著，楊德睿譯：《地方知識——闡釋人類學論文集》，北京：商務印書館 2014 年。

20. 〔美〕孔飛力：《中華帝國晚期的叛亂及其敵人：1796～1864 的軍事化與社會結構》，北京：中國社會科學出版社，1990 年。

21. 〔美〕李歐梵著，毛尖譯：《上海摩登——種新都市文化在中國 1930～1945》（修訂版），上海：三聯書店，2008 年。

22. 〔美〕羅伯特・L・索爾索著，何華主譯，《認知心理學》（第六版），南京：江蘇教育出版社，2005 年。

23. 〔美〕羅蘭・羅伯森著，梁光嚴譯：《全球化：社會理論和全球文化》，上海：上海人民出版社，2000 年。

24. 〔美〕羅茲・墨菲，社會科學歷史學會譯：《上海：關鍵現代中國》，上海：上海人民出版社，1986 年。

25. 〔美〕瑪高溫，朱濤、倪靜譯：《中國人生活的明與暗》，北京：中華書局，2006 年。

26. 〔美〕維克多・特納著，黃劍波、柳博贇譯：《儀式過程：結構與反結構》，
   北京：中國人民大學出版社，2006 年。

27. 〔美〕蕭邦奇著，徐立望、楊濤羽譯：《中國精英與政治變遷：20 世紀的
   浙江》，南京：江蘇人民出版社，2021 年。

28. 〔美〕蕭邦奇著，易丙蘭譯：《苦海求生：抗戰時期的中國難民》，太原：
   山西人民出版社，2016 年。

29. 〔美〕楊慶堃：《革命中的中國家庭》(*The Chinese Family in the Communist
   Revolution*, Cambridge) Mass.: Technology Press，1959 年。

30. 〔美〕張灝著，高力克、王躍譯：《危機中的中國知識分子：尋求秩序與
   意義・導言》，北京：中央編譯出版社，2016 年。

31. 〔日〕藤井省三：《魯迅比較研究》，上海：上海外語教育出版社，1997 年。

32. 〔日〕藤井省三，賀昌盛譯：《華語圈文學史》，南京：南京大學出版社，
   2014 年。

33. 〔日〕丸尾常喜著，秦弓譯：《「人」與「鬼」的糾葛——魯迅小說論析》，
   北京：人民文學出版社，2006 年。

34. 〔日〕伊藤虎丸著，李冬木譯：《魯迅與日本人：亞洲的近代與「個」的
   思想》，石家莊：河北教育出版社，2000 年。

35. 〔英〕艾倫・麥克法蘭著，管可穠譯：《現代世界的誕生》，上海：上海人
   民出版社，2013 年。

36. 〔英〕德里克・塞耶：《資本主義與現代性》(*Capitalism and Modernity：
   An Excursus on Marx and Weber*), London: Routtledge，1991 年。

37. 〔英〕翟理思著；羅丹、顧海東、粟亞娟譯：《中國和中國人》，北京：金
   城出版社，2011 年。

38. 〔英〕馬林諾夫斯基：《巫術科學宗教與神話》，北京：中國民間文藝出版
   社，1986 年。

39. 〔英〕馬林諾夫斯基著，費孝通等譯，《文化論》，北京：中國民間文藝出
   版社，1987 年。

40. 〔英〕約翰・湯姆遜著，徐家寧譯：《中國與中國人影像》，桂林：廣西師
   範大學出版社，2015 年。

41. 廖樂柏著，李筱譯：《中國通商口岸——貿易與最早的條約港》，上海：東

方出版中心，2010 年。

42. 中華人民共和國杭州海關譯編，徐蔚藏主編：《近代浙江通商口岸經濟社會概況——浙海關歐海關杭州關貿易報告集成》，杭州：浙江人民出版社，2002 年。

三、期刊論文（按姓氏筆劃排序）

1. 〈為「民間文學」敬告讀者〉，《民間文藝》1927 年第 1 期，創刊號。

2. 〈觀世音菩薩普門品講義〉，《佛教文摘》1947 年第 2 集。

3. 〈奉令撤任〉，《順天時報》第 496 號，1902 年 10 月 22 日。

4. 〈修人書簡〉，《新文學史料》1981 年第 11 期。

5. 〈稟設墮民學堂〉，《申報》1905 年；〈稽查墮民除籍人數〉，《申報》1906 年 4 月 21 日第二張。

6. 〔日〕木山英雄：〈「文學復古」與「文學革命」〉，《文學復古與文學革命——木山英雄中國現代文學思想論集》，北京：北京大學出版社，2006 年。

7. 〔日〕伊藤虎丸：〈魯迅的「生命」與「鬼」〉，《文學評論》2000 年第 1 期。

8. 〔日〕柳澤健原著，周作人譯：〈兒童的世界（論童謠）〉，《詩》1922 年 1 月第 1 卷第 1 號。

9. 〔美〕弗雷德里克・傑姆遜著，張京媛譯：〈處於跨國資本主義時代中的第三世界文學〉，《當代電影》1989 年第 6 期。

10. 馬新亞：〈辨乎內外真偽的啟蒙觀——重讀魯迅的〈破惡聲論〉〉，《名作欣賞》2017 年第 22 期。

11. 卞強：〈王西彥抗戰時期小說中的知識分子形象分析〉，《大眾文藝》2015 第 6 期。

12. 方漢奇：〈東瀛訪報記〉，《方漢奇文集》，汕頭：汕頭大學出版社，2003 年。

13. 方誠：〈「紅幫裁縫」的由來〉《寧波日報》，1997 年 10 月 4 日第 8 版。

14. 方璧（茅盾）：〈王魯彥論〉，《小說月報》1928 年 1 月第 19 卷第 1 號。

15. 風涼等：〈飯後鐘〉1921 年第 11 期、1922 年第 2 卷第 3 期。

16. 水清：〈夜航船〉，《清鄉前線》1943 年第 10 期。

17. 王以鋼：〈徐文長與青藤書屋〉，《藝風》1933 年第 1 卷第 9 期。

18. 王任叔：〈王四嫂〉，《小說月報》1923 年第 1 號第 14 卷。

19. 王任叔：〈關於《邊鼓集》〉，《文匯報‧世紀風》1938 年 11 月 26 日。

20. 王任叔：〈老石工〉，《新青年》1937 年第 11 卷第 1 期。

21. 王任叔：〈龜頭橋上〉，《小說月報》1924 年第 15 卷。

22. 王任叔：〈孤獨的人〉，《東方雜誌》1926 年 12 月第 23 卷第 23 號。

23. 王任叔：〈給破屋下的人們〉，《生路月刊》1928 年第 1 卷第 6 期。

24. 王任叔：〈逆轉〉，《申報月刊》1934 年第 3 卷第 1 期。

25. 王西彥：〈刀俎上的人們〉，《新中華》1944 年 8 月復刊第 2 卷第 8 期。

26. 王西彥：〈泥土——「眷戀土地的人」題記〉，《文藝》1947 年 11 月叢刊第 2 集。

27. 王國維：〈屈子文學之精神〉，《王國維文存》，南京：江蘇人民出版社，2014 年。

28. 王桂亭：〈論「新民間文化」的媒介呈現〉，《文化與傳播》2015 年第 6 期。

29. 王曉初：〈浙東學術、師爺氣與魯迅——從「越文化」觀察魯迅思維與文風的形成〉，《現代文學研究叢刊》2010 年第 6 期。

30. 王彬彬：〈魯迅的不看章太炎與胡適不看雷震〉，《鍾山》2014 年第 3 期。

31. 王魯彥：〈自立〉，《小說月報》1926 年 10 月第 17 卷第 3 號。

32. 王魯彥：〈食味雜記〉，《東方雜誌》1925 年第 22 卷第 15 號。

33. 王魯彥：〈祝福〉，《小說月報》1930 年第 21 卷第 1、2、3、4、5、6 號合集。

34. 王魯彥：〈旅人的心〉，《中流》1936 年第 4 卷第 1 期。

35. 王嘉良：〈論地域文化視閾中的「湖畔」詩人群〉，《浙江學刊》2009 年第 6 期。

36. 文載道：〈從大風歌說起〉，《萬歲》1943 年第 4 期。

37. 文載道：〈故鄉的戲文〉，《中藝》1943 年第 2 期。

38. 文載道：〈食味小記〉，《萬象》1943 年第 2 年第 8 期。

39. 馮乃超：〈革命文學論爭‧魯迅‧左聯——我的一些回憶〉，《新文學史料》1986 年第 3 期。

40. 馮文炳：〈湖畔〉，《談新詩》，北京：人民文學出版社，1984 年。

41. 馮夏熊整理〈馮雪峰談左聯〉，《新文學史料》1980 年第 1 期。

42. 甘茶：〈夜航船〉，《藝風》1935 年 11 月第 3 卷第 12 期。

43. 申翁：〈南詞彈詞鼓詞沿襲傳奇說〉，《戲劇月刊》1935 年第 4 卷第 6 期。

44. 劉大白：〈從舊詩到新詩〉，《當代詩文》1929 年創刊號。

45. 劉大白：〈龍山夢痕序〉，《現代評論‧文學週報》1925 年第 190 期。

46. 劉大白：〈我所聞見的徐文長故事〉，《文學週刊》1925 年第 184 期。

47. 劉大白：〈我所聞的徐文長故事〉，《文學週刊》1925 年第 234 期。

48. 劉大白：〈綽號文學之研究〉，《世界雜誌》1931 年第 2 卷第 1 期。

49. 劉師培：〈南北文學不同論〉，《國粹學報》1905 年第 1 卷第 9 期。

50. 劉復：〈中國之下等小說〉，《太平洋》1919 年第 1 卷第 11 期。

51. 呂洪年：〈關於徐文長故事〉，《杭州大學學報》1985 年第 3 期。

52. 喬峰：〈略講關於魯迅的事情〉，魯迅博物館、魯迅研究室、《魯迅研究月刊》選編：《魯迅回憶錄》，北京：北京出版社，1999 年，專著中冊。

53. 孫伏園：〈辛亥革命時代的青年服飾〉，《越風》1936 年第 20 期。

54. 孫伏園：〈魯迅先生的小說〉，《魯迅研究月刊》1991 年第 9 期。

55. 孫海軍、汪衛東：〈從「人史」看魯迅與浙東學派的精神關聯〉，《魯迅研究月刊》2013 年第 11 期。

56. 孫席珍：〈鄭振鐸《家庭的故事》〉，《文學週報》1929 年第 8 卷。

57. 孫福熙：〈下雪的時候〉，《黃鐘》第 41 期。

58. 孫福熙：〈過年恨〉，《論語》1949 年 1 月第 168 期。

59. 孫福熙：〈紹興風味——兼論地方色彩和地方精神〉，《浙江青年》1935 年 1 月第 1 卷第 3 期。

60. 孫福熙：〈夜航船〉，《小說月報》1929 年第 20 卷第 3 期。

61. 孫福熙：〈被北京〉，《語絲》1926 年 5 月第 87 期。

62. 湯中山：〈中國銀行業最早的結算清算制度：寧波錢莊業的過帳制度〉，《中國銀行業》2017 年第 2 期。

63. 刑程：〈章太炎的學術思想與魯迅《故事新編》寫作〉，《中國現代文學研究叢刊》2017 年第 1 期。

64. 許傑：〈大眾語問題〉，《文學》1934 年 8 月第 3 卷第 2 號。

65. 許傑：〈文藝大眾化與大眾文藝化〉，《浙江青年》1936 年 10 月第 2 卷第 12 期。

66. 許傑：〈慘霧〉，《小說月報》1924 年 8 月第 5 卷第 8 號。

67. 朱自清：〈選詩雜記〉，《中國新文學大系·詩集》（中國現代文學史資料叢書乙種），上海：上海文藝出版社，2003 年。

68. 朱虹：〈浙東的墮民嫂〉，《婦女》1948 年第 3 卷第 3 期。

69. 竹潛民：〈現代寧波籍作家成才的特點和規律〉，《寧波大學學報（人文科學版）》2001 年第 2 期。

70. 陳方競、穆豔霞：〈對魯迅與章太炎的聯繫及其「五四」意義的再認識〉，《齊魯學刊》2004 年第 4 期。

71. 陳泳超：〈周作人手稿《紹興兒歌集》考述〉，《民間文藝論壇》2012 年第 6 期。

72. 陳宗藩：〈到民間去〉（讀者通訊），《禮拜六》1933 年第 499 期。

73. 陳潔：〈魯迅在教育部的兒童美育工作與〈風箏〉的改寫〉，《中國現代文學研究叢刊》2016 年第 1 期。

74. 陳思和：〈民間的浮沉　從抗戰到「文革」文學史的一個解釋〉，《上海文學》1994 年第 1 期。

75. 陳橋驛：〈酈學箚記（三）〉，《中國歷史地理文叢》1993 年第 3 期。

76. 陳寅恪：〈述東晉王導之功業〉，《金明館叢稿初編》，上海：上海古籍出版社，1980 年。

77. 陳寅恪：〈陶淵明思想與清議之關係〉，《陳寅恪現實論文集》，臺北：九思出版社，1977 年。

78. 陳朝霞：〈紅幫裁縫：奏響穿越時空的交響曲〉，《寧波日報》2013 年 9 月 26 日，A18 版。

79. 陳德傑：〈紹興老酒〉，《浙江青年》第 1 卷第 8 期（1935 年 6 月）。

80. 谷雪梅：〈英國聖公會近代以來在浙江辦學述評〉，《黑龍江史志》2009 年第 4 期。

81. 李劍鋒：〈《搜神記》中的鬼故事〉，《民俗研究》1999 年第 4 期。

82. 李家瑞：〈宣卷〉，《劇學月刊》4 卷 12 期。

83. 李笠：〈定本墨子閒詁校補敘〉，《學衡》1923 年 9 月第 21 期。

84. 李新宇：〈泥沼前的誤導〉，《文藝爭鳴》1999 年第 3 期。

85. 邱煥星：〈魯迅與徐志摩：新知識階級的後五四分裂〉，《中國現代文學研究叢刊》2021 年第 10 期。

86. 邵洵美：〈賊窟與聖廟之間的信徒〉，陳子善編：《洵美文存》，瀋陽：遼寧教育出版社，2006 年。

87. 沈從文：〈論劉半農《揚鞭集》〉，《文藝月刊》1931 年 2 月第 2 卷第 2 期。

88. 沈從文：〈我們該怎麼樣去讀詩〉，《現代學生》1930 年 10 月創刊號。

89. 沈雨梧：〈近代基督教在浙江〉，《近代史研究》1996 年第 4 期。

90. 汪志勇：〈漫談民間文學中的偽品與糟粕〉，《中國通俗文學、民間文學學術研討會論文集》，臺北：國立政治大學中文系，1994 年。

91. 汪暉：〈阿 Q 生命中的六個瞬間——紀念作為開端的辛亥革命〉，《現代中文學刊》2011 年第 3 期。

92. 吳國群：〈永遠留存現代文壇的瑰寶——評《孫席珍小說集選》〉，《紹興師專學報》（社會科學版）1985 年第 2 期。

93. 吳祖光：〈奔月題記〉，《人世間》復刊，1947 年 5 月第 3 期。

94. 肖爾明：〈論「鬼」文化與中國現代作家的文學想像〉，廣州：《中山大學學報》2007 年第 2 期。

95. 肖爾明：〈論五四文學中「鬼」文化的功能演變〉，《浙江學刊》2006 年第 2 期。

96. 辛笛：〈辛笛詩稿·自序〉，《讀書》1983 年第 9 期。

97. 楊義：〈文學地理學的淵源與視境〉，《文學評論》2012 年第 4 期。

98. 楊義：〈中國文學與人文地理〉，《人民日報》2010 年 4 月 2 日第 24 版。

99. 楊義：〈古越精神與現代理性的審美錯綜——魯迅〈鑄劍〉新解〉，《紹興師專學報》1991 年第 3 期。

100. 楊蔭深：〈混號分類考〉，《萬象》第一年第 9 期（1942 年 3 月）。

101. 楊蔭深：〈贊成建設大眾語文〉，《社會月報》1934 年 10 月第 1 卷第 5 期。

102. 應裕康：〈從越劇看民間說唱與民間戲劇的傳承〉，金榮華編：《民間文學與中國文化國際研討會論文集》，臺北：國立編譯館出版，1994 年。

103. 張寧：〈中國近代工業布局的演變〉，《光明日報》2017 年 12 月 4 日。

104. 張春茂：〈魯迅民俗觀論析〉，《民俗研究》2017 年第 6 期。

105. 張堂錡：〈劉大白與白馬湖〉，《嬗變中的光影——現代中文文學研究論叢》，臺北：文史哲出版社，2008 年。

106. 張鏡予：〈中國農民經濟的困難和補救〉，《東方雜誌》第 26 卷，第 9 號。

107. 張露薇：〈論劉大白的詩〉，蕭斌如編：《中國現代作家選集・劉大白》，
     香港：三聯書店，1994 年。

108. 張灝：〈中國近代思想史的轉型時代〉，《思想與時代》，上海：上海文藝
     出版社，2002 年。

109. 季思：〈狐與虎〉，《大路週刊》1939 年第 32、33 合期。

110. 林蘭編：〈徐文長報仇〉，《德文月刊》1924 年 5 月第 2 卷第 5 期。

111. 林美容：〈通說：臺灣民俗學史料研究〉，《臺灣民俗人類學視野》，臺北：
     翰蘆圖書出版有限公司，2014 年。

112. 茅盾：〈現代小說導論〉，《中國新文學大系導論集》，上海：上海書店出
     版社，1982 年。

113. 歐陽友權：〈話語平權的新民間文化〉，《社會科學輯刊》2004 年第 5 期。

114. 屈軼：〈餘議之餘議〉，《上海「孤島」文學作品選》，上海：上海社會科
     學院出版社，1987 年。

115. 鄭公盾：〈浙東墮民採訪記〉，《浙江學刊》1986 年第 6 期。

116. 鄭振鐸：〈鴉片戰爭後的中國文學〉，《世界文庫月報》1937 年第 4、5 期。

117. 鄭振鐸：〈悲鳴之鳥〉，《文學旬刊》第 36 期（1922 年 5 月）。

118. 鄭綠樵：〈龍山鴻雪〉（上），《紅玫瑰》1926 年 9 月第 2 卷第 46 期。

119. 周昊：〈周作人的兒童生活詩〉，《新京報書評週刊》2017 年 6 月 14 日。

120. 周英雄：〈身份之認同——從魯迅兩個小說推論〉，陳清僑主編：《身份認
     同與公共文化》，香港：牛津大學出版社，1997 年。

121. 卓南生：〈寧波最早近代中文報刊《中外新報》原件之發掘與考究〉，《國
     際新聞界》2007 年第 9 期。

122. 宗白華：〈《蕙的風》的讚揚者〉，《時事新報・學燈》，1923 年 1 月 13 日。

123. 宗先鴻：〈徐訏〈鬼戀〉原型解析〉，《長春大學學報》2005 年第 5 期。

124. 柏：〈到民間去所應做的事〉，《潮潮》1929 年 6 月創刊號。

125. 段寶林：〈請關注民間文學〉，《文藝報》2017 年 5 月 4 日 007 版。

126. 胡成：〈「遷延」的代價〉，《學者的本分》，北京：社會科學文獻出版社，
     2017 年。

127. 胡適：〈《三俠五義》序〉，《胡適文存》，上海：亞東圖書館，1924 年，卷
     3。

128. 胡寄塵：〈中國民間文學之一斑〉，《小說世界》1923 年 4 月第 2 卷第 4 期。

129. 胡雪岡、徐順平：〈談早期南戲的幾個問題〉，溫州文化局編：《南戲探討集》，溫州：1980 年。

130. 胡愈之：〈論民間文學〉，《婦女雜誌》1921 年 1 月第 7 卷第 1 期。

131. 柯靈：〈社戲〉，《社會》月報 1934 年 8 月第 1 卷第 3 期。

132. 柯靈：〈蘇珍〉，《藝風》1933 年 10 月第 1 卷第 10 期。

133. 婁子匡：〈目蓮戲中小丑的自白：王阿興的自述〉，《文學週報》1929 年第 7 卷。

134. 婁匡之：〈浙江民間文學〉，《浙江青年》1935 年第 1 卷第 3 期。

135. 駱寒超：〈論巴人的〈烘爐〉及其在中國現代敘事詩上的地位〉，《文藝理論與批評》1987 年第 4 期。

136. 施蟄存：〈又關於本刊的詩〉，《現代》1933 年第 4 卷第 1 期。

137. 俞婉君：〈墮民的起源與形成考辨〉，《浙江社會科學》2007 年第 5 期。

138. 鍾林斌：〈論魏晉六朝志怪中的人鬼之戀小說〉，《社會科學輯刊》1997 年第 3 期。

139. 鍾敬文：〈民間文藝學的建設〉，《藝風月刊》1936 年 1 月第 4 卷第 1 期。

140. 鍾敬文：〈關於民間文學〉，《浙江省立杭州高級中學校刊·文學研究專號》1934 年 1 月第 91 期。

141. 鍾敬文：〈我與浙江民間文學〉，《北京師範大學學報（哲學社會科學版）》1988 年第 2 期。

142. 茜：〈掙扎在職業在線的小學女教師——座談會記錄〉，《婦女生活》1935 年第 1 卷第 1 期。

143. 恩格斯：〈致敏·考茨基的信〉，《馬克思恩格斯選集》，北京：人民出版社，1972 年，卷 4。

144. 高飛：〈臺州區域文化傳統特色論〉，《社會科學戰線》2008 年第 3 期。

145. 高丙中：〈精英文化、大眾文化、民間文化：中國文化群體的變遷及差異〉，《社會科學戰線》1996 年第 2 期。

146. 高菲：〈中國鬼文化與魑魅魍魎〉，《文化學刊》2016 年第 9 期。

147. 郭紹虞：〈諺語的研究〉，《小說月報》1921 年 3 月第 12 卷第 3 期。

148. 錢一鳴：〈夜航船——越中風物瑣記之一〉，《天地間》1941 年 3 月第 8、9 期合刊。

149. 錢一鳴：〈浙江畬民生活和歷史神話〉，《天地間》1940 年 12 月 1 日出版，第 6 期。

150. 錢志熙：〈論浙東學派的譜系及其在學術思想史上的位置——從解讀章學誠〈浙東學術〉入手〉，《中國典籍與文化》2012 年第 1 期。

151. 錢明：〈「浙學」涵義的歷史衍變〉，《浙江社會科學》2006 年第 2 期。

152. 錢理群、王得後：〈近年來魯迅小說研究的新趨向〉，《中國現代文學研究叢刊》1991 年第 3 期。

153. 唐圭璋：〈墨子的革命精神〉，《黃埔》1939 年 4 月第 2 卷第 5 期。

154. 唐弢：〈墮民〉，《申報·自由談》1933 年 6 月 29 日。

155. 唐湜：〈論《中國新詩》——給我們的友人與我們自己〉，《華美晚報》1948 年 9 月 13 日。

156. 唐湜：〈南戲探索〉，《民族戲曲散論》，上海：上海古籍出版社，1987 年。

157. 翁敏華：〈土地神崇拜以及戲曲舞臺上的土地形象〉，《古劇民俗論》，上海：上海古籍出版社，2012 年。

158. 徐永志：〈近代溺女之風盛行探析〉，《近代史研究》1992 年第 5 期。

159. 徐建春：〈大禹治水神話研究中的新發現〉，《江西社會科學》1990 年第 4 期。

160. 徐訏：〈眉毛的故事〉，《人世間》1939 年 8 月創刊號。

161. 徐訏：〈魯迅先生的墨寶與良言〉，《場邊文學》，上海：上海印書館，1971 年。

162. 徐梵澄：〈星花舊影——對魯迅先生的一些回憶〉，《魯迅研究資料》第 11 輯，天津：天津人民出版社，1983 年。

163. 徐懋庸：〈打雜者造成的文化〉，《申報·自由談》1933 年 9 月 28 日。

164. 殷夫：〈「孩兒塔」上剝蝕的題記〉，《孩兒塔》，北京：人民文學出版社，1984 年。

165. 袁可嘉：〈新詩現代化——新傳統的尋求〉，《大公報·星期文藝》1947 年 3 月 30 日。

166. 袁可嘉：〈對於詩的迷信〉，《文學雜誌》第 2 卷 11 期。

167. 袁可嘉：〈我與現代派〉，《詩探索》2001 年第 2 期。

168. 袁可嘉：〈詩與民主──五論新詩現代化〉，《大公報・星期文藝》1948 年 10 月 30 日。

169. 袁先欣：〈「到民間去」與文學再造：周作人漢譯石川啄木〈無結果的議論之後〉前後〉，《中國現代文學研究叢刊》2017 年第 4 期。

170. 袁良駿：〈徐訏緣何為魯迅鳴不平〉，《魯迅研究月刊》2006 年第 10 期。

171. 悅英：〈談談寧波的「墮民」〉，《青年界》1936 年第 10 卷第 5 號。

172. 龔維琳、許燕：〈十九世紀中晚期寧波婦女的髮型〉，《寧波通訊》2011 年第 8 期。

173. 黃修己：〈披露「毛羅對話」史實的啟示〉，《文藝爭鳴》2003 年第 2 期。

174. 黃健：〈「浙東學派」思想與精神對中國新文學發生的影響〉，《浙江社會科學》2015 年第 10 期。

175. 黃健：〈「浙東學派」思想與精神對中國新文學發生的影響〉，《浙江社會科學》2015 年第 10 期。

176. 梁心：〈現代中國的「都市眼光」：20 世紀早期城鄉關係的認知與想像〉，《中華文史論叢》2014 年第 2 期。

177. 夢野：〈到民間去〉，《客觀》1936 年 1 月第 1 卷第 11 期。

178. 章學誠：〈汪泰岩家傳〉，《章學誠遺書》，北京：文物出版社 1985 年。

179. 董楚平：〈吳越文化概述〉，《杭州師範大學學報》2000 年第 2 期。

180. 蔣兆和：〈阿桂與阿 Q〉，《中國文藝》第 2 卷第 2 期（1940 年 4 月）

181. 舒兆桐：〈怎樣到民間去〉，《復旦學刊》1927 年 12 月留別號第 5 期。

182. 謝友祥：〈「民間」的現代品格──對陳思和「民間」話語的理解〉，《文藝理論研究》2000 年第 5 期。

183. 謝振聲：〈近代寧波傳教第一人──瑪高溫〉，《中共寧波市委黨校學報》2010 年第 2 期。

184. 謝振聲：〈清末民初的寧波留學〉，《浙東文化論叢》2009 年第 2 期。

185. 楚狂：〈我亦來談談徐文長的故事〉，《文學週刊》1925 年第 224 期。

186. 樓勝：〈從紹興到蕭山〉，《大路週刊》1939 年第 19、20 期合刊。

187. 瑟盧：〈家庭革新論〉，《婦女雜誌》1923 年第 9 卷第 9 號。

188. 蔡師振念：〈七夕民俗與唐詩〉，《民俗與文學學術研討會論文集》，高雄：

覆文圖書出版社，1998 年。

189. 蔡魯馥、郭成謀記錄：〈馬坦鼻故事〉，《民間月刊》1932 年第 1 卷、第 2 卷。

190. 譚正璧：〈奔月之後〉，《雜誌月刊》1943 年 7 月第 3 期第 12 號。

191. 德恩：〈鄞南的墮民〉，《北新》第 2 卷第 5 號（1928 年 1 月）。

192. 潘訓：〈人間〉，《小說月報》1923 年第 14 卷。

193. 潘光旦：〈家制與政體〉，《潘光旦選集》，卷 1，北京：光明日報出版社，1999 年。

194. 潘起造：〈浙東學術的地域文化淵源及其文化精神〉，《浙江社會科學》2006 年第 4 期。

195. 潘起造：〈浙東學派的經世之學和浙江區域文化中的務實精神〉，《中共浙江省委黨校學報》2005 年第 4 期。

196. 薛英：〈紹興的鸚哥戲宣卷等〉，《文學週報》1929 年 1 月第 7 卷。

197. 魏金枝：〈焦大哥〉，《萌芽月刊》1930 年 5 月第 1 卷第 5 期。

四、網站資料（按筆劃排列）

1. 寧波文化網非物質文化遺產的《甬式家具製作技藝》條，http://www.ihningbo.cn/info.jsp?aid=401，2015 年 2 月 25 日。

2. 宋靜編輯：《100 多年前，這位洋官員留下不少寧波老照片》系列照片，http://n.cztv.com/news/12877361.html。

3. 浙江省人民政府網頁之「浙江地理概況」，http://www.zj.gov.cn/col/col922/index.html。

4. 譚其驤：《一草一木總關情》，「愛思想」摘自《譚其驤全集》（北京：人民出版社，2015 年），http://www.aisixiang.com/data/101035.html，2016 年 8 月 19 日。

五、學位論文（按筆劃排列）

1. 王文參：《五四新文學的民間文學資源》（蘭州大學中國現當代文學專業博士論文，2006 年）

2. 田力：《美國長老教會在寧波的活動》（浙江大學歷史學博士學位論文，2012 年）。

3. 劉穎：《中國現代文學轉型的民俗學語境》（華東師範大學文藝民俗學專業博士論文，2006 年）

4. 閆寧：《民俗學視域下的魯迅與傳統文化》（濟南：山東大學中文系現當代文學博士論文，2010 年）

5. 饒曉曉：《近代杭州、寧波城市建設的現代化進程及其比較研究（1840～1937 年）》（浙江大學建築工程學院建築設計及其理論專業博士論文，2016 年）

6. 常峻：《周作人文學思想及創作的民俗文化視野》（華東師範大學文藝民俗學專業博士論文，2004 年）

7. 景瑩：《中國現代文學中的神話書寫》（南京師範大學中國現當代文學專業博士論文，2014 年）

附　錄

表 1-1 「浙東」現代作家一覽表

地區	浙東記憶的階段	作　家
寧紹臺地區	童年	孫席珍（1906～1984）、羅大岡（1909～1998）
	青少年	蔡元培（1868～1940）、蔡東藩（1877～1945）、劉大白（1880～1932）、魯迅（1881～1936）、許壽裳（1883～1948）、馬一浮（1883～1967）、沈復生（1884～1951）、周作人（1885～1967）、莊禹梅（1885～1970）、夏丏尊（1886～1946）、許嘯天（1886～1946）、周建人（1888～1984）、章錫琛（1889～1969）、蔣瑞藻（1891～1929）、姚蓬子（1891～1969）、許廑父（1892～1953）、張梓生（1892～1967）、馬廉（1893～1935）、孫伏園（1894～1966）、鄭奠（1895～1966）、胡愈之（1896～1986）、許欽文（1897～1984）、羅家倫（1897～1969）、張靜盧（1898～1969）、董秋芳（1898～1977）、孫福熙（1898～1962）、樊仲雲（1899～1989）、宣俠父（1899～1938）、何植三（1899～1977）、徐雉（1899～1947）、應修人（1900～1933）、林漢達（1900～1972）、魏金枝（1900～1972）、胡仲持（1900～1968）、王魯彥（1901～1944）、章廷謙（1901～1981）、陶茂康（1901～1971）、王任叔（1901～1972）、朱鏡我（1901～1941）、崔真吾（1902～1937）、蔡竹屏（1904～1982）、朱貞木（1905～？）樓適夷（1905～2001）、邵荃麟（1906～1971）、胡蘭成（1906～1981）、吳似鴻（1907～1990）、胡子嬰（1907～1982）、楊蔭深（1908～1989）、徐訏（1908～1980）、陶亢德（1908～1983）、袁牧之（1909～1978）、婁子匡（1907～2005）、柯靈（1909～2000）、殷夫（1910～1931）、莊啟東（1910～1999）、徐懋庸（1910～1977）、穆時英（1912～1940）、呂漠野（1912～1999）、魏風江（1912～）、唐弢（1913

		～1992）、蕭岱（1913～1988）、陳企霞（1913～1988）、陳克寒（1913～1980）、盛澄華（1913～1970）、蘇青（1914～1982）、林杉（1914～1992）、金近（1915～1989）、胡蘇（1915～1986）、金性堯（1916～2007）、谷斯范（1916～1998）、伊兵（1916～1968）、蔣屏風（1916～1973）、周黎庵（1916～2003）、陳山（1917～1997）、包蕾（1918～1989）、李俍民（1919～1991）、丁景唐（1920～2017）、辛未艾（1920～2002）、施濟美（1920～1968）、路工（1920～1997）、蕭珊（1921～1972）、袁可嘉（1921～2008）、徐開壘（1922～2012）、劉金（1922～2008）、何為（1922～2011）、周子中（1922～）、魏紹昌（1922～2000）、董鼎山（1922～2015）、草嬰（1923～2015）、徐進（1923～2010）、鄭定文（1923～1945）、朱承斌（1924～1999）、田地（1927～2008）、吳經熊（1899～1986）、何志浩（1903～2007）、陳森（1911～？）、徐詠平（1912～？）。
臺溫麗地區	童年	劉廷芳（1891～1939）、趙景深（1902～1985）、琦君（1917～2006）
	青少年	鄭振鐸（1898～1958）、夏承燾（1900～1986）、許傑（1901～1993）、干人俊（1901～1982）、柔石（1902～1931）、王以仁（1902～1926）、曹天風（1903～1992）、王季思（1906～1996）、陳楚淮（1906～1997）、林淡秋（1906～1981）、董每戡（1907～1980）、葉永蓁（1908～1976）、力揚（1908～1964）、陸蠡（1908～1942）、趙超構（1910～1992）、董辛名（1912～1975）、趙瑞蕻（1915～1999）、胡今虛（1916～2003）、馬驊（1916～2011）、朱慧潔（1916～？）、唐湜（1920～2005）、葉水夫（1920～2002）、金江（1923～2014）、林斤瀾（1923～2009）。
金衢嚴地區	童年	方光燾（1898～1964）
	青少年	陳望道（1891～1977）、傅東華（1893～1971）、曹聚仁（1900～1972）、潘漠華（1902～1934）、馮雪峰（1903～1976）、尹庚（1908～1997）、艾青（1910～1996）、郭莽西（1910～1999）、何家槐（1911～1969）、洪亮（1911～1969）、歐陽凡海（1912～1970）、石西民（1912～1987）、蔣祖怡（1913～1992）、王西彥（1913～1999）、萬湜思（1915～1943）、謝挺宇（1911～2006）、聖野（1922～）、金溟若（1905～1970）、邵夢蘭（1910～2000）。

本資料主要根據《浙江省文學誌》、《浙江現代文壇點將錄》整理。

上表收集整理了在1949年前創作活躍且成果頗豐的大範圍的浙東作家，鑒於本文的「現代」所寓含的時間設定，以及上述「浙東」範圍的考慮，討論對象以第一欄寧紹臺地區的作家為主。有些作家生長於浙東，但其創作時間則是在1949年之後，且已離開浙東的，如琦君、於梨華等，其創作中同樣顯示出浙東生活的影響，以及沒有完整的浙東成長經歷，但其以浙東人自居且有浙東習性的邵洵美、陳夢家等，主文不以其為主要對象，但必要時會有所兼顧。